ALL YOUR SECRET WISHES

Du wirst mir gehorchen.

von
Carolina Sturm
Angelina Conti

Dark Mafia Romance

New York Mafia Band 3

Der Roman:

Als Profikiller bringt er den Tod,
doch ihr rettet er das Leben.
Aber sie gehört jemandem,
der sie um jeden Preis zurückhaben will!

Suzanna

Ich bin vor meinem perversen Onkel nach New York geflohen
und genieße zum ersten Mal im Leben meine Freiheit. Was hinter mir liegt, war verstörend und ich will nur noch vergessen.
Dabei übertreibe ich es wohl etwas, denn eines Morgens wache
ich mit einem Filmriss in einem fremden Bett auf. Der muskel-
bepackte Kerl, der mich entführt hat, ist alles andere als zart be-
saitet.
Wird er mich verschonen, wenn ich ihm verrate, dass ich noch
Jungfrau bin?

River

Ich bringe den Tod. Als Sniper kann ich mir keine Gefühle erlauben. Ich vertraue niemandem und eine Beziehung kommt
für mich nicht in Frage. Doch bei einem Auftrag für den größten Mafiaclan New Yorks treffe ich auf Suzanna. Mit ihren
achtzehn Jahren ist sie mir eigentlich zu jung, aber ihre offen-
sive Art reizt mich. Nenn mich noch einmal Daddy, Babygirl,
und du wirst sehen, was ich mit dir mache ...
Doch nach einer gemeinsamen Nacht gerät alles außer Kontrolle. Werde ich sie lebend zurückbekommen?

Über Carolina Sturm:

Gerade in Zeiten wie diesen braucht die Welt mehr Liebesromane!

Geschichten zum Einkuscheln und Davonträumen.
Zum Mitfiebern und Dahinschmelzen. Bildgewaltige Landschaften und verträumte kleine Städtchen. Starke Frauen und wilde Kerle, die zwischen tiefen, menschlichen Abgründen und alles verzehrender Leidenschaft um das Eine kämpfen, was uns alle ausmacht und vorantreibt – die Liebe!

Lass auch du dich verführen!
Wage den Schritt ins Abenteuer!
Ich verspreche dir, du wirst es nicht bereuen.

Deine Carolina

Carolina Sturm ist ein Pseudonym, die Frau dahinter aber mehr als authentisch. Und genau das transportiert sie in ihren Geschichten.
Die Autorin lebt mit Mann, Kind und zwei Hunden im schönen Allgäu und widmet sich seit 2020 ganz dem Schreiben.

Druck und Distribution im Auftrag der Autorinnen:
tredition GmbH
Halenreie 40-44
D - 22359 Hamburg

Impressum
Originalausgabe September 2024
Copyright © 2024
Carolina Sturm
Angelina Conti
Alle Rechte vorbehalten.
ISBN: 978-3-384-36773-0

Angelina Conti / Carolina Sturm
c/o Enslin Autorenservice
Kirchenheerweg 230
D - 21037 Hamburg

Coverfoto: Wombo
Bildnachweis: Wombo, Naddya, mauliagusti,
Digiartz Studio, timofieieva-nataliia

Wirst du Daddys tapferes Mädchen sein?
River Carrara

Für alle, die endlich frei sein wollen.
Jeden Fluch kann man brechen!

Prolog

Suzanna
(sechs Jahre zuvor)

Der parkähnliche Garten liegt sonnenbeschienen und friedlich da. Eine seichte Brise spielt in den Blättern der alten, hohen Bäume. Langsam und träge schwingt meine Schaukel vor und zurück. Vor und zurück. Ohne es selbst bewusst wahrzunehmen, tippe ich von Zeit zu Zeit mit den Zehenspitzen auf den Boden, um ihr wieder ein wenig Schwung zu geben. In Gedanken bin ich ganz woanders. In meinem Bett.

Die Villa meines Onkels wacht mit ihrer von Säulen getragenen weißen Fassade eindrucksvoll und mächtig über das Anwesen und erinnert an die Vergangenheit, als hier noch eine Zuckerrohrplantage war. Ich habe die Südstaaten noch nie verlassen, doch heute wünsche ich mich dringender denn je von hier weg.

Seit gestern Nacht schnürt mir eine Beklemmung die Brust zu, wie ich sie noch nie zuvor gespürt habe. Und seit meine Eltern vor einigen Jahren bei einem Autounfall ums Leben kamen, haben mich viele schlimme Gefühle heimgesucht: Trauer, Wut, Einsamkeit, aber auch Angst. Immer wieder und immer drängender war es Angst, die dieser Ort und *seine* Nähe in mir ausgelöst haben.

Und was vorher nur eine stille und heimliche Ahnung war, die ich zu verdrängen versucht habe, ist seit gestern Nacht Gewissheit. Jetzt ist mir klar, dass meine Angst nie groß genug war. Dass er schlimmer ist, als ich es mir jemals hätte ausmalen können.

Vor und zurück schwingt meine Schaukel.

Ich bin zwölf. Noch ein Kind, oder nicht?

„Du wirst jetzt zur Frau, Suzanna", hat er zu mir gesagt.

Nur eine Ankündigung bisher. Eine Drohung.

Was bedeutet es, eine Frau zu werden?

Eins hat er mir bereits gezeigt: Es ist mit Schmerzen verbunden. Mit Demütigung.

Noch nie zuvor habe ich mich so klein und hilflos gefühlt wie letzte Nacht. So ausgeliefert.

Meine Hand zittert, als ich sie langsam auf meinen Bauch lege und hinunter in Richtung meines Schoßes schiebe. Es brennt noch immer. Ich habe es nicht geschafft, es im Spiegel anzuschauen, so sehr habe ich mich geschämt.

Vor und zurück. Vor und zurück.

Wann wird er wiederkommen?

Er hat mir weh getan.

Vor und zurück.

Du wirst jetzt zur Frau, Suzanna.

Seine Stimme in meinem Kopf.

Sein Zeichen auf meinem Körper.

Werde ich jemals von hier wegkommen?

Ich habe Angst. Angst vor dem, was mit mir geschehen wird. Angst vor ihm.

Angst vor dem Fluch, mit dem er mich letzte Nacht belegt hat.

River

Sie keucht. Ihre Augen verfolgen angespannt jede meiner Bewegungen. Angst steigt in ihr auf. Langsam komme ich in Stimmung. Speichel läuft in einem dünnen Faden aus ihrem Mundwinkel. Ein dumpfer Laut entringt sich ihrer Kehle. Sprechen kann sie mit dem Knebel allerdings nicht. *Was willst du mir wohl sagen, schöne Namenlose?* Ein Safeword? Vergiss es. Wenn ich für etwas bezahle, bekomme ich auch die volle Leistung.

Ich halte in meiner Bewegung inne und betrachte sie schweigend, wie sie sich vor mir auf den Seidenlaken windet. Die Ketten klirren. Ihr nackter Leib glänzt verführerisch im rötlichen Schummerlicht. Mit einem bösen Lächeln streiche ich mir über meinen dunklen Vollbart.

„Wenn du dich wehrst, wird es noch schlimmer."

Meine Stimme klingt rau. Ein Zeichen der Erregung, die durch meinen Körper zu pulsieren beginnt. Bei meinen Worten weiten sich ihre Augen. Feine Schweißperlen bilden sich auf ihrer Haut. Als ich mein Messer aufschnellen lasse, beginnt sie zu zittern. Seit meiner Zeit in Japan stehe ich auf Klingen beim Sex. Und auf Blut. Die Yakuza, bei denen ich zu dem wurde, der ich heute bin, haben mich gelehrt, dass es das reinste Geschenk eines Lebewesens ist. Wir haben wahre Exzesse gefeiert, um dieses Geschenk zu erhalten.

„Das Wasser wäscht auch die tiefste Wunde rein", flüstere ich durchdringend, während ich mich über sie beuge. „Es wird deinen Schmerz forttragen."

Ein Wimmern dringt hinter dem Knebel hervor. Tränen steigen in ihre dunklen Mandelaugen. Der Moment, wenn die Angst in Panik umschlägt, ist süß wie Honig. Meine Finger liebkosen die Innenseiten ihrer Schenkel. Die Berührung lässt sie erstarren.

Ich knie zwischen ihren gespreizten Beinen, mit einer Hand stütze ich mich neben ihrem Kopf ab. In der anderen halte ich das Messer, mit dem ich mich langsam ihrer Haut nähere. Sie ist vollkommen nackt, ich bin bekleidet. Wie bei der Arbeit trage ich auch jetzt schwarze Lederhandschuhe.

„Mit dem dunklen Rollkragenpullover siehst du ja aus wie ein Philosoph oder sowas", hat sie mich geneckt, als ich mich an der Bar neben sie gesetzt habe. Ziemlich geistreich für eine Nutte. Das hat mich gleich für sie eingenommen. Das und ihr unschuldiger Gesichtsausdruck.

„Das bin ich auch", habe ich geantwortet. „Ein Philosoph des Todes."

Ihr Blick war verunsichert, doch der Stapel Geldscheine, den ich ihr zugeschoben habe, hat ihre Bedenken rasch zerstreut. Ein Vermögen für ein Mädchen wie sie. Keine Ahnung, wer sie ist, woher sie kommt oder wie sie heißt. Ihr Akzent und ihr Aussehen deuten auf eine ferne Heimat jenseits der Ozeane hin. „Wir sind beide Fremde hier, meine Schöne", raune ich ihr ins Ohr. Mein Atem streichelt ihre Haut. „Auch wenn ich in dieser Stadt geboren wurde, war ich immer ein Fremder an diesem Ort, genau wie du. Wir werden keinerlei Spuren hier hinterlassen, du und ich."

Ich spreche mit niemandem über mich, aber bei Prostituierten mache ich manchmal eine Ausnahme. Natürlich erfährt keine von ihnen jemals meinen Namen oder sonst etwas, das über meine Identität Aufschluss geben könnte. Für sie bleibe ich nichts als ein dunkler Schatten, der sie mit einem Frösteln im Körper auf einem blutigen Bett zurücklässt. Der Kuss des Todes ist eisig, auch wenn er für die meisten von ihnen nur eine Vorahnung bleibt. Aber dennoch, einige Fragmente meines Lebens teile ich von Zeit zu Zeit mit einer von ihnen.

Dass ich in New York geboren wurde, ist wahr. Ebenso wahr, wie dass ich ein Fremder hier bin. Denn die Stadt ist mir verhasst. Noch bevor ich das Licht der Welt erblicken konnte, hat sie meinen Vater umgebracht. Ich weiß nichts über ihn, außer die Umstände seines Todes. Sein Schicksal hat mich zu einem Getriebenen gemacht, zu einem Heimatlosen, der nirgendwo zur Ruhe kommen kann.

Ihr Brustkorb hebt und senkt sich fiebrig, während sie verzweifelt versucht, einen Blick auf die Klinge zu erhaschen, die bedrohlich zwischen ihren Brüsten ruht. Der Griff ist schwer genug, um sie wenige Millimeter über ihrem Körper zu halten, aber jeder Atemzug ist ein Risiko. Meine Hand schiebt sich in die glatten dunklen Haare der Kleinen. Mit einem festen Ruck ziehe ich ihr den Kopf nach hinten und komme mit dem Mund dicht an ihr Ohr. „Beweg dich lieber nicht", rate ich ihr. „Die Klinge ist so scharf, dass sie deine Haut bei der kleinsten Berührung öffnet."

Stumm laufen ihr Tränen über die Wangen, während meine andere Hand zwischen ihre von der Fesselung gespreizten Beine greift. Langsam schiebe ich zwei Finger in ihre Spalte. Mit dem Daumen finde ich ihre Klit. Und obwohl sie starr vor Angst ist, kann sie sich nicht gegen die Reaktionen ihres Körpers wehren. Das Leder der Handschuhe gleitet immer widerstandsloser hinein und heraus, denn unter meinen Liebkosungen wird ihre Pussy immer feuchter.

„Good girl", raune ich ihr ins Ohr. „So wird es gleich für uns beide angenehmer, meinst du nicht?"

Als sie mir vorbereitet genug vorkommt, ziehe ich meine Hand zurück und greife wieder nach dem Messer. Sie zuckt zusammen, als ich auch ihre Haare loslasse und stattdessen eine ihrer Brüste fest umfasse und zusammenpresse. Sie will sich wehren, denn sie weiß, dass ich ihr jetzt etwas Unwiderrufliches antun werde. Aber es ist hoffnungslos. Sie ist mir hilflos ausgeliefert.

Die Klinge wird durch ihre Haut wie durch Wasser schneiden, erst auf der einen, dann auf der anderen Seite. Während das Blut aus den Schnitten auf ihren Brüsten quellen wird, werde ich sie mit harten Stößen nehme und dabei den Anblick genießen, wie die weiße Haut ihres Oberkörpers sich rot färbt. „Ein Fluss aus Blut" werden die von meiner Markierung zurückbleibenden Narben später jedem sagen, der japanische Schriftzeichen lesen kann.

Bevor ich anfange zu schneiden, fällt mein Blick jedoch auf einen Wecker, der neben dem Bett steht. „Fuck", murmele ich und schaue zur Kontrolle auf meine Uhr. Warum zum Teufel ist es schon so spät?! Ich habe kaum noch Zeit. Der Job ruft.

Natürlich könnte ich sie trotzdem schnell ficken, aber es wäre irgendwie eine halbe Sache und auf so etwas stehe ich nicht. Also stecke ich mein Messer wieder ein, stehe auf und greife nach meiner Lederjacke und dem Motorradhelm. Die Namenlose beobachtet mich schwer atmend. „Tut mir leid, aus der Nummer wird nichts", brumme ich verdrießlich, was sie sicher weniger stört als mich. „Ich muss los. Du wirst befreit, sobald ich weg bin."

So hatte ich mir das nicht vorgestellt, denke ich genervt, während ich mich kurze Zeit später auf meine Maschine schwinge und im nächtlichen Verkehr untertauche. *Aber auch wenn ich mehr Zeit gehab hättet, letztlich ist es doch immer das Gleiche. Ob ich mir mal eine neue Vorliebe zulegen sollte?*

Der Gedanke verschwindet schnell wieder aus meinem Kopf, denn ich habe einen Auftrag zu erledigen. Und wenn ich arbeite, hat nichts anderes in meiner Seele Platz.

River

New York. Die Stadt, die niemals schläft. Mit verschränkten Armen lasse ich meinen Blick über die Skyline Manhattans schweifen. Ein Meer aus Stahl und Beton, das bis an den Horizont reicht. Unzählige Lichter funkeln in der Dunkelheit. „Alles Lügen", brumme ich und schlage den Kragen meiner Lederjacke hoch, um mein Gesicht einigermaßen vor dem feinen Sprühregen zu schützen. „Wenn sie nie schlafen würde, dann dürfte es wohl kaum so einfach sein, sie während ihrer süßen Träume zu ficken!"

Denn das tue ich. Nacht für Nacht lösche ich die Lebenslichter ihrer Bewohner, als wären sie nichts als die Flammen dünner Kerzen, die ich zwischen meinen Fingern ausdrücke. Kein Rauch, keine Glut, keine Wärme, nichts bleibt von ihnen. Nur ein kurzer Schmerz auf meiner Haut, den ich schon nach dem Bruchteil einer Sekunde vergessen habe. Ich bin der Herr über ihr Schicksal. Wenn der Preis stimmt, spiele ich Gott. Eine winzige Bewegung meines Fingers und ein Leben endet. Ich bringe den Tod. Nein, ich *bin* der Tod.

Mit routinierten Bewegungen montiere ich das Stativ meines Scharfschützengewehrs und schraube das Nachtsichtvisier auf. Denn abgesehen von dem beschissenen Wetter ist es auch verdammt dunkel hier oben und ich habe keine Ahnung, ob mein Opfer mir den Gefallen tun wird, das Licht einzuschalten. Wasser benetzt mein Gesicht, durchnässt meinen Bart und meine Haare, die ich mir wie immer zu einem Bun gebunden habe. Trotzdem genieße ich diesen Moment. Ich befinde mich fünfzig Stockwerke über dem Erdboden. Endlich allein, dem Gewimmel der Massen dort unten entkommen. Nur ich, der Wind und die Schatten der Nacht. Und mein Ziel, das einige hundert Meter von mir entfernt im bequemen Kingsize-Bett einer Hotelsuite pennt.

„Genieße deine letzten Augenblicke, mein Freund", murmele ich und aktiviere testweise den Laser, um die Entfernung genauer einschätzen zu können. Präzision ist alles in meinem Gewerbe. In einer Nacht wie heute muss jeder Handgriff sitzen. Jeder Schuss. Die Entfernung macht mir keine Sorgen, wohl aber die übrigen Bedingungen. Heftige Böen treiben den Regen aus wechselnden Richtungen durch die Häuserschluchten. Ungünstig. Aber was wäre das Leben ohne Herausforderungen?

Ein schneller Blick auf die Uhr. Meinen Informationen zufolge muss der Bursche um vier Uhr aufstehen, um seinen Flug zurück nach Tokyo zu kriegen. *Noch fünf Minuten. Deine Zeit läuft langsam ab, werter Herr.*

Mich kümmert es nicht, wer er ist. In diesem Fall weiß ich es nicht einmal. Vermutlich ein reicher, mächtiger Mann, der anderen reichen, mächtigen Männern in die Quere gekommen ist. So ist es in den meisten Fällen. Aber mir ist das gleich. Der Tod macht keine Unterschiede oder Ausnahmen. Er kommt zu allen, ob arm oder reich, ob jung oder alt, gut oder böse. Für mich sind sie nichts weiter als Auftragsnummern, die ich von meiner Liste streiche.

Ich atme tief ein. Schließe die Augen. Lasse die Luft ganz langsam wieder aus meinen Lungen entweichen. In mir breitet sich Harmonie aus. Innerer Frieden. Mit jedem Atemzug verschmelze ich mehr mit der Umgebung. Der Regen stört mich nicht länger. Ich *bin* der Regen. Der Wind zerrt nicht mehr an meiner Kleidung. Er bewegt sich mit mir. Ich *bin* der Wind. Fühle mich in alles hinein, was mich umgibt. Ich *bin* die Stadt. *Bin* die Nacht. *Bin* die Schatten und das Licht. Jede meiner Bewegungen geschieht im Einklang mit dem Universum. Und mein Gewehr ist die Verlängerung meines Arms. Die Kugel mein Herzschlag. Sie wird ihr Ziel finden, so wie immer. Danebengeschossen habe ich noch nie.

Sein Wecker klingelt. Der penetrante Ton in der ungewohnten Stille des Hotelzimmers. Kurze Orientierungslosigkeit. Wo bin ich? Ich will weiterschlafen, es ist zu früh. Dann die Erinnerung an das Hier und Jetzt. Die Reise nach New York, der Rückflug im Morgengrauen. Ein schlafschwerer Arm tastet nach dem Smartphone, das auf dem Nachttisch vibriert. Blinzelnd fällt sein Blick auf die breite Fensterfront vor dem Bett. Die nächtliche Skyline, immer wieder beeindruckend.

Schnaufend setzt er sich auf. Zu viel Alkohol gestern Abend. Zu viel Koks. Erinnerungen an die Nutten und die Karaokebar, in der sie gelandet sind, drängen in sein noch benebeltes Hirn. Er tastet neben sich. Die Kleine ist schon weg. Besser so, beim Aufwachen ist er gern allein. Er gähnt, kriegt endlich den Wecker aus. Die geilen Püppchen fanden seinen japanischen Akzent lustig, haben begeistert gekreischt, als er mit seinen Bodyguards zusammen zum Mikro gegriffen hat. „*I want to wake up in a city that doesn't sleep*", summt er mit belegter Stimme vor sich hin, noch heiser von den vielen Zigarren.

Angestrengt wuchtet er seine Beine aus dem breiten, zerwühlten Bett. Starrt schlaftrunken aus dem Fenster. Wolkenkratzer, wohin das Auge reicht. Mächtige Türme aus Glas, Stahl und Beton, dazwischen tödlich tiefe Schluchten. Wasser rinnt an der Glasfassade herab. Jetzt erstmal duschen. Im Flieger kann er weiterschlafen. Gleich werden Misaki und Yuki an die Tür klopfen, weil sie denken, er könnte wieder verpennen.

Wo sind die verdammten Badelatschen? Das Gefühl von Teppich unter seinen nackten Füßen konnte er noch nie leiden! Seine Hand tastet nach dem Lichtschalter. Eine Sekunde, um sich an das Brennen der Helligkeit in den Augen zu gewöhnen. Dann schlüpft er träge in die hoteleigenen Pantoffeln und hievt sich hoch, um ins Bad zu gehen.

Plötzlich, wie aus dem Nichts, dringt ein Geräusch in sein Bewusstsein. Wie von Ferne, doch so nah, als wäre es in seinem Kopf. Überraschen erfüllt ihn, mehr nicht, als das Glas der gigantischen Scheibe splittert und die erste Kugel in seine Stirn schlägt. Es ist nur der Bruchteil einer Sekunde, in dem er realisiert, dass ihn der Tod ereilt. Die zweite trifft ihn ins Herz, doch da ist es bereits vorbei. In einer Flut aus glitzernden Scherben stürzt ein lebloser Körper zu Boden.

„Mal zeigt es die Rückseite, mal die Vorderseite, ein Ahornblatt im Fallen", flüstere ich. Ein letzter Todesgruß für die davonschwebende Seele. Dann packe ich eilig, aber ohne Hast, meine Ausrüstung zusammen. Ich habe einige Minuten Zeit, um zu verschwinden. Nicht viele, bevor die gleich losbrechende Panik irgendwelche Einsatzkräfte auf den Plan ruft, aber mehr als genug für mich. Planung ist alles. Bevor überhaupt der Gedanke gedacht werden kann, von wo der Schuss kam, wird es keine Spur mehr von mir geben. Ich bin der Tod. Ich bin der Wind. Ein Schatten auf den Häusern der Nacht. Ich bin Kawa, der Fluss, in dem dein Leben untergeht. Niemand hat mich je zu Gesicht bekommen.

Fast niemand, erinnere ich mich grimmig, während ich kurz darauf meine Maschine anlasse und in der Nacht verschwinde. *Nur dieses verfickte eine Mal, als ich mich auf etwas Ungeplantes eingelassen habe, da haben sie mich gesehen!*

River

Grau dämmert der Morgen herauf. Wolkenmassen, noch angehaucht von der Schwärze der Nacht, wälzen sich über die Stadt. Das fahle Licht brennt in meinen müden Augen. Ich sollte schlafen, aber ich bin wach. Denn etwas ist doch dran, an dem verdammten Sinatra-Song: Auch wenn es eine Lüge ist, dass diese Stadt niemals schläft, kriege ich hier kein Auge zu! Anstatt mich hinzulegen, stehe ich nun schon seit über einer Stunde am Fenster und starre auf die Brooklyn Bridge hinaus. Der Fluss hat eine anziehende Wirkung auf mich. Jeder Fluss, aber dieser im Besonderen. Der Hudson River, mein Schicksalsstrom. Die schmutzgrauen Fluten, aus denen sie die Leiche meines Vaters bargen.

Am Himmel sehe ich ein Flugzeug starten. Vielleicht fliegt es nach Tokyo. „Ein Sitz ist heute leer geblieben", murmele ich und streiche mir über den Bart. Nach Erledigung des Jobs habe ich meine Auftraggeber verständigt und dann war er eigentlich auch schon aus meinem Kopf verschwunden. Doch durch den Flieger streifen ihn meine Gedanken nun doch noch einmal. „Kehrst du in deine Heimat zurück?", frage ich die Seele des Toten, die meiner Überzeugung nach noch orientierungslos in der Zwischenwelt umherirren dürfte, bis sie sich auf den Weg in die Ewigkeit macht. „Zurück ins Land der aufgehenden Sonne?"

Mit stummer Sehnsucht denke ich an die roten Morgen in Japan. Der Himmel ist dann wie Glas, nein, wie Porzellan, so fein und ebenmäßig, angehaucht von einer zarten Farbe, die ich nirgendwo auf der Welt so rein gesehen habe. Meine Heimat war Japan nie. Ein Fluss hat keine Heimat, er kennt nur die stete Bewegung. Viele Länder, viele Städte habe ich dabei gesehen. Die Welt in all ihrer Schönheit und abgründigen Hässlichkeit. Aber unter all den Orten, an die mich mein Weg geführt hat, kam Japan einer Heimat wohl am nächsten. Mehr jedenfalls als Italien, wo ich meine Kindheit verbracht habe. Und ganz sicher auch mehr als New York, diese dreckige Hölle, in der ich geboren wurde. Geboren und verflucht. Dazu verdammt, immer wieder hierher zurückzukehren, wie ein Geist, der keine Ruhe findet.

Das Telefon reißt mich aus meinen trüben Gedanken. „Zum Teufel", knurre ich. „Die wird auch immer unverschämter!" Denn da es nur einen Menschen auf der Welt gibt, der diese Nummer hat, weiß ich sehr genau, wer mich da in aller Herrgottsfrühe anruft.

„Das nennt man dann wohl senile Bettflucht, Ma", schnaube ich in mein Smartphone und angele mir dabei den Tabak vom Tisch, um mir die erste Zigarette des Tages zu drehen. Meine Mutter lacht. „Nenn es wie du willst, *cucciolo mio*", erwidert sie ungerührt. „Ich bin auf dem Weg zum Großmarkt und habe gesehen, dass bei dir Licht brennt."

Seufzend zünde ich mir die Kippe an. Einer Frau, die einen gestandenen Auftragskiller von dreißig Jahren allen Ernstes noch „mein Welpe" nennt, kann man in Sachen Unverschämtheit wohl einfach nichts mehr erzählen. Während sie nun über die Speisekarte plaudert, die sie in ihrem Restaurant diese

Woche anzubieten gedenkt, wende ich mich vom Fenster ab und gehe nun doch in Richtung Bett. „Ich haue mich aufs Ohr, Ma", gähne ich, von der über mich hereinbrechenden Realität aus Gnocchi al Salmone und Steinpilz-Risotto plötzlich doch müde geworden. „Wir reden später!"

Als meine Mutter vor zehn Jahren nach New York zurückkehrte und das *Mamma Lucia* eröffnete, war der Laden in erster Linie zur Geldwäsche gedacht gewesen. Ich hatte damals nach meiner Ausbildung in Japan angefangen, international zu arbeiten und schnell große Summen verdient. Gute Sniper sind gefragt, vor allem, wenn sie furchtlos sind und sich nicht um lästige Fragen der Ethik und Moral scheren. Allerdings hatte ich die Rechnung ohne den Wirt gemacht, denn innerhalb kürzester Zeit hatte meine Mutter aus der schmierigen kleinen Klitsche einen der besten Italiener Brooklyns gemacht und generierte so viel Umsatz, dass an Geldwäsche kaum noch zu denken war. Aber gut, ich kann mein Geld auch anders waschen. Und solange sie glücklich ist …

„Komm doch zum Frühstück vorbei", schlägt la Mamma jetzt vor. Ich hätte mir gleich denken können, dass an Schlaf jetzt nicht mehr zu denken ist. „Ich bringe frische Croissants von Di Angelo mit, das sind die besten in ganz New York! Oder noch besser, komm zum Großmarkt und hilf mir tragen! " Ich will gerade höflich ablehnen, da hupt es am anderen Ende der Verbindung. Reifen quietschen und derbe italienische Flüche sind zu hören.

„*Ma vaffanculo, stronzo!* Ich geb dir gleich Vorfahrt!", zetert das zarte Stimmchen meiner lieben Mutter, nun in einer Tonlage, die selbst einem gestandenen Kerl wie mir einen Schrecken einjagen würde, wenn ich sie nicht schon von klein auf kennen würde. „Tut mir leid, mein Schatz, diese Idioten hier können einfach nicht fahren! Vorfahrt, wenn ich sowas schon höre! In Sizilien regeln wir das anders! Also, River, ich erwarte dich in fünfzehn Minuten am Eingang", ruft sie noch, dann hupt es wieder und das Gespräch ist beendet.

Mit dem Telefon in der Hand sitze ich auf dem Bett. Genervt ziehe ich noch einmal an der Zigarette, dann drücke ich sie aus. „Es war ein Fehler, nach New York zurückzukehren", stelle ich wieder einmal fest. Aber was sollte ich tun? Mamma Lucia wird nicht jünger und ich bin der einzige Mensch auf der Welt, den sie noch hat. „Ein guter Samurai tut seine Pflicht", seufze ich. Dann stehe ich auf, ziehe die Vorhänge zu und verlasse die Wohnung.

Eine Viertelstunde später stehe ich inmitten von Marktständen, auf denen sich frische Waren aus aller Welt türmen. Die Großhändler schreien um die Wette, während sie ihre Angebote anpreisen, die Käufer, meistens Laden- oder Restaurantbesitzer, feilschen, prüfen und, im Falle meiner Mutter, beanstanden aus Leibeskräften angebliche Mängel. Das Gewimmel des Großmarkts lenkt mich zumindest von meiner schlechten Laune ab, die mich nicht loslässt, seit ich vorhin an diesen Vorfall neulich gedacht habe.

Diese verdammte Schießerei in einem Club, bei der zum ersten Mal in all den Jahren jemand mein Gesicht gesehen hat! Gut, zunächst einmal ist das nicht weiter schlimm, denn kein Gangster dieser Welt kann mein Gesicht mit dem legendären Kawa in Verbindung bringen. Dem Killermythos, von dem keine Seele weiß, wie er aussieht oder wer er ist, woher er kommt und wann er wieder in Erscheinung tritt. Aber auch wenn ich de facto nicht enttarnt wurde, fühlt es sich trotzdem für mich so an. Es kratzt an meiner Ehre, und zwar ganz gewaltig.

Kisten mit Gemüse, Fisch und Fleisch in den Lieferwagen meiner Mutter zu wuchten, bringt mich auf andere Gedanken. Allerdings nicht unbedingt auf bessere. Denn an das, was mir nun stattdessen durch den Kopf geht, wollte ich eigentlich auch nicht mehr denken.

„Sag mal, Ma, hat sich diese Kleine eigentlich gar nicht bei dir gemeldet?", erkundige ich mich möglichst beiläufig, während ich die Einkäufe im Laderaum mit Gurten sichere. Sie sieht von der Liste auf, auf der sie die erfolgreich ergatterten Zutaten für ihre Rezepte abhakt.

„Welche Kleine, *cucciolo*?", erkundigt sie sich. „Bei mir hat sich niemand gemeldet, jedenfalls keiner, auf den diese Beschreibung passt." Mit gerunzelter Stirn presse ich etwas von „junges Ding mit langen blonden Haaren" zwischen den Zähnen hervor und vermeide dabei tunlichst, sie anzusehen. Denn Mütter riechen den Braten bekanntlich zehn Meilen gegen den Wind. Jedenfalls glauben sie das gerne. Und in der Tat kann ich ihr Grinsen förmlich hören, als Mamma Lucia nun fragt: „Wurden meine Gebete etwa erhört und du hast endlich ein Mädchen kennengelernt, mein Sohn?!"

Natürlich weiß sie genau, dass ich keinerlei Interesse an Frauen habe. Nun gut, an Frauen vielleicht schon, an ihren Körpern, an ihren *Löchern*, daran, mich für ein paar Stunden mit ihnen zu vergnügen, aber nicht an Beziehungen und dem ganzen Scheiß. Wenn ich Sex will, werfe ich irgendwo ein paar Scheine auf den Tisch und suche mir eine Nutte aus, die meinem Geschmack entspricht. Eine, die etwas aushalten kann, denn alles andere ist uninteressant für mich.

„In meinem Beruf kann man sich keine emotionalen Bindungen erlauben, wie du weißt", entgegne ich gereizt. „Schlimm genug, dass ich dich am Hals habe, Ma! Ein Mädchen fehlt mir da gerade noch! Ich bin ein Mann ohne Gesicht, verstehst du das nicht? Ein Kerl wie ich hat keine Vergangenheit und keine Zukunft. Er kennt nur den Moment, in dem er den Abzug betätigt. Ich bin ein …"

Meine Mutter winkt spöttisch ab. „Ich bin ein Schatten in der Nacht, ich weiß, ich weiß! Ein Windhauch auf den Dächern der schlafenden Städte, bla, bla!", führt sie meinen Satz ziemlich wortgetreu zu Ende. „Du hattest immer schon einen Hang zum Melodramatischen, River, aber langsam wird es Zeit, dass du unter die Haube kommst, *capisci?!"*

Bevor ich etwas erwidern kann, knallt sie die Wagentür zu, nimmt mir den Schlüssel aus der Hand und fügt hinzu: „Du holst jetzt die Croissants und dann sehen wir uns im Restaurant!" Damit springt sie für ihr Alter sehr behände in den Lieferwagen und fährt mit quietschenden Reifen rückwärts die Einbahnstraße hoch. Kopfschüttelnd setze ich mir meinen Helm auf, schwinge mich auf mein Bike und starte in die andere Richtung, um, ganz wie ein treuer Samurai, auch den Auftrag mit den dämlichen Croissants auszuführen.

Als ich ankomme, duftet es im Restaurant nach frischem Kaffee. Ich werfe die Tüte mit dem Gebäck auf den Tresen, lasse mich auf einen der Barhocker fallen und sehe zu, wie meine Mutter an der Espressomaschine hantiert und Milch aufschäumt. Der Cappuccino, den sie mir wenig später serviert, bringt mich dann doch zum Lachen. Denn seit Mamma Lucia einen Baristakurs für Latte Art besucht hat, ist sie stets bemüht, mich mit neuen Milchschaumkreationen zu beeindrucken. Dieses Mal ist es eine Pistole, deren Bild meine Tasse schmückt.

„*Dai, Mamma*, ich benutze meistens ein Präzisionsgewehr, wie du wissen dürftest", beschwere ich mich und sie lacht ebenfalls. „Ich weiß, *tesoro*, aber daran übe ich noch." Lächelnd legt sie die Croissants auf einen großen bemalten Teller aus der Toskana und setzt sich mit ihrem eigenen Cappuccino zu mir. „So, und nun nochmal ganz in Ruhe", beginnt sie dann und legt mir vertraulich ihre kleine Hand auf den Arm. „Was ist das für ein blondes junges Ding, von dem du da vorhin erzählt hast?"

Da sie keine Ruhe geben wird, bis sie es weiß, gebe ich mich lieber gleich geschlagen. „Die Mitbewohnerin von Jackson Paynes Freundin“, brumme ich. „Du weißt schon, diese Angelegenheit mit den Romanos, in die ich dank dir neulich verstrickt wurde! Ich habe dem Kerl geholfen, sein Mädchen zu befreien und dafür mussten wir vorher in ihre Wohnung. Das besagte junge Ding schien mir dort nicht sicher zu sein, deshalb habe ich ihr gesagt, sie soll zu dir gehen.“

Meine Mutter zieht ihre elegant geschwungenen Augenbrauen hoch. „Das hat sie nicht getan“, stellt sie fest. „Hoffentlich ist ihr nichts passiert!“ Obwohl ich daran natürlich auch schon gedacht habe, winke ich mit gerunzelter Stirn ab. „Ach was, das ist unwahrscheinlich“, brumme ich. „Die Romanos waren hinter Zoey her, an dieser Suzy hatten sie kein Interesse. Und so wie ich das sehe, haben sie jetzt wahrlich andere Sorgen, als sich um irgendwelche kleinen Mädchen zu kümmern.“

Meine Mutter nickt mit sorgenvollem Ausdruck in ihren dunklen Augen. „Ja, das stimmt“, pflichtet sie mir bei. „Der Krieg mit Connor wird von Tag zu Tag blutiger! Ich frage mich, wohin das noch führen soll! In den Zeitungen liest man täglich von Mafiatoten, na, und was ich unter der Hand so alles zu hören bekomme, kannst du dir ja vorstellen!“ Ich trinke einen großen Schluck Cappuccino und greife mir noch ein mit Nougatcreme gefülltes Croissant. „Nicht mein Bier.“ Ich zucke mit den Schultern. „Einer der Gründe, warum ich den Weg eines Einzelgängers gewählt habe, ist, dass ich keine Lust auf dieses Mafia-Heckmeck habe. Ich komme mit der Dunkelheit, erledige meinen Auftrag und verschwinde wieder wie ein …“

„Wie ein Schatten in der Nacht, jaja, ich weiß, River! Langsam kann ich es nicht mehr hören!“, unterbricht mich meine Mutter. „Du weißt, wie stolz ich auf dich bin, aber manchmal wünsche ich mir, du würdest eine etwas sozialere Ader haben! Es gibt noch andere Menschen auf der Welt, mein Junge!“ Ich ziehe eine Augenbraue hoch und beiße ein großes Stück Croissant ab. „Soziale Ader", wiederhole ich mit kühlem Spott. „Und das sagt mir ausgerechnet die Frau, die ihre eigenen Brüder umgebracht hat!"

Mamma Lucias Gesicht verfinstert sich. „Das war meine Vendetta und sie war gerechtfertigt", zischt sie. „Die Kerle haben den Mann getötet, den ich über alles auf der Welt geliebt habe! Deinen Vater, River!" Ich nicke nur. Die Geschichte habe ich nun wirklich oft genug gehört. „Mafia-Heckmeck, sage ich ja", entgegne ich trocken. „Und jetzt entschuldige mich, ich hatte eine lange Nacht."

Bevor ich die Tür erreicht habe, höre ich meine Mutter allerdings noch aufgebracht hinter mir rufen: „Ich weiß, dass du Jax noch nicht einmal im Krankenhaus besucht hast! Der Junge ist angeschossen worden, schon vergessen? Es gehört sich, dass du dich dort blicken lässt, *hai capito?!* Wenn du nicht endlich hingehst, mache ich dir Feuer unter dem Hintern, das kannst du mir glauben!"

River

Krankenhäuser. Es gibt kein Wort, in keiner verdammten Sprache dieser Welt, das auch nur annähernd beschreibt, wie sehr ich Krankenhäuser hasse. Dieser Geruch. Nach Krankheit, Siechtum und Desinfektionsmittel. Nach Körperausdünstungen, Blut und Tränen. Es treibt mir beinahe das Croissant wieder nach oben, so angewidert bin ich, kaum, dass ich das Gebäude betreten habe.

„Kann ich Ihnen helfen?"

Das junge Ding hinter dem Info-Tresen, das auf mein Erscheinen hin spontan um einen halben Kopf gewachsen ist, streckt mir all ihre Vorteile entgegen, die unter der weiten Schwesternkluft verborgen liegen. Und natürlich entgeht mir auch nicht, wie ihre Blicke verstohlen über meinen Bart und den Hals hinunter bis zu meiner Brust gleiten. Leichte Beute. Das wäre sie ohne Zweifel. Und mit ihrer zartbraunen Haut und den Kulleraugen auch sicherlich ein vortreffliches Mahl. Doch ich habe keine Zeit und mein Schwanz kein Interesse.

„Kapelle", brumme ich kurz angebunden, woraufhin ein betretener Ausdruck auf ihrem Gesicht erscheint. Voller Mitgefühl, weil sie wohl der Annahme ist, dass ich wegen eines Trauerfalls hier bin, schlägt sie die Augen nieder, und das so gekonnt, dass es mich einen kurzen Moment lang tatsächlich meine ablehnende Haltung überdenken lässt. Die Unterwürfigkeit dieses Mädchens - ein Blick auf das Schild an ihrer Kutte verrät mir, dass sie Isabelle heißt - ist so natürlich, ja fast schon rein, dass mein Instinkt sofort darauf anspringt. Mein linker Mundwinkel hebt sich. Leicht neige ich den Kopf. *O ja, Isabelle, du würdest fantastisch aussehen. Nackt und auf Knien. Vor mir.*

„Verzeihung, Sir. Mein Beileid. Die Kapelle befindet sich im zweiten Stock. Nehmen Sie einen der Aufzüge dort drüben und dann nach links. Am Ende des Flurs."

„Danke. *Isabelle.*"

Beim gedehnten Klang ihres Namens trifft mich ihr Blick. Sie schluckt. Doch ich wende mich bereits ab. Steuere auf die Lifte zu, ohne mich noch einmal umzusehen. Ich will keine kleine, süße Isabelle. Kein krauses, schwarzes Haar zwischen meinen Fingern. Nein. Wenn ich etwas will, dann sind es verdammte blonde Locken. Seit ich weiß, dass dieses kleine Luder nicht das getan hat, was ich ihr aufgetragen habe, juckt es mich in den Fingern, sie dafür zur Rechenschaft zu ziehen.

Wer weiß, vielleicht führt mich mein nächster Weg ja einfach zurück in die Bronx. Denn niemand widersetzt sich einem Befehl von Kawa, ohne dafür die Konsequenzen zu spüren.

Nach diesem Scheißtermin mit Connor O'Brien, auf den ich so viel Lust habe, wie ein Sushi-Koch auf einen Burger.

Ich selbst hätte dem Treffen gar nicht erst zugestimmt. Wozu auch? Emilio Romano ist tot, der Auftrag, den Connor mir gegeben hat, somit erfüllt und an einer weiteren Zusammenarbeit war ich schlicht und ergreifend nicht interessiert. Noch nie habe ich ein zweites Mal für ein und denselben Kunden gearbeitet und sah keinen Grund, dies bei O'Brien zu ändern. Bis meine Mutter anrief.

Sie ist meine Kontaktperson in dieser Angelegenheit und zu meinem Leidwesen hat sie eine verdammte Schwäche für Jax.

Nichts kann sie ihm abschlagen! Als sie mir mitteilte, dass Connor mich treffen möchte, machte sie mir darum noch im selben Atemzug klar, dass ich keine andere Wahl hätte als zuzusagen. *Madonna mia!* Wenn die Frau so weitermacht, dann ziehe ich doch weiter! Mamma hin oder her!

Die Aufzugtüren gleiten auseinander und ich trete auf den breiten Flur. Eine Putzfrau kramt leise fluchend in ihrem Utensilienwagen, ansonsten scheint die Etage wie verwaist. Unbehagen kribbelt in meinem Genick. Ich ziehe die Schultern hoch und folge Isabelles Wegbeschreibung. Meine Stiefel hinterlassen Abdrücke auf dem frisch gewischten Boden. Die Putzfrau flucht nun lauter. Was für ein Scheißtag.

Das Kribbeln wird stärker mit jedem Schritt, den ich der Kapelle näherkomme. Wie eine Vorahnung, deren Gewicht schwer auf meine Schultern drückt. Als ich meine Hand ausstrecke und durch den rechten Flügel der Eichentür trete, weiß ich, dass ich einen Fehler begehe.

Fahles Licht empfängt mich. Kerzenlicht, das sanft im Luftzug flackert. Buntglasfenster in rot und blau, Holzbänke, ein Mittelgang. Schon lange war ich nicht mehr in einem Gotteshaus. Denn auch wenn die Zeiten längst vorbei sind, in denen ich noch an das glaubte, was meine Mutter mir abends aus der Bibel vorlas, haben sie noch immer eine viel zu beklemmende Wirkung auf mich. Niemand steht von den Toten auf. Kein Gottessohn und erst recht keine der armen Seelen, die ich in die ewigen Jagdgründe geschickt habe.

„Pünktlich auf die Minute. So mag ich das.“

Connor O'Brien. Er sitzt in der ersten Reihe, mit dem Rücken zu mir, sein leicht gehobenes markantes Antlitz dem Kreuz zugewandt, das mahnend und schwer über dem Altar aufragt. Ein Mann wie er hat es nicht nötig, sich umzudrehen. Und da ich in seinem Auftrag hier bin, stelle ich auch keine derartigen Ansprüche. Er ist der König, aber ich bin der Tod.

Und der Tod steht über den Dingen.

Ich mache einen Schritt vor, da schnalzt er missbilligend mit der Zunge. Sein Siegelring blitzt im Kerzenschein, als er die Hand hebt und mir mit einer knappen Bewegung doch tatsächlich Einhalt gebietet.

„Du hast das Weihwasser vergessen, mein Sohn. Bekreuzige dich im Hause Gottes!"

Was zum Teufel?! Automatisch fliegt mein Blick zu der kleinen Schale neben der Tür, in der das Wasser im dunklen Stein schimmert wie Öl. Oder Pech. Bekreuzigen? Was für ein Schwachsinn.

Connor erhebt sich mit einem Seufzen. Schwarzer Anzug, schwarzer Blick. So kommt er auf mich zu, während er mit heroischer Eleganz die Knöpfe seines Jacketts schließt. Die grauen Augen blitzen. „Deine Mamma hat dir wohl nicht beigebracht, dass wir in unserer Familie den Herrn ehren, was?"

Der Mistkerl! Am liebsten würde ich ihm das süffisante Grinsen aus dem Gesicht wischen – mit der Faust –, stattdessen ergreife ich mit einem Schnauben seine Pranke, die er mir hinhält. Einen festen Handschlag lang schauen wir uns an. Ein stummes Kräftemessen, in dem sich jedoch keiner von uns beiden beweisen muss. Sein Grinsen wird noch einmal breiter, ehe er mich mit einem „Es freut mich, dich kennenzulernen. Cousin." als erster loslässt.

„Na, das wird sich noch herausstellen", murmele ich, da höre ich Stimmen vom Flur her und verdrehe die Augen. War ja klar. Bestimmt hat das auch meine liebe Mutter organisiert.

Ich habe den Gedanken kaum zu Ende gedacht, da rumpelt etwas Schweres gegen die Kapellentür.

„Sag mal, willst du mich umbringen?!"

„So ein Quatsch! Wenn ich dich hätte umbringen wollen, dann hätte ich den Stecker gezogen, als du im Koma lagst. Und jetzt stell dich nicht so an! Ich schiebe schließlich zum ersten

Mal einen Rollstuhl und du bist nicht gerade ein Fliegenge-
wicht, Mister Payne!"

Jackson und seine Zoey. Das hat mir gerade noch gefehlt.
Resigniert kneife ich mir mit zwei Fingern in die Nasenwurzel,
während Connor vortritt und die Tür aufzieht. „Könnt ihr eigentlich auch noch was anderes als streiten?", brummt er.

Und dann sehe ich seinen Zweiten Mann. Er sitzt tatsächlich in einem Rollstuhl. Ein Rollstuhl, verdammt! Warum hat
Mamma mir das nicht gesagt?! Ich wäre doch … So unauffällig
wie möglich suche ich Halt an der nächsten Bank. Mir ist
schlecht, denn … Nein. Ich wäre auch nicht eher hergekom-
men, wenn ich gewusst hätte, dass Jax nicht mehr laufen kann.
Im Gegenteil. Hätte ich gewusst, dass diese verdammte Kugel
seine Wirbelsäule verletzt hat, hätten Connor und auch meine
Mutter sich auf den Kopf stellen können – ich wäre hier nicht
aufgetaucht.

Fuck! Sein Lachen, als er jetzt zu Connor aufschaut. Es ist
so jungenhaft. Beinahe, als habe er noch nie etwas Böses in seinem Leben gesehen. Wie geht das, verflucht noch mal?! Er
müsste am Boden zerstört sein! Am Hadern mit sich und der
Scheißwelt! Ich an seiner Stelle würde mit Sicherheit nicht einmal ein Lächeln hinbekommen. Nie wieder! Aber er …

„Oh, das können wir, Boss, keine Sorge!" Er zwinkert Connor zu und umfasst die Lehnen seines klapprigen Gefährts.
„Glaub mir, wären die Schwestern hier nicht solche prüden
Schießhunde, ich hätte meine Prinzessin schon auf jeder ver-
fügbaren Liege ge…"

„Jax!" Zoey verpasst ihrem Freund einen so heftigen Schlag
auf den Rücken, dass das Klatschen durch die ganze Kapelle
hallt. Er krümmt sich, keucht, doch lacht. Und während ich
immer weniger verstehe, was hier abgeht, steigt Jackson leise
fluchend aus dem Rollstuhl. Er steht auf! Er …

„Aua, Prinzessin! Pass auf meine Narbe auf, die trage ich schließlich nur für dich. Ge*liebt* wollte ich sagen, nicht gef…“ Der zweite Klatscher lässt ihn verstummen und die Wut färbt Zoeys Wangen rosa. „Das geht hier trotzdem niemanden etwas an, Jax!“

„Ist ja schon gut, beruhig dich wieder. Ist doch alles Familie hier.“

Die Arme ausgebreitet dreht er sich von Connor zu mir. Und dann treffen sich unsere Blicke das erste Mal, nachdem wir uns vor diesem beschissenen Nachtclub trennten. Scheiße. Er wäre bei dieser Schießerei beinahe draufgegangen. Weil ich zu spät abgedrückt habe. Ich meine, es ging gar nicht anders. Als ich den Korridor erreichte, um ihm zu helfen, hatte Romano die Waffe bereits im Anschlag gehabt. Ich sah nicht einmal, auf wen er überhaupt zielte, sondern drückte einfach ab. Das Gefühl, das mich überkam, als ich über die Leiche stieg und Jackson dort drin blutend vor seiner weinenden Freundin kauern sah, werde ich so schnell nicht vergessen.

Diese Leere. Der große Zweifel am Leben und meinem ganzen Sein. Ich darf sie nicht zulassen. Ihnen keine Möglichkeit geben, über mich zu gebieten. Das ist der Grund, warum ich stets allein bin. Warum ich nie mit anderen zusammenarbeite. Nur die Einsamkeit hilft mir dabei, die Schwärze in mir selbst zu ertragen. Gefühle sind da nicht hilfreich. Keine Liebe, keine Freundschaften. Und darum weiche ich zurück, als Jax nun auf mich zukommt. Verschränke die Arme und lasse seine Begrüßung gegen eine Wand aus Ablehnung laufen. Weil ich das freudige Strahlen in seinen Augen nicht ertrage. Es erlöschen zu sehen, ist allerdings fast noch schlimmer. Auf meinem Brustkorb lasten Tonnen, als er mitten in der Bewegung innehält, die Stirn in Falten gelegt. Scheiße, er ist wirklich ein Welpe, und ich frage mich, was ein aufrichtiger und im Herzen grundgütiger Kerl wie er nur in einer Welt wie der unseren verloren hat.

„Hi." Zoey rettet uns beide, indem sie sich an ihrem Freund vorbeischiebt und mir die Hand entgegenstreckt. „Ich bin Zoey und … Ich hatte noch gar nicht die Gelegenheit, mich bei dir zu bedanken."

So zart. So zerbrechlich. Dieses Mädchen sieht eher aus wie eine in rosa Glitzer gefallene Tinkerbell als wie eine Mafiabraut, doch in ihren riesengroßen braunen Augen liegt die Weisheit einer Überlebenden. Ich will gar nicht wissen, wie viel Scheiße Zoey in ihrem jungen Leben schon fressen musste.

Kurz fliegt mein Blick zu Jax, der wie ein Bollwerk hinter ihr aufragt, die Frage noch immer in seinen stahlblauen Iriden, was sich zwischen uns geändert hat. Er kämpft damit, genau wie ich. Ich sehe es an seiner aufrechten Haltung. Der verhärteten Kiefermuskulatur. Doch er ist erfahren und respektvoll genug, mein Verhalten zu akzeptieren und die Frage nicht laut zu stellen. Ein kurzes Nicken, mit dem ich ihm meine Achtung signalisiere, dann ergreife ich Zoeys Hand. „Es war mein Auftrag, das Arschloch zu töten", sage ich knapp. „Dafür bedarf es keinen Dank."

Verwunderung huscht über ihr feines Gesicht, doch noch ehe sie die Lippen öffnen kann, um das Thema zu vertiefen, komme ich ihr zuvor. „Es tut mir leid, dass ich nicht eher da war. Aber was geschehen ist, ist geschehen, und lässt sich nicht mehr rückgängig machen. Ich hoffe nur, dass du daraus etwas gelernt hast, und in Zukunft tun wirst, was dein Mann dir sagt."

Zoeys Mund schnappt auf. Sie ringt sichtlich um Fassung. Mit meiner Ansage dürfte ich es mir ordentlich bei ihr verscherzt haben, aber das macht nichts. Es war pure Absicht.

„Nicht, Prinzessin. Warte draußen, bis wir das Geschäftliche geregelt haben." Jax umfasst ihre Schultern noch bevor sie die Gelegenheit ergreifen kann, mir die Meinung zu geigen. Aus ihren Augen allerdings schießen Blitze, während er sie fortschiebt. Jeder einzelne prallt wirkungslos an mir ab. *Es ist besser so, kleine Tinkerbell. Für euch und für mich. Glaub es mir.*

„So lasse ich nicht mit mir umgehen!", höre ich sie zischen, und die wüsten Beschimpfungen, die darauf folgen und alle mir gelten, entlocken mir tatsächlich ein Schmunzeln. Ich wende mich ab, wohlwissend, dass mein Welpe das regeln wird. Und mit einem gewissen Schmerz in der Brust, weil ich ihm nicht zeigen kann, wie sehr er mir in der kurzen Zeit, die wir uns kennen, ans Herz gewachsen ist.

Ich lausche ihrer Auseinandersetzung. Frage mich, wie lange sie wohl dauern wird. Da erhebt Jax die Stimme. „Schweig!" Ein einziges Wort, kurz und prägnant, mit einer Bestimmtheit in seiner rauen Stimme, die mich mit einem seltsamen Gefühl des Stolzes erfüllt. Erklären kann ich es nicht, aber dieser Kerl weckt in mir einen lange verloren geglaubten Instinkt. Die Art von Verbundenheit, wie ich sie bisher mit nur einem einzigen Menschen geteilt habe. Kopfschüttelnd schaue ich zu Boden. Erliege einen Moment lang den Erinnerungen. Kenzo war wie ein Bruder für mich.

Die Tür schließt sich in meinem Rücken, draußen auf dem Flur zetert die kleine Furie noch ein wenig weiter und Connor brummt: „Darum keine Frauen bei Besprechungen, Jax."

Sein Zweiter Mann senkt schuldbewusst den Kopf. Er möchte etwas erwidern, sein Boss jedoch hat sich bereits mir zugewandt. „Wir brauchen deine Hilfe noch einmal, Cousin."

Meine Laune hat den Nullpunkt erreicht, als ich auf den Krankenhausflur trete. Ich hätte Nein sagen sollen. Diesen Auftrag anzunehmen, war falsch. Sowas von falsch! Er wird mich in Teufels Küche bringen, das weiß ich, und dennoch habe ich genickt, als Connor mich bat, auch den zweiten Romano-Bruder aus dem Verkehr zu ziehen. Fuck! Mich erneut unter Romanos Leute zu mischen, birgt ein unkalkulierbares Risiko. Sie haben mich gesehen. Zwar haben sie keinen blassen Schimmer, wer ich bin, doch ich habe den Bruder ihres großen Bosses getötet, was mich auf Platz Eins ihrer Abschussliste gebracht haben dürfte. Der gesunde Menschenverstand würde verlangen, dass ich mich einfach aus diesem Krieg heraushalte. Dass ich weiterziehe. Gras über die Sache wachsen lasse. Doch Connor hatte ein unschlagbares As im Ärmel. Und er hat es ausgespielt, ohne mit der Wimper zu zucken.

„Sie beobachten deine Mutter, River. Sie zieht in dieser Stadt an zu vielen Fäden und ist Romano ein Dorn im Auge. Nico ist nicht so dumm wie sein Bruder. Er kann Eins und Eins zusammenzählen und ahnt sicherlich, dass sie uns die Information über ihren Club zugespielt hat. Du kannst dich also gar nicht mehr rausziehen. Dieser Kampf ist längst zu deinem eigenen geworden."

„Hey, Arschloch!"

Zorn kocht in mir hoch. Schlechte Idee, Tinkerbell. Ganz schlechte Idee.

Ich drehe mich nicht um. Banne meinen Blick auf die Aufzugtüren vor mir, ohne sie wirklich zu sehen, und konzentriere mich stattdessen auf ihre kleinen Schritte hinter mir. Rasch kommen sie näher. Drei, zwei, …

Sie zuckt, als sie plötzlich statt meines Rückens mein grimmiges Gesicht vor sich hat. Ihr Zweifel, ob es wirklich eine gute Idee war, mich so respektlos von der Seite anzuquatschen, verraucht jedoch schneller als ich schauen kann. Der Giftzwerg hat Schneid, das muss ich ihr lassen. Jetzt richtet sie auch noch einen Zeigefinger auf mich! So gern ich Jax mag, aber was zu weit geht, geht zu weit. Ich packe zu. Schließe meine Hand nicht brutal, aber dennoch fest genug um ihre, dass Zoey überrascht die Luft einzieht. Dann baue ich mich über ihr auf.

„Jetzt hör mir mal gut zu! Dass ich deinen mickrigen Hintern gerettet habe, geschah nicht aus Nächstenliebe, verstanden? Jax ist ein gutmütiger Kerl. Zu gutmütig, wenn du mich fragst, und das war dein Glück. Genau wie die Tatsache, dass ich große Stücke auf deinen Freund halte, denn sonst würde ich dir jetzt beibringen, wie du dich mir gegenüber zu verhalten hast!"

Sie lacht! Das kleine, dumme Mädchen lacht und treibt es damit fast zum Äußersten. Fest beiße ich die Zähne aufeinander und besinne mich einmal mehr darauf, wer sie ist. Jax wird noch sein blaues Wunder mit diesem Wildfang erleben, da bin ich mir sicher. So todesmutig wie sie mir gerade ins Gesicht grinst, wird es nicht lange dauern und sie hockt in der nächsten Scheiße.

„Willst du mir etwa drohen?" Ihr Tonfall ist selbstgefällig, doch auf dieses Spiel lasse ich mich gar nicht erst ein. Ihre Hand noch immer in meiner, ziehe ich sie an mich.

„Ich drohe dir nicht, Zoey. Ich warne dich. Ich warne dich, dein Verhalten tunlichst zu überdenken und zu ändern, denn sonst wirst du in unserer Welt nicht überleben. Und keine Sorge, es geht mir dabei nicht um dich." Tief bohre ich meinen Blick in ihren. „Sondern einzig und allein um Jax. Er hat sein Leben für dich aufs Spiel gesetzt und ich weiß, dass er das auch immer wieder tun wird. Also werde erwachsen, Mädchen! Lerne, wo dein Stand ist, und zügle dein Mundwerk! Sonst wird *er* früher oder später dafür bezahlen. Willst du das?"

„Gott, nein, bist du irre?" Sie rudert rückwärts, kommt aber nicht von mir los. Zu wichtig ist es mir, dass sie kapiert, was ich ihr sagen will. Dass sie mit ihrem Verhalten nicht mehr länger nur für sich selbst steht. Der Trotz ist aus ihrer Haltung gewichen. Verwirrung steht in ihren großen Augen, dann die einsetzende Erkenntnis. Ihr Widerstand schwindet, ihre Muskeln werden weich. Ich lasse sie los.

„Gut. Dann denk an dieses Gespräch, bevor du das nächste Mal jemanden als Arschloch betitelst, in Ordnung?"

Sie nickt. „Geht klar. Es … es tut mir leid. Es ist nur grade alles so viel, weißt du?" Ich verdrehe die Augen. Weiß es nicht und will ihre Kleine-Mädchen-Probleme auch gar nicht hören. Doch Zoey ist bereits mitten im Redefluss und eine Frau einfach stehen zu lassen ist jetzt auch nicht meine Art. Das hat mir meine Mom eingebläut. Also übe ich mich in Geduld, während Zoey keinen Punkt und auch kein Komma mehr zu kennen scheint. Als sie zum dritten Mal dazu ausholt, mir zu beschreiben, wie viel Angst sie um Jackson gehabt hat, ist es mit meiner guten Erziehung dann aber auch echt vorbei. Ich habe schon die Hand erhoben, um sie am Weiterreden zu hindern, da fällt dieser eine Name: „… und jetzt ist auch noch meine Freundin verschwunden! Suzy! Keiner weiß, wo sie steckt und …“

„Was soll das heißen, keiner weiß, wo sie steckt?“ Sofort bin ich ganz Ohr. „Du redest doch von deiner Mitbewohnerin, oder? Suzanna?“

„Ja, aber woher …“

„Jax war bei mir, als Suzanna ihn anrief. Darum war ich bei deiner Rettung auch dabei. Und zuvor in eurer Wohnung.“

„Stimmt, Jax erwähnte das. Sorry. Wie gesagt, alles ein bisschen viel gerade.“

„Hey, River! Noch nicht eins mit der Nacht geworden? Ich dachte, du düst längst auf deinem Bike durch die Häuserschluchten.“ Jax und Connor kommen auf uns zu, während Jax seine Worte mit theatralisch durch die Luft wirbelnden Handbewegungen unterstreicht. Der Kindskopf.

„Die Nacht muss noch ein bisschen warten, Kleiner. Aber wo hast du denn deinen Rollstuhl gelassen?“

Die Verblüffung steht in Jax' Gesicht, als er sich umschaut. „Scheiße, den hab ich vergessen.“ Und an Connor gewandt fügt er hinzu: „Bin gleich wieder da.“

„Jax, warte!“ Ich gehe ihm nach. Vom anderen Flügel des Krankenhauses her nähern sich zwei Patienten und unser Gespräch ist nicht für die Öffentlichkeit gedacht. „Warum hast du mir nicht gesagt, dass Suzanna verschwunden ist?“

„Wer ist Suzanna?“ Connor schaut fragend, wenn auch nicht sonderlich interessiert.

„Zoeys Mitbewohnerin“, klärt Jax ihn auf und als sein Blick wieder auf mir liegt, sind seine Augen ganz schmal. „Weil ich nicht dachte, dass dich das interessiert, *Bro*.“

Das letzte Wort zusammen mit seinen nun vor der Brust verschränkten Armen verfehlen ihr Ziel nicht. Nun lässt er mich spüren, was ich ihm selbst vermittelt habe: Dass es keine Vertrautheit mehr zwischen uns gibt. Der bittere Geschmack des schlechten Gewissen legt sich auf meine Zunge, schnell beschließe ich aber, dass wir für so einen Quatsch keine Zeit haben, und schlucke ihn hinunter.

„Es interessiert mich aber.“ Meine Stimme ist fast schon ein Knurren. „Und jetzt definiert mir bitte das Wort *verschwunden*.“

Eigentlich hatte ich gedacht, dass die Romanos kein Interesse an ihr haben. Aber vielleicht habe ich mich getäuscht. Andererseits kann *verschwunden* bei so jungen Dingern ja alles heißen. Wahrscheinlich ist sie einfach mit irgendeinem Typen durchgebrannt oder lässt sich irgendwo durchvögeln. Zutrauen würde ich es ihr.

Zoey scheint zu ahnen, was in meinem Kopf vorgeht, denn sie stemmt vorwurfsvoll ihre Hände in die Seiten und reckt das Kinn. „Sie ist weg! Und ihre Sachen auch!“

„Telefon?“

Zoey schneidet mir eine Grimasse. „Das ist aus. Seit Tagen!“

„Hat sie einen Freund?“

„Nein!“

„Familie?“

Zoey schnaubt. „Irgendwo im Süden, ja. Einen Onkel, glaub ich. Aber da wollte sie nie drüber reden, also hab ich sie auch in Ruhe gelassen. Ich war ihre einzige Anlaufstelle hier in New York, verstehst du? Darum mache ich mir ja solche Sorgen!“

Hm. Das klingt tatsächlich nicht gerade beruhigend. Und die Blicke, die Jax mit mir tauscht, stimmen mich nicht gerade optimistischer.

„Vielleicht könntest du nach ihr suchen?", fragt er, schaut dann aber sofort zu seinem Boss. „Das ist doch okay, oder? Ich will einfach ausschließen, dass diese Ratte von Romano etwas damit zu tun hat. Ich habe schon Ed und ein paar Jungs auf sie angesetzt, aber die konnten keinerlei Hinweise finden. Sie ist wie vom Erdboden verschluckt."

Connor stimmt nicht sofort zu, sondern wägt zunächst einmal ab. Schließlich bin ich nicht irgendein Handlanger, sondern Kawa, einer der bestbezahlten Killer der Welt. Und er weiß, wenn er mich als Kindermädchen engagiert, dann wird das verdammt teuer. Mein Auftrag ist es, Nico Romano auszuschalten, um den Krieg zu beenden, der seit dem Tod seines Bruders auf New Yorks Straßen herrscht, und nicht, eine Rumtreiberin zu finden. Allerdings scheint auch Connor nicht zu entgehen, wie hoffnungsvoll Zoey sich an den Arm seines Unterbosses klammert. Und da sie als Jacksons Freundin zu einem Teil der Familie geworden ist und man der Familie nur schwer etwas abschlägt, nickt er mir schließlich zu. „In Ordnung. Schau dich nach ihr um. Aber Romano bleibt Priorität Nummer Eins!"

River

Der Block, in dem Zoey mit Suzanna gewohnt hat, gehört zu den schäbigsten, die die Bronx zu bieten hat. Heruntergekommen ist gar kein Ausdruck. Zwar war ich in der Nacht, als ich mit Jax seine Freundin befreit habe, schon einmal hier, aber da war es dunkel. Bei Tageslicht wird das ganze Elend erst so richtig sichtbar. Die Haustür wurde eingetreten und hängt nur noch schief in den Angeln. Leere Schnapsflaschen und jede Menge Müll liegen im Eingangsbereich herum. Im Treppenhaus stinkt es nach Kotze.

Nicht ganz der richtige Ort für zwei brave kleine Mädchen, was, Suzy?, frage ich Zoeys Mitbewohnerin in Gedanken, während ich im Halbdunkeln die knarrende Treppe hinaufsteige. Die Beleuchtung ist natürlich kaputt und Tageslicht dringt in dieses Loch kaum vor. *Aber, oh, ich vergaß, so brav seid ihr ja gar nicht, nicht wahr?*

Zumindest von Zoey weiß ich das, denn sonst hätte sie sich ja kaum auf einen der miesesten Gangster von ganz Chicago eingelassen. Aufgrund ihrer Beziehung zu Emilio Romano bin ich überhaupt nur in die ganze Scheiße hineingezogen worden. Nachdem sie den debilen Kerl sitzen gelassen hatte und mit Jax zusammengekommen war, wurde sie von Emilios Leuten aufgespürt und entführt. Der Rest ist Geschichte. Dass ich es dann war, der dem Wichser die Lichter ausgeblasen hat, bedaure ich zwar keineswegs, aber dennoch ist die Erinnerung an jene Nacht doch eher unangenehm für mich.

Denn sie haben mein verdammtes Gesicht gesehen! Und das ist bei einem Job niemandem bisher vergönnt gewesen! In dem Moment, als ich Emilio Romano eine Kugel durch den Kopf gejagt habe, war ich kein Schatten mehr, kein unsichtbarer Todesengel auf den Dächern der Stadt, sondern nur ein verdammter Gangster, der mit einem anderen verdammten Gangster einen Club gestürmt hat. *Porca miseria.*

Der Gedanke an die gemeinsame Aktion mit Jax erinnert mich an sein Gesicht gestern im Krankenhaus. Er wollte es nicht zeigen, aber es hat ihn getroffen, dass ich so abweisend war. Missmutig verziehe ich den Mund. Ich will mir nicht eingestehen, dass es mir leidtut, ihn so behandelt zu haben. Denn wichtiger als alles andere ist mir meine Unabhängigkeit. Wenn ich erst anfange, Freundschaften einzugehen und Beziehungen aufzubauen, kann ich mein Gewehr auch gleich an den Nagel hängen. Sentimentalitäten, welcher Art auch immer, sind der Anfang vom Ende.

Aber Jackson Payne ist in Ordnung, das habe ich von der ersten Minute an gespürt. Nein, sogar noch früher. Als wir uns zum ersten Mal begegnet sind, habe ich ihn zusammen mit diesem Fettwanst im Lokal meiner Mutter gesehen. Und die Art, wie er mit la Mamma umgegangen ist, nämlich vertraut und überaus zuvorkommend, hat mir gleich gefallen.

Jax ist ein großer starker Kerl, ein echter Brecher, aber er hat etwas an sich, das trotz seiner finsteren Miene aus ihm zu strahlen scheint. Trotz seines Jobs hat er sich eine eigentümliche Art von Reinheit bewahrt. Er ist wie helles Wasser, das im März in den Bergen über Kieselsteine fließt. Eine Seele, wie sie einem nur selten begegnet. „Du bist ein Retriever-Welpe im Körper eines Pitbulls, Junge", murmele ich. „Wirklich süß. Aber was für ein Pech, ich kann mit Hunden nichts anfangen!"

Doch plötzlich reißt mich eine Bewegung zurück ins Hier und Jetzt. Aus dem Augenwinkel sehe ich vor einer Wohnungstür im dritten Stock eine schemenhafte Gestalt kauern. Instinktiv gehe ich in Deckung und ziehe meine Knarre. Ich kann einen unerwarteten Angreifer im Bruchteil einer Sekunde ausschalten. Doch etwas hält mich zurück. Zum Glück, denn ich erkenne schnell, dass dieses abgemagerte Etwas mit dem eingefallenen Gesicht und den löchrigen Schuhen keine Bedrohung darstellt. Es ist nur ein Junkie, der sich gerade eine andere Art von Schuss setzt.

Die Augen des Mannes sind glasig leer und schauen durch mich hindurch. Anscheinend hat er mich gar nicht wahrgenommen. Wahrscheinlich hätte er es nicht einmal gemerkt, wenn ich ihn umgelegt hätte. Manch einer aus meiner Branche würde sagen, dass ich ihm damit einen Gefallen getan hätte. Oder dass es um ihn nicht schade gewesen wäre. Doch ich bin froh, für seine Seele nicht die Verantwortung zu tragen. Es wäre ein unnötiger Tod gewesen. Und als Auftragskiller wird man es nie zu etwas bringen, wenn man es an Professionalität mangeln lässt.

Im Vorbeigehen hebe ich grüßend meine Beretta an die Stirn, bevor ich sie zurück in den Hosenbund schiebe. Ich habe sie zwar nicht gebraucht, aber dass ich sie dabeihabe, ist dennoch definitiv besser so. Ohne sie gehe ich schon aus Prinzip nicht vor die Tür. Solange die Flüsse in Richtung des Meeres fließen, trägt ein Samurai seine Schwerter stets bei sich. Wenn er eines Tages stirbt, dann nur mit seinen Waffen in der Hand. Und daran werde auch ich mich halten.

Die Wohnung der beiden Mädchen befindet sich im fünften Stock. Schon von der Treppe aus kann ich erkennen, dass etwas nicht stimmt. Das Schloss an der Tür wurde mit einem Schuss zerstört. *Auch eine Art, irgendwo reinzukommen,* denke ich mit gerunzelter Stirn. Der Gedanke, gleich Suzannas entstellte Leiche dort drinnen zu finden, gefällt mir gar nicht. Nicht dass es eine Rolle für mich spielen würde. Aber Jax und Zoey die Nachricht ihres gewaltsamen Todes zu überbringen, ist nun nicht gerade das, was ich mir als Abschluss eines gelungenen Tages vorstelle.

An die Wand gepresst und mit gezogener Waffe schiebe ich die Tür einen Spalt breit auf. Es gibt keinerlei Polizeiversiegelung oder Absperrband. Wie es aussieht, haben die Nachbarn es nicht für nötig befunden, den Vorfall zu melden. Vielleicht haben die Eindringlinge auch Schalldämpfer benutzt und niemand hat es bis jetzt bemerkt. Wenn hier vornehmlich Leute wie dieser Junkie wohnen, würde mich das auch nicht wundern.

Von drinnen ist nichts zu hören. Nur der Verkehr rauscht von der Straße hinauf. Die Sirene eines Krankenwagens mischt sich in den monotonen Klang. Die Welt der Lebenden liegt irgendwo dort unten. Hier oben wandelt der Tod.

Wie ein Schatten betrete ich die Wohnung. Sie ist noch kleiner, als ich sie in Erinnerung hatte. Es dauert nur wenige Sekunden, bis ich festgestellt habe, dass niemand hier ist. Auch Suzanna nicht, weder tot noch lebendig. Mit einem leisen Aufatmen streiche ich mir eine Haarsträhne hinter das Ohr. „Braves Mädchen", murmele ich. „Zumindest das ersparst du mir."

Nun sehe ich mich um. Keine Spuren eines Kampfes, auch wenn die Türen der sperrmüllreifen Schränke offenstehen und einige Schubladen herausgezogen sind. Doch bis auf ein paar alte Töpfe in der Küche ist alles leer. Die Wohnung ist verlassen. „Sie haben nach dir gesucht, Kleine", stelle ich nachdenklich fest. „Aber du warst schon weg, als sie kamen."

Neben einer Art Wohnzimmer, der Küche und dem Bad, das so eng ist, dass ein kräftiger Kerl wie ich kaum in die Dusche passen würde, gibt es zwei kleine Kammern, die den beiden wohl als Schlafzimmer gedient haben. Die Türen liegen sich gegenüber und mit Kaugummi sind zwei Zettel daran geklebt worden. Auf dem einen steht *Zoey*, auf dem anderen *Suzy*, verziert von allerhand Buntstift-Gekritzel, das mich an meine Zeit im Kindergarten erinnert. War nett in dem erzkatholischen *Asilo nido* in Palermo, Sizilien. Ich habe immer Ärger bekommen, weil ich damals schon jeden Bauklotz zur Schusswaffe umfunktioniert habe.

„*Mio Dio*, ist das süß", bemerke ich spöttisch, während ich die rosa Einhörner und Regenbögen betrachte, die Zoey auf ihr Namensschild gezeichnet hat. „Da wird einem ja richtig warm ums Herz." Doch ich stocke, als ich mich zu Suzannas Tür umdrehe. „Was zum …?!" Auch auf dieser Zeichnung herrschen mädchenhaft bunte Farbtöne vor: Pink, Türkis, Violett. Doch anstelle von Blümchen und Herzchen hat dieses kleine Luder lauter Schwänze gezeichnet!

Kopfschüttelnd reiße ich den Zettel ab und stecke ihn in die Innentasche meiner Lederjacke. Warum ich das mache, kann ich in diesem Moment selbst nicht sagen. Irgendwie will ich nicht, dass jemand Suzys vulgäre Ergüsse – ja, genau, im wahrsten Sinne des Wortes! – zu Gesicht bekommt. „Man könnte dich für eine Schlampe halten, kleines Mädchen", schnaube ich verärgert. „Und ich glaube nicht, dass wir das wollen, oder?!"

Auch wenn es vermutlich gar nicht mal der falsche Eindruck wäre, füge ich in Gedanken hinzu, denn ich erinnere mich noch gut daran, wie offensiv Zoeys Freundin sich an jenem Abend an mich herangemacht hat. Nicht dass es mir missfallen hätte … Es hatte zwar keinerlei Bedeutung für mich, hat mich aber dennoch amüsiert. Für einen kurzen Moment haben mir ihre Flirtversuche das Gefühl gegeben, ein ganz normaler Kerl mit einem ganz normalen Liebesleben zu sein. Denn in Wirklichkeit beschränken sich meine Frauenkontakte schließlich auf Professionelle. Mit der Liebe halte ich es wie mit der Freundschaft: Gibt es nicht für mich. Ein Sniper ist ein einsamer Wolf.

Ich betrete also Suzannas Zimmer, das wie der Rest der Wohnung leergeräumt zu sein scheint. „In dem kleinen Bettchen hast du geschlafen?“, frage ich erstaunt und streiche mir über den Bart, während ich das Ding betrachte. Es ist nicht nur kurz, sondern auch sehr schmal. Kaum mehr als die Pritsche in einer Ausnüchterungszelle. Soweit ich mich erinnere, ist Suzanna keine solche halbe Portion wie Zoey. Sie ist zwar schlank, aber groß. In diesem Mini-Bett dürfte es für sie allein schon deutlich zu eng gewesen sein. „Viel Männerbesuch wirst du hier jedenfalls nicht gehabt haben!“

Auf der Fensterbank, von wo aus man durch dreckige Scheiben auf einen trostlosen Hof mit Mülleimern und kaputten Wäschestangen schaut, hat sie eine alte Bürste vergessen. Ich nehme sie in die Hand. „Ein paar goldene Haare hat die Prinzessin also zurückgelassen“, stelle ich fest und rieche an dem leicht eingestaubten Utensil. Wie ein Tier, das eine Witterung aufnimmt. Ein leichter Duft nach Pfirsichen steigt mir in die Nase. „Werde ich deiner Spur im Schmutz und Gestank dieser Stadt folgen können, Suzanna?“, seufze ich. „Ein Scharfschütze ist kein verdammter Kopfgeldjäger!“

Aber ich weiß jetzt schon, dass ich es tun werde. Nicht nur wegen des Versprechens, das ich gegeben habe. Nein, auch weil ich noch eine Rechnung mit dem Miststück offen habe. „Ich habe dir gesagt, dass du zu Mamma Lucia gehen sollst“, knurre ich und klopfe mir mit der Bürste auf die flache Hand. „Und du bist nie dort aufgetaucht. Wenn ich etwas nicht ausstehen kann, dann ist es Ungehorsam, kleines Mädchen!“

Als ich das Zimmer gerade verlassen will, fällt mein Blick auf einen Flyer, der auf dem Boden unter dem Bett liegt. Ich hebe ihn auf. Es ist Werbung für einen Nachtclub in Manhattan. Das *Inferno* wirbt mit Hardcore-Techno und freiem Eintritt für Ladies. Und als wäre es Schicksal, ist das Datum der Party heute.

„So bescheuert kannst du aber doch gar nicht sein, dort hinzugehen, Suzy“, murmele ich. „Der verdammte Laden gehört den Romanos!“

Und dass die es waren, die hier in die Wohnung eingedrungen sind, steht für mich inzwischen außer Frage. In einem Mafiakrieg wird auch vor Frauen und Kindern nicht Halt gemacht. An Zoey kommen sie nicht mehr so einfach heran, weil sie seit der Schießerei von Connors besten Bodyguards eskortiert wird. Aber Suzanna ist eine lohnende Zielscheibe. Zwar wird sich der Bastard so nicht unter Druck setzen lassen, sehr wohl aber sein Zweiter Mann. Der Retriever-Welpe würde sicher nicht wollen, dass der besten Freundin seiner Süßen etwas zustößt.

„Gar nicht so dumm, Jungs, gar nicht so dumm!“, schnaube ich. „Aber ich werde sie vor euch finden, darauf könnt ihr euch verlassen!“ Wütend zerknülle ich den Flyer in meiner Faust. „Wird Zeit, dass ich meinen Job erledige und diesem Krieg ein Ende bereite! Und dann kann die kleine Partymaus was erleben!“

River

Das *Inferno* ist mit Sicherheit kein Ort, den ich jemals im Leben freiwillig betreten hätte. *Nomen est omen*, denke ich, während ich mich an der heiß umkämpften Bar vorbei und in Richtung der Tanzfläche dränge. Denn der Name ist durchaus passend gewählt, es sei denn man mag dicht gedrängte Menschenmengen, dröhnende elektronische Musik und grelle Laserblitze, die über eine ekstatisch zuckende Masse aus schwitzenden Leibern hinweg flirren. Kondenswasser läuft die nackten Betonwände herunter, den Augen der Gäste sieht man den Drogencocktail an, den die meisten von ihnen intus haben, und die Luft in diesem Drecksloch ist so feucht, warm und stickig, dass man meinen könnte, man hätte sich zwischen die Beine einer vietnamesischen Hure verirrt.

Natürlich bin ich nicht durch den Haupteingang gekommen. Die Romanos kennen mein Gesicht und da ich den Bruder ihres Oberbosses auf dem Gewissen habe, stehe ich mit Sicherheit ganz oben auf sämtlichen ihrer schwarzen Listen. Um also unerwünschte Konflikte mit möglichen Todesopfern und dem damit verbundenen Aufruhr zu vermeiden, habe ich darauf verzichtet, mich in die Schlange zu dem aufgetakelten New Yorker Partyvolk zu gesellen und habe den Club lieber auf einem anderen Weg betreten. Ein Schatten kommt überall hinein.

„Wie soll Daddy dich hier finden, kleines Mädchen?", murmele ich und lasse meinen Blick über die tanzende Meute schweifen. *Daddy? What the fuck?!*, stutze ich über meine eigene Wortwahl und muss über mich selbst den Kopf schütteln. Aber dann stiehlt sich ein schmutziges Grinsen auf meine Lippen. Hatte ich nicht vor, ihr Manieren beizubringen? Für eine Nacht der Erziehungsberechtigte des kleinen Wildfangs zu sein, wäre sicher nicht das Schlechteste. Und ihr würde es zweifelsohne guttun, mal zur Abwechslung von einem richtigen Kerl rangenommen zu werden. Denn wenn Orte wie das *Inferno* Suzannas Jagdrevier sind, dann kann es um ihre amourösen Bekanntschaften nicht allzu gut bestellt sein. Mit einer Mischung aus Abscheu und Verachtung betrachte ich die modisch völlig verirrten Typen, die halbnackt, in Lack und Leder oder in Neonfarben gekleidet, wild und enthemmt zu den harten Techno-Beats abgehen. Einen Bart trägt jedenfalls keiner von den Knaben.

Zuerst war ich skeptisch, ob ich Suzanna hier finden könnte. Schließlich wird sie von den Romanos gesucht, genau wie ich. Und obendrein ist der Eintritt ins Inferno erst ab einundzwanzig Jahren, Suzy ist meines Wissens aber erst achtzehn. Ein Blick auf die Türsteher hat mich dann aber davon überzeugt, dass wohl weder das eine noch das andere eine Rolle spielen dürfte. Denn die hohlköpfigen Gorillas am Eingang haben jede halbwegs passable Braut mit einem kurzen Blick auf ihr Dekolleté sofort durchgewinkt. Ins Gesicht haben sie den Mädels nicht geschaut, geschweige denn Ausweise kontrolliert. Insofern ist es durchaus möglich, dass Zoeys Freundin hier direkt vor den Augen ihrer Verfolger herumhüpft, ohne dass sie es merken. „Bis jetzt", brumme ich und kämpfe mich mühsam weiter vorwärts. „Aber was nicht ist, kann ja noch werden."

Nach einer halben Stunde habe ich mich zu einer kleinen Treppe am Ende des langgezogenen Raums durchgekämpft. Von hier kann ich etwas mehr erkennen. Ich bin völlig durchgeschwitzt. Von der Decke tropft es. Vor mir breitet sich ein surreales Meer aus Gliedmaßen aus, deren Bewegungen im Rhythmus des Stroboskops abgehackt und gespenstisch wirken. Am anderen Ende thront der hühnerbrüstige DJ wie ein Halbgott in einem schwarzen Netzhemd hell angestrahlt hinter seinen Reglern und lässt sich von seinen Jüngern feiern. Meine Ohren dröhnen von dem stumpfen Wummern der Bassdrum.

„Dafür bist du mir was schuldig, Kleine“, schnaufe ich und wische mir den Schweiß von der Stirn. „Zumindest könntest du dich endlich …“ Und in dem Moment sehe ich sie!

„O Suzanna“, knurre ich. „Jetzt wird Daddy aber böse!“

Der Elan, mit dem ich mich wieder ins Gedränge stürze, überrascht mich selbst sogar noch mehr als die Tatsache, dass ich schon wieder diese alberne Anrede für mich benutzt habe. Wütend schiebe ich mich durch das ringsum wie in Trance feiernde Partyvolk, stoße Leute weg, bekomme Ellenbogen und Hände ab und teile selbst einiges aus. Am liebsten würde ich sie einfach alle abknallen. Ein anständiges Massaker wie in einem dieser Action-Filme, das alle Anwesenden einfach niedermäht.

Irritiert halte ich ein paar Sekunden inne. *Fuck, woher kommt das?*, frage ich mich, denn ein solches Gemetzel würde der Philosophie eines Snipers von Grund auf widersprechen. Leute wie ich töten gezielt, nicht wahllos. Nicht grundlos. Es ist eine Kunst, verdammt! Einfach drauflosballern kann jeder Dorftrottel!

Aber dann hebe ich meinen Blick wieder zu Suzanna, wie sie beim Tanzen auf diesem erhöhten Block nahe des DJ-Pultes ihre blonde Mähne schüttelt, und alle Sicherungen in meinem Schädel brennen durch. Ich kann mich zwar gerade noch zwingen, meine Waffe stecken zu lassen, aber ihr Anblick macht mich rasend. Keine Ahnung, ob es mehr an ihrem Tanzstil oder ihrem Outfit liegt. „Beides sollte man dir verbieten, du kleines Luder!", presse ich zwischen den Zähnen hervor, während ich mich Meter um Meter in Richtung kämpfe.

Ich muss die ganze Tanzfläche überqueren. Je näher ich dabei dem DJ-Pult komme, desto voller wird es. Das Vorwärtskommen wird immer schwerer, weshalb ich mich sehr beherrschen muss, nicht wirklich gewalttätig zu werden. Aber ich darf keine zu große Aufmerksamkeit auf mich ziehen, sonst nimmt die Nacht im *Inferno* heute noch ein böses Ende.

Und während ich also um meine Selbstbeherrschung kämpfe, treibt mich der Anblick von Suzannas im Schein der Laserblitze zuckendem Körper weiter vorwärts. *Wieso kann sich eine Achtzehnjährige so bewegen?*, frage ich mich grimmig. *Jedes verdammte Gogo-Girl wäre neidisch darauf, wie sie twerken kann! Und wer zur Hölle ihr diese Klamotten verkauft hat, gehört hinter Gitter!*

Sie trägt Netzstrümpfe, darüber hautenge goldene Hotpants und ein passendes bauch- und schulterfreies Top, das so weit ausgeschnitten ist, dass ich jede Sekunde damit rechne, bei ihren wilden Bewegungen einen ihrer Nippel hervorblitzen zu sehen. *Dann gibt es hier wirklich Tote*, schießt es mir durch den Kopf. *Und du, kleines Mädchen, kannst dein blaues Wunder erleben!*

Endlich bin ich nur noch wenige Meter von Suzy entfernt. Dass ich vollkommen durchgeschwitzt bin, kümmert mich nicht. Ich habe nur noch mein Ziel vor Augen, nichts anderes zählt in diesem Moment. Auch Suzanna schwitzt. Feine Schweißperlen glänzen auf ihrer nackten Haut. Ihr Blick, den sie über die tanzende Meute schweifen lässt, ist selbstvergessen und glasig. Ein unwiderstehlicher Ausdruck, lasziv, durchtrieben und unschuldig zugleich, liegt auf ihrem Gesicht. Zweifellos ist sie vollkommen dicht, aber ich kann mich nicht dagegen wehren, sie mit einer Dringlichkeit zu begehren, die fast schon schmerzhaft ist. „Heute Nacht bist du sowas von fällig,

„Mädchen", murmele ich grimmig. „Und es ist mir scheißegal, ob ..."

Doch ich kann den Gedanken nicht zu Ende denken. Denn plötzlich greifen Hände nach Suzy und ziehen an ihr. Ihr Gesicht verzerrt sich, erschrocken, überrascht. Sie verliert das Gleichgewicht. Und ehe ich wirklich begriffen habe, was geschieht, ist das Podest beim nächsten grellen Aufblitzen des Stroboskops leer!

Vor meinen Augen steht noch das Bild ihrer im bunten Neonlicht wirbelnden Haare. Unwirklich, abgehackt, begleitet vom harten Sound der Technomusik. Wie eine Traumsequenz im Drogenrausch. Doch es ist nur eine Erinnerung. Suzanna ist verschwunden!

Um mich herum geht die Party weiter, als wäre nichts passiert. Einige Sekunden bin ich orientierungslos. Doch dann erkenne ich ihre blonde Mähne und sehe die zwei Gorillas, die sie über die Tanzfläche zerren. Sofort kämpfe ich mich wie angestochen in ihre Richtung. Im abgehackten Licht, das ständig zwischen Hell und Dunkel hin und her springt, verliere ich sie jedoch immer wieder aus den Augen. Bis ich schließlich begreife, wohin sie wollen. Die beiden Kerle bugsieren Suzy in Richtung einer schwarzen Tür mit der Aufschrift *Staff only*.

Eine unbeschreibliche Wut steigt in mir auf, die ich schon lange nicht mehr gespürt habe. Schon als Kind konnte ich es nicht ausstehen, wenn man mir mein Spielzeug weggenommen hat!

Als ich die Tür erreiche, haben die Wichser einen Vorsprung von einigen Minuten. Allein der Gedanke daran, was sie inzwischen alles mit ihr angestellt haben könnten, treibt mich zur Weißglut. Ich habe keine Ahnung, ob sie Suzanna erkannt haben, oder ob sie bloß scharf auf sie sind. Beide Möglichkeiten missfallen mir aber gleichermaßen.

Zu meiner Überraschung ist nicht abgeschlossen. Umso besser, dann hören sie mich nicht kommen! Unbemerkt lasse ich mich in den Raum gleiten, der dahinter liegt. Anscheinend handelt es sich um eine Art Flur, denn neben mir ertaste ich Wände an beiden Seiten. Es ist stockfinster, die Luft stickig. Das Wummern der Musik dringt unvermindert laut an meine Ohren, wird jedoch etwas leiser, als ich dem Gang nun folge.

Irgendwann ertaste ich eine Öffnung, hinter der die Dunkelheit noch schwärzer zu sein scheint. Ich fasse ins Leere. „Was ist das für ein verdammter Schacht?", murmele ich. „Benutzt ihr den zur Leichenentsorgung?" Die Vorstellung, dass Suzys lebloser Körper bald irgendwo tief dort unten in der Finsternis liegen könnte, entlockt mir ein grimmiges Schnauben. „Nicht, wenn ich ein Wort mitzureden habe!"

Mit dem Fuß ertaste ich eine Stufe. Eine schmale Treppe führt steil hinab. Ob sie Suzy dort hinuntergeschafft haben? Das wird sich gleich zeigen! Selbst wenn dort unten die Eingangspforte zur Hölle wäre, würde ich nicht zögern! Denn nicht nur Suzy hat es geschafft, mich wütend zu machen. Noch sehr viel mehr stinkt es mir, dass diese beiden Schlägertypen sie mir buchstäblich vor der Nase weggeschnappt haben!

Nach ungefähr zehn Stufen stehe ich vor einer schweren Eisentür. Nichts ist zu hören, aber das hat nichts zu sagen. Ich habe im Laufe der Jahre mehr als genug schalldicht isolierte Räume gesehen, um auf alles gefasst zu sein, als ich nun mit einem entschlossenen Ruck die Klinke herunterdrücke. Die Tür ist nicht verschlossen. Bingo. Kraftvoll stoße ich sie mit vorgehaltener Waffe auf, bereit, auf alles zu schießen, was sich bewegt und nicht Suzanna ist.

Rötliches Licht dringt mir entgegen. Die Tür verursacht ein dumpfes metallisches Geräusch, als sie gegen die Mauer schlägt. Ansonsten regt sich nichts. Kein Laut ist zu hören. Das vor mir liegende Kellergewölbe ist leer. Erstaunt pfeife ich durch die Zähne. Denn was ich da sehe, ist selbst für mich eine Besonderheit! Eigentlich hatte ich mit einem abgetakelten Puffkämmerchen oder vielleicht einem Verhörraum gerechnet. Aber nichts da.

„*Porco diavolo*", murmele ich. „Was zum Henker ist das?!"

Eigentlich sollte ich sofort weiter, denn schließlich ist Suzanna nicht hier, aber der Anblick fesselt mich so, dass ich noch einige weitere Sekunden auf das groteske Szenario starre, das sich hier vor mir ausbreitet: Der Raum ist groß, langgezogen und, wie ich vermutet hatte, schallisoliert. Am Ende befindet sich eine Bühne, auf der ein massiver Eisentisch mit Fesselvorrichtungen an beiden Enden steht. Ein großes umgedrehtes Kreuz ziert die nackte Betonwand dahinter, auf die mit schwarzer und blutroter Farbe obskure Tierzeichnungen und Symbole geschmiert sind: Raben, Ziegenböcke, Pentagramme, die Zahl 666.

Zum ersten Mal seit Jahrzehnten kommt meine katholische Erziehung wieder durch und ich bekreuzige mich instinktiv. „Fuck", stoße ich hervor. „Das ist ja selbst mir zu abgedreht!"

Dennoch kann ich mich nicht sofort losreißen und ich mache einen Schritt in die Satanistengruft hinein. Auf einer Art Altar neben dem Foltertisch liegen Peitschen, Messer und andere Werkzeuge, von denen mich manche an gynäkologische Instrumente erinnern. In der Wand eingelassen erkenne ich schwere Eisenringe mit Ketten. „Werden hier arme Jungfern geopfert, oder was?", schnaube ich kopfschüttelnd und frage mich, wer bei den Romanos wohl auf solche delikaten Spielchen steht.

„Wer er es auch sein mag, bald ist Schluss damit", murmele ich und wende mich zum Gehen. „Wird Zeit, dass Daddy hier mal ordentlich aufräumt!" Damit knalle ich die Tür wieder hinter mir zu und haste die Treppe zurück nach oben.

Kurz darauf stehe ich wieder in dem Gang, dem ich nun weiter folge. Die Zeit drängt! In dem verfluchten Keller habe ich wertvolle Sekunden verloren! Obwohl ich nichts sehen kann, renne ich, eine Hand an der Wand, in der anderen meine Knarre. Irgendwann dringt ein Lichtschimmer an meine Augen, der unter einer anderen Tür hervorzukommen scheint. Und dann ist da noch eine Stimme!

„Sweet home, Alabaaaamaaaa", johlt sie. „Where the skies are blueeee!"

Es ist Suzy.

Ich bleibe stehen, atme einmal durch. Meine Muskeln sind zum Bersten gespannt und der Drang, irgendjemandem das Gesicht einzuschlagen, pulsiert so heftig in mir, wie seit Jahren nicht. Normalerweise bin ich emotionslos, wenn ich arbeite. Aber das hier hat mit dem Job nichts mehr zu tun. Privatangelegenheit.

„Sweeeeet hoooome, Alabaaaamaaaa", lallt es wieder durch die Tür.

Dann erklingt eine Männerstimme: „Halt endlich die Fresse, Kleine, oder müssen wir dir das Maul stopfen?!" Und eine zweite Stimme: „Ich habe etwas, das sich gut dafür eignet!" Das dreckige Grinsen des Kerls kann ich förmlich hören. Meine Wut schlägt um in kalten Hass. „Mach mal hübsch dein Mäulchen auf, Süße!"

Ich habe genug gehört. Erkannt haben sie Suzanna offensichtlich nicht. Sie wollen sie ficken, das steht fest. Und wie es aussieht, sind sie nur zu zweit.

„Uuund jetzt alle!", ruft Suzy von drinnen. „Sweeeeet hoooome ..."

Als ich die Tür auftrete, verstummt sie erstaunt.

„Hände in den Nacken und auf die Knie!", belle ich mit gezogener Waffe.

Das Szenario, das sich mir bietet, hatte ich in etwa erwartet: Es ist ein Getränkelager und sie haben ihre Beute auf eine große Kiste Whiskey gesetzt. Suzanna sieht ziemlich mitgenommen aus. Ihre Frisur ist zerwühlt und ihr Make-up verschmiert. Wirre Strähnen hängen ihr ins Gesicht. Das Top haben sie ihr schon ausgezogen, so dass ihr Oberkörper vollkommen entblößt ist. In diesem Moment habe ich keine Muße, um ihre perfekten Brüste zu würdigen. Vor allem wirkt sie schutzlos und ausgeliefert auf mich. Und in Verbindung mit diesen beiden schwarz gekleideten Gorillas gefällt mir das überhaupt nicht.

Die Typen gehören zu den Romanos, wie man an den Tattoos auf ihren Händen unschwer erkennen kann. Einer von ihnen steht hinter Suzanna und hat eine seiner Pfoten in ihren Haaren vergraben, um sie festzuhalten. Nicht so sehr, damit sie sich nicht wehrt, sondern eher, damit sie nicht umkippt. Sie ist nämlich offensichtlich so betrunken, dass sie gar nicht mehr mitkriegt, was mit ihr passiert. Mit der anderen grabscht er an ihren Titten herum. Der andere Kerl nestelt sich gerade an seiner Hose herum.

Sie sind beide bewaffnet, sind aber wohl erfahren genug, um zu wissen, dass sie tot wären, ehe sie ziehen könnten. Also tun sie widerwillig, was ich gesagt habe. „Ey Mann, bist du ihr Macker, oder was?", fragt der eine, als sie vor mir auf dem Boden knien. „Das konnten wir doch nicht wissen! Wenn du deine Braut so freizügig bei uns tanzen lässt, dann …"

Ich ramme ihm mein Knie ins Gesicht. Knochen splittert. Blut läuft aus seiner gebrochenen Nase. Er ächzt, bewahrt aber noch Haltung. „Halt dein verdammtes Maul, *stronzo*, oder muss ich es dir stopfen?!", knurre ich mit seinen eigenen Worten. Dann wende ich mich an Suzanna: „Sing weiter, Babygirl, die Herren wollten gerade mit einstimmen!"

Suzanna, die Mühe hat, sich auf der Getränkekiste zu halten, kichert vergnügt. „Kennen wir uns nicht von irgendwoher?", fragt sie und grinst mich mit glasigem Blick. „Sing!", herrsche ich sie an. „Und ihr singt mit, wie sie es verlangt hat, verstanden?!"

„Sweet home, Alabama", beginnt Suzy nun und bewegt ihre Hände, als würde sie dirigieren. Dabei schwankt sie bedenklich. Die beiden Romano-Schergen stimmen zögernd mit ein.

„Where the skies are … Wisst ihr, eigentlich komme ich ja aus Louisiana", unterbricht sie sich dann jedoch selbst. „Ist einfach toll da! Lauter Perverse! Und das Essen, ich sage euch …"

Langsam reicht es mir. „Was du nicht sagst", brumme ich.

Dann schieße ich. Sauber zwischen die Augen.

Der erste von den beiden sinkt wie ein Sack nasser Wäsche zu Boden.

„Ooops", kichert Suzanna.

„Ey Mann", stammelt der mit der blutigen Nase, den ich mir noch aufgespart habe. „Man kann doch über alles reden! Du musst doch nicht gleich …"

„Sing, Suzy", befehle ich ruhig. „Na los! Where the skies are blue!"

„Sweet home, Alabama", stimmt sie mit ein. Lallend, aber irgendwie ganz süß. „Lord, I'm comin' home to you!"

„Ihre Brüste waren das Letzte, was deine Finger auf dieser Welt berührt haben, mein Freund", flüstere ich. „Es war deine Entscheidung!"

„Nein, bitte", fleht er noch. „Ich wusste doch nicht …"

Aber dann drücke ich ab. Mit einem Lächeln, denn nun habe ich meine Ruhe wiedergefunden.

„Lord, I'm comin' home to you!"

Ich stoße die Leiche noch einmal mit dem Fuß an, dann wende ich mich an Suzanna. „Komm mit, wir müssen hier weg", sage ich knapp, greife sie am Oberarm und ziehe sie auf die Füße. Vielleicht etwas zu schnell, denn sie wird ganz bleich. Oder liegt es an dem Blut, das sich langsam auf dem schmutzigen Linoleum ausbreitet?

„Mir … mir wird schlecht", stammelt sie noch, bevor sie sich auf meine Schuhe übergibt.

River

Mit Müh und Not schleppe ich Suzanna aus dem *Inferno*. Im wahrsten Sinne des Wortes, denn nachdem sie auf zwei Metern drei Mal gestürzt ist, habe ich sie mir über die Schulter geworfen und trage sie seitdem. Ihr Zustand ist so schlecht, dass sie kaum gerade stehen, geschweige denn laufen kann. Nun flennt sie wie ein kleines Mädchen vor sich hin. „Mir ist so schlecht", jammert sie immer wieder, nur um zwei Sekunden später vorzuschlagen: „Wollen wir nicht lieber wieder tanzen gehen?"

Ich ignoriere sie bestmöglich, ebenso wie die Nässe und den Gestank, der von meinen Schuhen aufsteigt. Als sie jedoch wieder mit ihrem Alabama-Gejaule anfängt, verliere ich die Geduld. Eigentlich würde ich sie gern mit meiner Hand um ihren Hals an die Wand pinnen, ihr eine kleine Ohrfeige verpassen und ihr dann meine Knarre an die Schläfe halten, um ihr ein bisschen Angst zu machen. Aber für solche Spielchen ist jetzt keine Zeit. Also begnüge ich mich damit, ihr mit der Hand kräftig auf den Arsch zu klatschen und zu knurren: „*Basta, bambina! Silenzio!*"

Für einen kurzen Moment ist sie tatsächlich still, dann fragt sie: „Du bist Spanier, oder?"

„O mein Gott", seufze ich nur, dann wende ich meine Aufmerksamkeit dringlicheren Problemen zu. Am Ende des langen, dunklen Ganges liegt eine Treppe, die wir nun erreicht haben. Ich lausche angestrengt, kann jedoch außer dem langsam leiser werdenden Dröhnen der Musik nichts hören. Die Schüsse scheint wegen dem Lärm hier unten niemand gehört zu haben, aber falls uns auf den Stufen trotzdem jemand entgegenkommen sollte, wäre ich in einer ungünstigen Position, noch dazu mit dem Mädchen auf der Schulter. Aber fuck it, ich habe keine andere Wahl, wenn ich nicht mit der besoffenen und halbnackten Suzanna noch einmal über die Tanzfläche will!

Langsam steige ich die Treppe hinauf, an deren Ende eine Tür zu sein scheint. Als wir schon fast oben sind, höre ich von unten etwas entfernt hinter uns Geschrei. Jemand hat die Leichen entdeckt, kein Zweifel! Eilig lasse ich Suzy wieder runter, die sich sofort an die Wand lehnt und stöhnend auf der obersten Stufe zusammensackt. „Braves Mädchen", murmele ich. „Bleib so, verstanden?"

Ich stelle mich vor sie, ebenfalls dicht an der Wand, und fixiere sie dabei mit meinem Körper, damit sie nicht umkippt. Und dann geht es auch schon los.

Ein Kerl kommt von unten angestürzt, brüllt noch etwas hinter sich und hastet die Treppe hinauf. Es ist stockdunkel. Er kann mich nicht sehen. Ich ihn auch nicht. Aber ich *höre* ihn und das reicht mir. Ihn zu erwischen, ist eine leichte Übung für mich. Normalerweise treffe ich auf tausend Meter Entfernung.

Der erste Schuss schlägt ihm direkt ins Herz, der zweite in die Stirn.

Ein Körper poltert leblos in die Dunkelheit hinab.

Suzanna wimmert leise hinter mir.

Ich lausche. Anscheinend war es nur er. Fürs erste. Aber dort unten ist zweifellos noch jemand, der jetzt Alarm schlägt. Wir haben nur verdammt wenig Zeit, bevor es wirklich ungemütlich wird. *Verdammt, Bro,* wende ich mich in Gedanken an Jax, während ich meine Begleiterin unsanft auf die Füße zerre. *Schon wieder so eine Scheiße! Und schon wieder deinetwegen!*

Die Tür am Ende der Treppe ist ein Notausgang und somit nicht verschlossen.

„Bist'n Glücksbringer, was?", frage ich Suzy, während ich vorsichtig einen Blick hinaus riskiere. Als ich sicher bin, dass sie uns draußen noch nicht erwarten, packe ich Suzy und ziehe sie hinter mir her in den Hinterhof, auf den der Ausgang führt. Ich brauche nur wenige Sekunden, um mich zu orientieren. Berufskrankheit: Ich habe immer einen genauen Plan meiner Umgebung im Kopf. Und wenn mich nicht alles täuscht, steht meine Maschine direkt hier um die Ecke! *Sie ist wirklich ein Glücksbringer,* schießt es mir durch den Kopf. *Wenn man mal von meinen Schuhen absieht.*

Als wir das Bike erreichen, ist von den Romanos immer noch nichts zu sehen. Doch es kann sich höchstens noch um Sekunden handeln, bis uns hier die Projektile um die Köpfe schwirren. Eile ist durchaus angebracht. Aber wie soll ich eine verdammte Schnapsleiche auf einem Motorrad transportieren?!

Suzanna steht schwankend neben der Maschine und starrt angestrengt auf den Tank. „Steht da … Kawa… Kawasuzy?", lallt sie.

Ich atme einmal tief durch, dann ziehe ich mir meine Lederjacke aus. Auch, weil ich schlecht mit einer halbnackten Frau durch Manhattan fahren kann, aber nicht nur deshalb. Eilig ziehe ich Suzy die Jacke an, die ihr natürlich viel zu groß ist. Dann setze ich ihr meinen Helm auf. Von der Straße ist Geschrei zu hören.

„Los, rauf da!", befehle ich knapp, packe Suzanna und hebe sie auf den Sitz. Dann schwinge ich mich vor sie und bevor sie wieder umkippen kann, schnappe ich mir die Jackenärmel. Sie sind zu lang für Suzy und weil sie deutlich schmalere Schultern hat als ich, ist in der Jacke auch sonst ziemlich viel Platz. Die Ärmel lassen sich darum relativ bequem von hinten um meinen Brustkorb ziehen, wo ich sie eilig verknote. Suzy wird dadurch eng an meinen Rücken gepresst und kann weder herunterfallen, noch uns beim Fahren aus dem Gleichgewicht bringen. „Stell dir einfach vor, du wärst ein Rucksack", rate ich ihr noch, bevor ich die Maschine starte.

In diesem Moment stürzen mehrere Kerle in schwarzen Anzügen aus dem Notausgang, gleichzeitig kommen weitere um die Hausecke gerannt. „Da ist er", brüllt einer. „Er hat drei Männer umgelegt!"

„Houston", höre ich Suzanna hinter mir hicksen. „Wir haben ein Problem!"

Ich schnaube grimmig. „Von wegen", entgegne ich knapp und lasse den Motor aufheulen. „Das einzige Problem hier hast du, weil du auf meine Schuhe gekotzt hast!"

Die Typen versuchen tatsächlich, auf mich anzulegen. Lächerlich. Im Vorbeifahren erschieße ich drei weitere von ihnen. Ihre Seelen werden heute Nacht über dem Hudson River tanzen.

„Das ist das Arschloch, das Emilio auf dem Gewissen hat", schreit ein anderer. „Der Boss zahlt eine Million, wenn wir ihn lebend kriegen!"

Doch sie kriegen mich nicht, weder tot noch lebendig. Denn noch bevor sie wirklich begreifen, wie ihnen geschieht, habe ich schon beschleunigt und rase wie ein Schatten auf einem schwarzen Blitz davon.

In meiner Wohnung bricht Suzanna vollends zusammen. Die Fahrt war recht turbulent, da ich verhindern wollte, dass uns jemand folgt. Und dementsprechend mitgenommen sieht mein Gast nun auch aus: völlig zerzauste blonde Locken rahmen ein leichenblasses Gesicht ein, dessen Augen überhaupt nichts mehr wahrnehmen zu scheinen. Es ist nur eine Frage von Sekunden, bis das Mädchen mir auf den Teppich reihert. Also ins Bad, wo ich den Duschvorleger vor die Toilette schiebe und sie dann darauf niederdrücke. Da wir uns hier in einem reinen Männerhaushalt befinden, ist der Deckel passenderweise schon hochgeklappt.

„Ich kann nicht mehr, mir ist so schlecht, ich will sterben“, weint Suzy und klammert sich an den Schüsselrand. Es geht ihr wirklich dreckig und langsam regt sich tatsächlich so etwas wie Mitleid in mir. Wie konnte es bloß dazu kommen? Wieso passt niemand auf sie auf, wenn sie es offensichtlich selbst nicht kann? Kein Wunder, dass Kerle wie die Romanos so etwas ausnutzen. Im Stillen bedaure ich es, nicht noch mehr von diesen miesen Typen im Club ins Jenseits zu befördert zu haben. Verdient hätten sie es zweifellos alle. Aber im Moment ist das mein geringstes Problem.

Zunächst lasse ich warmes Wasser in meinen Zahnputzbecher laufen und halte ihn ihr hin. „Trink das, dann kommt der Alkohol leichter raus“, sage ich, aber sie schüttelt den Kopf und heult nur noch mehr. Seufzend setze ich mich neben sie auf den Rand der Badewanne, greife ihr ins Haar und ziehe vorsichtig ihren Kopf in eine aufrechte Position. Dann führe ich ihr den Becher an die Lippen und flöße ihr etwas von dem Wasser ein.

„Keine Widerrede“, brumme ich. „Wenn ich etwas sage, wird es gemacht. Merk dir das.“

Sie ist zu schwach, um sich zu wehren und trinkt. Bereits nach den ersten Schlucken beginnt sie zu würgen. Während sie sich immer wieder übergibt, halte ich ihr das Haar aus dem Gesicht und sorge dafür, dass sie nicht zur Seite oder nach vorne kippt. Zwischendurch schütteln wahre Weinkrämpfe Suzannas schlanken Körper und ich frage mich, ob es wirklich nur der

Alkohol ist, der sie so fertig macht. Aber gut, nach allem, was ich weiß, hat die Kleine ja auch mehr als nur ein Problem: Von Mafiosi gejagt, keine Wohnung, offensichtlich keine Familie, die sich um sie sorgt.

„Alles wird gut, Babygirl“, verspreche ich ihr und wische ihr mit Toilettenpapier das Kinn sauber. „Bei mir bist du in Sicherheit.“

Sie blickt zu mir auf und zum ersten Mal scheint sie mich richtig anzuschauen. Ihre großen blauen Augen sind tränennass und von Make-up verschmiert. Sie mustert mich, als würde sie sich erst jetzt fragen, was eigentlich passiert ist. „Du bist River, richtig?“, will sie wissen. Ich nicke mit gerunzelter Stirn. Doch dann rebelliert ihr Magen erneut, sie würgt und hängt im nächsten Moment wieder über der Kloschüssel.

Als es irgendwann vorbei ist, sieht man Suzanna die Erschöpfung deutlich an. Sie zittert am ganzen Körper, ist bleich wie eine Wand und Tränen laufen ihr unkontrolliert über die Wangen. Einige Momente mustere ich sie, wie sie da wie ein Häuflein Elend, zusammengesunken und mit verdrehten Beinen, auf dem Duschvorleger vor der Toilette kauert. Die Lederjacke habe ich ihr schon im Flur wieder ausgezogen und nun ist sie bis auf die Netzstrümpfe, die Hotpants und die absurden Boots an ihren Füßen nackt.

Sie ist schön, trotz oder gerade wegen ihres Zustands. Als ich sie das erste Mal mit Jax gesehen habe, fand ich sie scharf. Doch jetzt erkenne ich das Poetische in ihr. Sie ist wie ein schmutziges Vögelchen mit gebrochenen Flügeln. Eine traurige Prinzessin, an deren makellosen jungen Brüsten Erbrochenes klebt. Ein gefallener Engel, dem ein grausamer Gott Gewalt angetan hat. Sie wirkt in diesem Augenblick schon so gebrochen, als hätte sie in ihrem kurzen Leben mehr Leid erfahren als ein einzelner Mensch ertragen kann.

In diesem Moment realisiere zum ersten Mal wirklich, wie verdammt jung sie ist. Wie unschuldig und naiv, ein Spielball all der negativen Einflüsse des Lebens, denen sie sich nicht entziehen konnte. Irgendjemand hätte die Aufgabe gehabt, sie von Männern, Alkohol und Drogen fernzuhalten. Aber wer auch immer das war, er hat versagt. Und das macht mich verdammt wütend.

Wortlos stehe ich auf, betätige noch einmal die Spülung und lasse sie dann dort sitzen. Als ich kurz darauf mit einem Shirt in der Hand zurückkomme, hat sie sich wie eine Katze auf dem Vorleger zusammengerollt und schläft tief und fest. Ich muss lächeln, wahrscheinlich zum ersten Mal an diesem verdammten Tag.

„So geht es nicht, kleines Mädchen", sage ich und stoße sie sanft mit dem Fuß an. Meine Schuhe und Socken habe ich mir notgedrungen schon vor der Wohnungstür ausgezogen. Ich spüre ihre weiche Haut an meiner. Obwohl sie eine Gänsehaut hat, ist ihr Körper warm. Noch. Denn wie sie länger auf dem kalten Boden liegen bleibt, holt sie sich mindestens eine Erkältung.

„Du kannst so nicht schlafen, Peanut", seufze ich, beuge mich zu ihr hinunter und ziehe sie hoch. Sie murrt, lässt aber zu, dass ich sie auf den Rand der Badewanne setze. An die Wand gelehnt, schläft sie sofort wieder ein. Mit einer Hand halte ich sie fest, mit der anderen mache ich den Zipfel eines Handtuchs nass. Während ich ihr Gesicht und ihren Oberkörper sauber wische, hat sie die Augen halb geschlossen und gibt von Zeit zu Zeit unwillige Geräusche von sich.

Mit gerunzelter Stirn nehme ich zur Kenntnis, wie ihre Brustwarzen sich unter dem feuchten Stoff des Handtuchs zusammenziehen. Sie sind zart und rosa, wie kleine Blütenknospen im Frühling. „Du bist ein sehr böses Mädchen, Suzanna", raune ich mit rauer Stimme. „Eigentlich verdienst du etwas ganz anderes!" Wie erwartet reagiert sie nicht darauf, doch dann kommt ihr ein kleines Seufzen über die Lippen und sie reckt mir ihre Brüste entgegen.

Ich schließe die Augen und atme einmal tief durch. Dann erhebe ich mich aus der Hocke, greife nach ihrem Kinn und verpasse ihr einen strafenden Klaps auf die Wange. „Benimm dich nicht wie eine Hure, kleines Mädchen", knurre ich. „Wenn ich etwas will, nehme ich es mir, darauf hast du ohnehin keinerlei Einfluss!"

Benommen öffnet sie die Augen und sieht mich mit einem seltsamen Ausdruck an. Hatte ich nicht vor, genau das zu tun? Mich eine Nacht mit ihr zu vergnügen, bevor ich sie Jacksons Leuten übergebe und für immer aus ihrem Leben verschwinde? Sie dafür büßen zu lassen, dass sie sich meiner Anordnung widersetzt und in Gefahr gebracht hat?

Doch etwas in mir hat sich in der letzten Stunde verändert und ich bin mir nicht mehr sicher. Um die Spannung, die plötzlich in der Luft liegt, zu brechen, krame ich deshalb nach einer zweiten Zahnbürste. Da ich jedoch keine finde, tue ich etwas Zahnpasta auf die Spitze meines rechten Zeigefingers und schiebe ihn ihr in den Mund. Sie lässt zu, dass ich ihr auf diese Weise die Zähne putze, und ihre Fügsamkeit dabei fühlt sich ungefähr ebenso gut an wie ihre warme, weiche Mundhöhle. Als sie jedoch die Frechheit besitzt, meinen Finger mit ihrer Zunge zu necken, werde ich ärgerlich.

„Langsam reicht es mir mit dir", schnaube ich. „Du legst es wirklich drauf an, was?"

Ich packe sie im Genick, zwinge sie zu einem Schluck aus dem Zahnputzbecher und bugsiere sie dann zum Waschbecken, um sie ausspucken zu lassen. Dann greife ich mir meine Haarbürste vom Regal. Es entgeht mir nicht, dass ihre Augen dabei aufleuchten. „Weißt du, was meine Mutter mit mir gemacht hat, wenn ich als kleiner Junge nicht brav war?", frage ich sie in Erinnerungen an Mamma Lucias Prügelstrafen mit einem bösen Lächeln und klopfe mir mit der hölzernen Rückseite der Bürste auf die flache Hand. Suzanna schüttelt den Kopf und beißt sich auf die Unterlippe. Plötzlich wirkt sie doch etwas verunsichert. Ich mag das.

„Komm her", befehle ich knapp und deute mit der Bürste vor mir auf den Boden.

„Wa-warum?", will sie wissen und drückt sich noch etwas dichter an die gefliese Wand neben dem Waschbecken.

„Ich wiederhole mich nicht gern, Babygirl", erwidere ich leise und drohend. „Tu, was Daddy sagt, oder du machst es noch schlimmer."

Dass ich gerade das absurde Wort *Daddy* ausgesprochen habe, fällt mir kaum auf, so sehr erfüllt mich in diesem Moment das dunkle Verlangen, dieses verschreckte kleine Reh dort meinem Willen zu unterwerfen.

Zögernd kommt Suzy in meine Richtung, immer noch leicht schwankend, obwohl sie sich am Waschbecken festhält. „Umdrehen", verlange ich barsch, als sie vor mir steht. Nun schießen ihr doch wieder Tränen in die Augen. Vielleicht wird ihr in diesem Moment bewusst, dass sie sich allein mit einem großen, bärtigen Kerl, der vor ihren Augen kaltblütig mehrere Menschen getötet hat, an einem ihr unbekannten Ort befindet. Noch dazu fast nackt. *Bin ich wirklich deine Kragenweite, Kleine?*, frage ich sie spöttisch in Gedanken. *Wohl eher nicht, was?*

Langsam dreht sie sich nun um, schaut dabei jedoch immer wieder ängstlich über die Schulter zu mir. „Blick nach vorne", herrsche ich sie an. Sie beginnt zu schluchzen. War wohl doch alles etwas zu viel heute. Und dann bürste ich ihr die Haare. Mag sein, dass ich ihr gern eine kleine Abreibung verpasst hätte. Aber nicht heute Nacht. Sie ist in die Fluten meines Flusses gefallen und ich habe sie gerettet. Heute Nacht ist sie in Sicherheit, wie ich es ihr versprochen habe.

Es fühlt sich unerwartet gut an, ihre langen blonden Locken zu entwirren und sie wieder weich und seidig zu machen. Suzannas Schluchzen verebbt und sie steht einfach nur still da. Ich lasse ihre Locken wie bewegtes Wasser durch meine Finger fließen, kämme sie, bis sie glänzen.

„Ein Fluss aus Gold“, flüstere ich. „Das Mondlicht spiegelt sich fahl in seinen geheimnisvollen Fluten. Ein schwarzer Schatten zieht vorbei.“

Susanna schnieft leise. „Wa-was hast du gesagt?“, fragt sie schüchtern.

„Nichts, Peanut“, erwidere ich knapp und lege die Bürste weg. „Du gehörst jetzt ins Bett. Alles weitere sehen wir morgen.“

Suzanna

Bin ich tot? Ich muss tot sein, oder? Bewegen kann ich mich zumindest nicht. Meine Arme und Beine sind tonnenschwer und auf meinem Brustkorb lastet gefühlt das Gewicht eines LKWs. O Mann. Atmen, Suzy. Du solltest atmen. Meine Lippen spannen. Sind trocken und rissig, als ich mir mit der Zungenspitze darüberfahre und dabei den eklig schalen Geschmack des Restalkohols in meinem Mund verteile. Bäh … Ein Kaffee wäre jetzt toll. Ein Kaffee und eine Handvoll Kopfschmerztabletten. Stöhnend lasse ich mich zurück in die weichen Laken sinken, wobei das Rascheln des Kissens viel zu laut in meinen Ohren rauscht. Verdammt. Das ist mehr als nur ein ausgewachsener Kater. Ich blinzle, dann fallen mir die Lider wieder zu. Nein. Von Alkohol wird mir allenfalls schlecht. Meine schmerzenden Gelenke und dieses seltsam dumpfe Gefühl, als sei meine Haut aufgequollen, zentimeterdick und schwabbelig, das kommt eindeutig von einem schlechten Trip.

„Deine Pillen sind Kacke, mein Freund", krächze ich und schwöre mir, von diesem Typen nie wieder etwas anzunehmen. Nicht einmal geschenkt. Ich gähne, strecke meine müden Glieder und … Moment. Dieser Stoff. Erneut lasse ich meine Hände darüber gleiten. Nehme die Decke zwischen Daumen und Zeigefinger und reibe meine Wange an dem Kissen. Das Rascheln blende ich aus. Es ist nicht wichtig. Meine Kopfschmerzen sind nicht mehr wichtig, denn hier stimmt etwas ganz und gar nicht!

Weich. Alles um mich herum ist wolkenweich und – ich schnuppere – frisch gewaschen? Auf jeden Fall. Und zwar mit einem Mittel, dass Millionen Mal besser riecht als das billige Zeug, dass sie dir im Waschsalon unten an der Ecke als Frühlingsfrische verkaufen wollen. Apropos unten an der Ecke: Wo zum Teufel bin ich?! Und dann reiße ich die Augen auf. Schrecke hoch und verschlucke mich beinahe, als die Erinnerungen über mich hereinbrechen. Die Typen. Die Schüsse. Das Blut und … *er!*

„Guten Morgen.“

Fuck! Das war kein Traum. Keine scheiß Drogen-Halluzination. Die ganze letzte Nacht war echt! Die Schießerei war echt! Das Motorrad! Und … River! Mit vor der Brust verschränkten Armen lehnt er im Türrahmen und sein Blick treibt sich in meinen, als ich daran denke, wie er mir die Haare gehalten hat. Beim Kotzen! Sofort rebelliert mein Magen erneut, krampfen meine Eingeweide sich panisch zusammen – um nichts, weil ich alles hinausgewürgt habe. Doch ich bin tapfer.

„Guten Morgen“, erwidere ich, weniger gequält vom Kater als von der Scham. Ich bin schon oft tief gesunken. Das weiß ich und dazu stehe ich auch. Gestern aber habe ich eindeutig einen neuen Rekord aufgestellt!

Der nächste Erinnerungsfetzen blitzt auf und reflexartig fasse ich mir an die Brust. Nackt, verdammt! Ich war fast nackt! Und bei allem, was mir heilig ist … gut, das ist nicht sonderlich viel, aber trotzdem! Am liebsten würde ich mich vom Bett stürzen und mich darunter verstecken. Oder einen Hechtsprung zum Kleiderschrank da drüben wagen? Alles! Ich würde alles tun, nur, um diesen stechenden Augen zu entkommen. *Seinen*

Augen, die mich bereits faszinierten, als er mit gezogener Waffe in meiner, nein, in unserer Wohnung stand. Und in denen jetzt so viel stille Verachtung liegt, dass ich mich tatsächlich schäme. Ich! Suzanna! Der die Meinung anderer doch sonst vollkommen am Arsch vorbei geht. Nur seine nicht, und das ist der Fehler im System.

Fest greife ich in das schlichte, schwarze Shirt, das mich bedeckt, und senke den Blick. Scheiße. Es geht gerade so weiter, denn auch dieser Stoff ist hochwertig und weich. Keine knittrige Chinaware wie der Müll, der in meinem winzigen Kleiderschrank hängt. In dem abgefuckten noch winzigeren Hostel-Zimmer, das seit neuestem mein Zuhause ist. Was ist nur aus mir geworden? Ich hatte doch alles. Alles, wovon andere Mädchen in meinem Alter nur träumen. Doch das habe ich eingetauscht. Für meine Freiheit. Und was ist das Ergebnis? Eine Maus in einem Schuhkarton hat mehr Luxus als ich! Und wahrscheinlich auch mehr Selbstachtung. Denn meine ist kaum noch vorhanden, als der große dunkle Mann sich abwendet.

„Du kannst das Shirt behalten. Aber geh duschen. So versifft will ich dich nicht an meinem Frühstückstisch haben.“

Dann ist der Türrahmen, den er eben noch fast völlig ausgefüllt hat, leer. Genauso leer wie mein Kopf. Und mein Magen. Und mein Herz. So ist es immer, wenn die Nacht vergeht und der Morgen mich einholt. Wenn der Rausch nichts mehr ist als eine schale Erinnerung, und die bunten Farben der Ekstase im Grau der Realität ertrinken. Eine schöne Freiheit habe ich mir da erkämpft. Der Preis dafür wird immer unerschwinglicher, mein Körper immer kaputter. Und so gut ich auch darin bin, mich selbst zu belügen, ist mir klar, dass ich bei meinem Lebensstil früher oder später draufgehen werde. Letzte Nacht stand ich nur so kurz davor, und es war nicht das erste Mal.

Die trübsinnigen Gedanken werden nicht besser, als ich die Decke zurückschlage und meine Beine in den Netzstrümpfen sehe. Meine Stiefel finde ich sorgsam nebeneinander gestellt vor dem Nachttisch und auch sonst weist alles in diesem Zimmer darauf hin, dass mein Gastgeber einen ausgeprägten Sinn für Ordnung zu haben scheint. Eine triste Ordnung. Bilder suche ich an den grauen Wänden vergebens und auch sonst gibt es nichts, was mir etwas über River verrät, oder zumindest einen Blick auf den Menschen hinter dieser dunklen Fassade gewährt. Alles ist clean, fast schon steril. Wenn er allerdings so fickt wie er Motorrad fährt, dann … Aua. Mein Grinsen hat mir einen kleinen Riss in die Unterlippe gezogen, was Zoey jetzt bestimmt auf mieses Karma schieben würde. Meine süße Zoey … Und schwups, rutscht mein Herz noch einmal eine Etage tiefer. Was sie wohl gerade treibt? Ob sie sich Sorgen um mich macht? Bestimmt. Aber ich konnte nicht bleiben. Sie hat doch selbst grade so viel Scheiße hinter sich, da braucht sie meine Probleme nicht auch noch. Nein, nein, sie ist besser dran ohne mich. Jeder ist besser dran ohne Suzanna Linden. Selbst Suzanna Linden wäre besser dran ohne Suzanna Linden! Mit einem Augenrollen steige ich aus dem Bett und steuere schnurstracks auf Rivers Kleiderschrank zu. Wenn ich schon nicht ungeduscht an seinem Frühstückstisch erscheinen darf, dann auch sicher nicht mit einem nicht mehr ganz frischen Höschen, oder?

Die Dusche tat gut. Eine gefühlte Ewigkeit lang habe ich mein Gesicht dem heißen Wasser entgegengestreckt und genossen, wie es Tropfen für Tropfen neue Lebensgeister in meinen Körper gespült hat. Zudem stand ich ebenfalls seit einer gefühlten Ewigkeit nicht mehr unter einer solch wunderschönen Dusche! Rivers Wohnung ist zwar nicht einmal annähernd mit der Villa vergleichbar, in der ich die letzten Jahre verbrachte, und noch dazu sehr spartanisch eingerichtet, aber doch groß und luxuriös genug, um ein Mädchen wie mich ins

Schwärmen zu bringen. Tatsächlich ist eines der Dinge, die ich von früher vermisse, die riesige freistehende Badewanne. Stundenlang habe ich darin gelegen, bis das Wasser eiskalt war. Und hinter verschlossenen Türen versteht sich. Und nicht nur *ver*schlossen, sondern vor allem *ab*geschlossen, denn ich habe ihm nie getraut.

„Suzanna!" Rivers Stimme und ein Klopfen an der Tür reißen mich aus den Gedanken. Himmel, wie gebieterisch kann ein Klopfen sein?!

„Ähm … Ja?"

„Zwei Minuten! Dann bist du entweder in der Küche oder hungerst, bis ich zurück bin!"

Die ersten zehn Sekunden dieser mehr als seltsamen Frist verbringe ich damit, stirnrunzelnd in Richtung Tür zu starren. Hat der sie noch alle? Offensichtlich nicht, denn sonst hätte er letzte Nacht nicht eiskalt mindestens ein Dutzend Männer umgelegt. Ich erschauere trotz des heißen Wassers und beschließe, dass es sicher gesünder ist, diesen Mann nicht auf die Probe zu stellen. Zwar hat er mich gerettet, was diesen Morden tatsächlich irgendwie einen romantischen Touch verleiht, die Tatsache aber, dass er mich nicht einmal angefasst hat, als ich halbnackt vor ihm stand, lässt mich dann doch stark an seiner Sympathie für mich zweifeln.

Eilig drehe ich das Wasser ab und hangle nach einem Handtuch. Ob er vielleicht schwul ist? Ich meine, meine Vorzüge können sich durchaus sehen lassen, die Kerle rennen mir scharenweise hinterher – siehe gestern Abend. Aber River hat keinerlei Interesse gezeigt, und dabei hatte er meine Boobies förmlich im Gesicht! Hm … Nicht, dass ich es toll gefunden hätte, wenn er über mich hergefallen wäre – zumindest nicht in diesem Zustand! Trotzdem kratzt seine Ablehnung an meinem Stolz, während ich mir die Haare auswringe und hastig in das Handtuch wickle.

„Zwanzig Sekunden zu spät.“

Das ist meine Begrüßung, als ich in die Küche stolpere. Ist in dieser Wohnung eigentlich alles grau?!

„Dann hättest du mir vielleicht eine Wegbeschreibung dalassen sollen! Beruhig dich wieder, okay?“ Er antwortet nicht, also krabble ich auf den nächstgelegenen Barhocker und betrachte in aller Ruhe seinen Rücken. Ein schöner Rücken. Mit Muskeln unter dem schwarzen Longsleeve, die sich in einem faszinierenden Spiel an- und wieder entspannen, während er in einem Topf rührt. Die langen Haare hat er in einem Man Bun gebändigt, der so unordentlich und dennoch perfekt sitzt, wie ich es nie hinbekomme. Seufzend stütze ich das Kinn in beide Hände und schaue mich um. „Du stehst auf Grau und Schwarz, was?“ Wieder straft er mich mit Schweigen, was ich wiederum nicht auf mir sitzen lassen kann. Ich muss reden. *Wir* müssen reden! Darüber, was letzte Nacht geschehen ist und wie es jetzt weitergeht. Ich meine, was bin ich? Zeugin? Komplizin? Will er mich erst abfüttern, um mich dann in aller Seelenruhe und in Serienkillermanier auszuweiden?!

„Was passiert jetzt mit mir?“, frage ich geradewegs heraus und verdrehe genervt die Augen, als ich schon wieder keine Antwort zu bekommen scheine. Doch gerade, als ich mich über den Tresen beuge, um an seinem Shirt zu ziehen, fährt er zu mir herum.

„Das überlege ich noch“, sagt er mit gänzlich gelassenem Tonfall und stellt eine dampfende Schüssel mit Suppe vor mir ab. „Ei oder Tofu?“

„Äh … Was?“ Suppe? Zum Frühstück? Ich weiß nicht, wer irritierter ist, mein Magen oder ich, doch noch ehe ich eine Entscheidung treffen kann, schiebt River mir eine Platte mit gefüllten Schüsselchen entgegen. Rohes Ei, Gemüse und … ich schnuppere an den grünen Streifen … Algen? Mit gerümpfter

Nase weiche ich zurück. Wer, bitte, isst Algen um diese Uhrzeit? Wer, bitte, isst Algen überhaupt?!

Mein Gastgeber beachtet mich nicht länger, sondern ist bereits auf dem Weg zur Tür. „Die Kaffeemaschine steht da drüben." Ein Schlüsselbund klappert in seiner Hand. „Ich werde gegen Mittag zurück sein."

Das ist alles? Er geht und lässt mich hier einfach so sitzen?

„Moment mal, Mister!" Ich rutsche von meinem Stuhl und ihm in den Weg. „Was macht dich so sicher, dass ich dann noch hier sein werde?"

Seine Augen funkeln, als er auf mich herabsieht, und zum ersten Mal fällt mir das außergewöhnliche Farbenspiel darin auf. Ich hatte gedacht, seine Augen seien dunkel, aber weit gefehlt. Das tiefe Braun geht über in ein Smaragdgrün und alles wird zusammengehalten von einem dicken schwarzen Rand. Rivers Augen sind bunt! Dunkelbunt. Und werden schmal, als ihm eine Idee zu kommen scheint. Wieder kehrt er mir den Rücken zu, dann höre ich, wie er eine Schublade aufzieht. Sicher. Mein Blick fliegt zurück zur Suppe. Er hat das Besteck vergessen.

„Hey! Ich will nichts essen! Du sollst mir nur erklären, was da gestern …" Weiter komme ich nicht, denn mit langen, starken Fingern reißt er meinen Arm in die Höhe, und im nächsten Moment schließt sich kalter Stahl um mein Handgelenk. Das Klicken der einrastenden Metallzähne bringt meinen Verstand zurück. Und meinen Überlebenswillen! Ich zerre und ziehe, ignoriere das Handtuch, dass mir vom Kopf rutscht, und schlage River vor die Brust, den Bauch und ins Gesicht. Doch er ist zu schnell. Weicht jedem meiner Hiebe so gekonnt aus, als hätte ich ihm vorher verraten, wo ich ihn treffen will.

„Du Arschloch!", keife ich zwischen meinen noch feuchten Strähnen hervor, kann aber rein gar nichts dagegen tun, dass er mich zurück zur Theke befördert. Als er sich jedoch kurz bücken muss, um den anderen Teil der Handschellen um eine Stahlstrebe zu schließen, sehe ich meine Chance gekommen. Ich hole aus und …

„Du Miststück!“

Er grunzt, duckt sich weg und ich schaue entsetzt auf meine Finger. Sehe Blut! *Sein* Blut! Und weiß, dass das eine der beschissensten Ideen meines Lebens war. Ich bin gefesselt! Ich habe ihn verletzt! Und selbst, wenn er mir bis eben noch vielleicht gar nichts tun wollte, habe ich spätestens jetzt ein riesiges Problem!

„Das … das wollte ich nicht. Ehrlich!“

„Schwachsinn!“, herrscht er mich an und sein Ausdruck ist dabei derselbe wie letzte Nacht. Kurz bevor er die beiden Typen umgenietet hat, wohlgemeint. Betreten beiße ich mir auf die Unterlippe, während er sich über das Genick fährt und seine Handfläche betrachtet.

„Ich hab dich gekratzt.“ Was für eine sinnlose Feststellung. „Hast … Hast du irgendwo Verbandszeug? Ein Pflaster oder so? Dann kümmere ich mich …“ Das Scheppern der Handschelle macht mir schlagartig bewusst, dass *er* hier gar nicht das Opfer ist! Aber ich kann mir nicht helfen: Dass ich River verletzt habe, tut mir tatsächlich aufrichtig leid.

„Halt einfach den Mund!“, zischt er und deutet auf meine Fessel. „Das ist nur zu deinem Besten. Bis ich mich entschieden habe, wie es weitergeht. Du kommst damit an dein Essen und an den Kaffee. Ich werde nicht lange fort sein.“ Dann lässt er mich erneut stehen. Und diesmal halte ich ihn nicht auf.

Suzanna

N a toll. Hier stehe ich also. In der Wohnung eines Killers, festgekettet an eine Mücheninsel und in viel zu
großen Klamotten. Wenn das mal nicht filmreif ist!
Mein Leben verlief ja schon immer anders als das normaler
Mädchen, ich hatte auch nie etwas dagegen und habe das sogar
noch forciert, indem ich mein Schicksal immer wieder heraus-
forderte. Mit River jedoch scheint meine Story einen fetten un
geahnten Plot Twist erhalten zu haben.

Seufzend greife ich nach der Schüssel mit Suppe, denn dass
ich nichts essen möchte, war eine eiskalte Lüge. Mein Magen
knurrt. Scheiße, wie lang habe ich eigentlich schon nichts mehr
zu mir genommen? Zoey hat mir bei unserem letzten Treffen
zwar Geld zugesteckt, das Bündel Scheine klemmt aber noch
immer zusammengerollt hinter der Jalousie in meinem Hostel-
Zimmer: Ich habe es schlicht und ergreifend nicht fertigge-
bracht, auch nur einen Schein davon anzurühren. Zu viel bedeutet mir ihre Geste, und zu groß ist gleichzeitig mein Stolz.
Auch wenn ich mittlerweile immer öfter daran zweifle, dass es
richtig ist, alles allein schaffen zu wollen. Aber ich kann eben
nicht aus meiner Haut. Musste bisher immer alles allein schaffen, denn seit dem Tod meiner Eltern ist Zoey der erste

Mensch, bei dem ich allmählich wieder Nähe zugelassen habe. Sie ist wie eine Schwester für mich, und das ist auch der Grund, warum ich mich nicht mehr bei ihr gemeldet habe. Sie soll sich nicht schon wieder in Gefahr bringen. Nicht für mich.

Vorsichtig hebe ich mir die noch immer heiße Schüssel unter die Nase. Hm, das duftet gut. Fremd, aber gut, und das Wasser läuft mir im Mund zusammen. Gleichzeitig aber überfällt mich die Traurigkeit. Mama hat mir auch immer Suppe gekocht, wenn es mir nicht gutging. Kräftige Südstaatensuppe mit Hühnchen und Reis. Diese hier ist asiatisch, worauf zumindest ihr Duft, die seltsamen Zutaten und die hübschen blaubemalten Porzellanschälchen schließen lassen, und ich frage mich, ob das wohl ein Hinweis auf Rivers Leben ist. Tatsächlich finde ich auf der Arbeitsplatte gegenüber ein Gefäß mit Essstäbchen und eine ganze Reihe beeindruckender und mit Schriftzeichen verzierter Messer an der Wand. Und seine Tattoos? Zwar hatte ich noch keine Gelegenheit, sie bis ins Detail zu studieren, bin mir aber sicher, auf seiner Haut ebenfalls kleine Schriftzeichen erkannt zu haben.

Die Handschelle klirrt, das Eisen zieht an meinem Gelenk.

Scheißegal, Suzy. Und wenn er der Kaiser von China ist, du bist seine Gefangene!

Mit zusammengekniffenen Lippen lasse ich mich zu Boden sinken, ziehe meine Beine in den Schneidersitz und beginne, die Suppe in kleinen Schlucken zu trinken. Ohne Löffel, direkt aus der Schüssel, denn außer den Stäbchen habe ich nirgendwo Besteck gesehen.

Wärme flutet meine Kehle, meinen Bauch, und ich bin mir sicher, noch nie so eine gute Suppe bekommen zu haben. Zumindest nicht in einem Restaurant. Die Kochkünste meiner Mom übertrifft nämlich niemand! Schluck um Schluck wandert in meinen Magen und ich schließe die Augen. Der Duft des Essens, das Wohlgefühl, dass diese Suppe mit ihrer Wärme und ihren Gewürzen in mich setzt, es steht im krassen Gegensatz zu meiner Lage. Ich bin ruhig. Vollkommen gelassen und entspannt, dabei sollte ich ausrasten, oder nicht? In Panik geraten oder umkommen vor Sorge um mein Wohlergehen. Aber ich tue nichts von all dem, was in meiner Situation angebracht wäre. Denn eins steht fest: Solange River mich hier festhält, wird mir nichts geschehen. Die Vergangenheit kann mich hier nicht finden. Bei River bin ich sicher.

Welche Gefahren von ihm selbst ausgehen, das weiß ich natürlich nicht. Aber er hat mich gerettet, und selbst mein überdrehtes Hirn kann sich nicht vorstellen, dass er sich zuerst diese Mühe macht, um mich dann zu ermorden. Oder? Man weiß ja nie, wie krank die Anderen sind …

Ich trinke aus, während die letzte Nacht noch einmal durch meine Gedanken kreist und ich zu dem Schluss komme, dass Zoey wohl doch von Anfang an recht hatte: Ich bin tatsächlich eine ziemlich abgefuckte kleine Bitch. Eine Bitch mit einem Hang zu den bösen Jungs. Japp, das bin ich. Denn verflucht noch eins, es war scheiße heiß, wie River die beiden Wichser erledigt hat. Das war nämlich der Teil, bei dem ich wieder einigermaßen zu mir kam und begriff, was abging. Dass die zwei mich echt gefickt hätten – und das im wahrsten Sinne des Wortes –, wenn River nicht aufgetaucht wäre. Aber warum ist er das überhaupt? Was hat er in diesem Club gesucht? Doch wohl nicht mich, oder? Schnaubend schüttle ich den Kopf. Will den Gedanken vertreiben, der sich dort breitmacht, obwohl er ja gar nicht mal so abwegig ist. River ist ein Gangster. Ein Auftragskiller, das hat Zoey mir erzählt. Und ich wette, dass auf meinen Kopf ein hübsches Sümmchen ausgesetzt ist, warum also sollte River mich schützen wollen? Wäre es nicht viel wahrscheinlicher, dass er mit *ihnen* unter einer Decke steckt? Ich betrachte die Handschellen und kann plötzlich nichts mehr dagegen tun, dass sich die Angst um meinen Körper legt. „Bitte komm allein zurück“, flüstere ich. „Bitte sei keiner von ihnen.“

Nein. River ist gut. Er hat einfach gut zu sein, basta! Etwas anderes lasse ich einfach nicht gelten, denn sonst könnte ich mich hier ja gleich erhängen. Ein Blick nach oben sagt mir jedoch, dass diese blöde Theke definitiv nicht hoch genug dafür ist. Dennoch, ich bin am Arsch. Eindeutig. Fragt sich nur, wer es zu Ende bringen wird – der Killer, in dessen Wohnung ich sitze, oder die Leute, zu denen der Typ vor Zoeys und meiner Wohnung gehört hat? Wobei … die wollen mich lebend. Sie wollen meinen Körper. Wenn ich geschnappt werde, dann lande ich in diesem Keller. Ganz bestimmt. Und von dort kam noch nie ein Mädchen wieder.

Ein Geräusch aus dem Flur lässt mich aufhorchen. Ein Schlüssel im Schloss, das Aufschnappen der Tür. Was zum …? Dann steht er auch schon vor mir. Groß, breitschultrig und mit einer Miene, als habe ihm jemand in die Suppe gespuckt.

„Lief nicht wie geplant, hm?“

Einen Moment lang schauen wir einander an, bis ich mal wieder merke, dass er einfach nicht auf meine Witze steht. Tja. Schade. Das ist mir nämlich egal.

„Oder hattest du einfach nur Sehnsucht nach mir?“

Schweigend kommt er auf mich zu.

„Das isses, hab ich recht?“

Er zieht sich einen Rucksack vom Rücken und geht neben mir in die Hocke.

„Nach dieser Nacht konntest du einfach nicht mehr ohne mich sein.“

Seine Haut streift meine, als er nach den Handschellen greift. Und sein Duft steigt mir nicht nur in die Nase, er benebelt gleich die Region in meinem Hirn, die für rationales

Denken verantwortlich ist. Halleluja! Der Typ drückt nicht nur alle meine Knöpfe, er spielt darauf Klavier!

„Und weißt du was? Ich kann auch nicht mehr ohne dich sein."

Das Grün seiner Iriden ist wie dunkles Moos, als mich sein Blick aus dem Augenwinkel trifft. Unergründlich und geheimnisvoll. Warnend und … gefährlich. Doch anstatt mich zurückzuziehen und die Klappe zu halten, ist da plötzlich eine süße Schwere. In meiner Mitte. Rivers bloße Nähe, die Art, wie er mich ansieht … Das Ziehen wird stärker. Wird zum Pochen, um das ich meine Schenkel schließe. Sie fest aneinanderpresse, weil dieser Mann die Sehnsucht weckt und ich mich unwillkürlich in die Richtung des Verbotenen dränge. In Rivers Richtung. Gerade noch rechtzeitig greife ich nach der Suppenschüssel, ehe sie mir vom Schoß rutscht. „Oh! Hoppla!"

Nur noch Zentimeter, die uns trennen. Meine Nasenspitze von seiner. Unsere Lippen. Fuck. Das Pochen wird zur Qual. Übermächtig und unzähmbar. Meine Brustwarzen sind längst hart. Reiben gegen Rivers Shirt, obwohl ich sie viel lieber an seiner Brust reiben würde. Nackt.

Diesen Wunsch verspürte ich bereits, als er sich bei unserem ersten Treffen gegen die Wand lehnte. Heiß wie die Hölle und mit einem dreckigen Grinsen in diesem faszinierenden Gesicht, das mir schon damals die Nässe zwischen die Beine trieb. Weil ich wusste, dass er mir gefährlich werden würde. Mir und … meiner Jungfräulichkeit.

Aber so what? Heißt es nicht immer, dass es für jeden Topf einen Deckel gibt, und man es sofort spürt, wenn man seinen gefunden hat? Nun, ich hätte nichts dagegen, wenn dieses Exemplar hier passen würde.

Mit einem leisen Ton stelle ich die Schüssel beiseite. Halte Rivers Blick und hebe mich auf die Knie. Auf Augenhöhe. Wir sind auf Augenhöhe und dennoch geht ein Zittern durch meinen Körper. Ich spüre es. Ich spüre *sie*. Seine Überlegenheit. Die unbändige Kraft, die von diesem Mann ausgeht, körperlich wie mental. Wir könnten das Spiel drehen, er festgekettet und ich über ihm, und dennoch hätte er jegliche Kontrolle in seinen Händen. Mein Mund ist staubtrocken, die Würze der Suppe verflogen, als ich meine Lippen teile und mir darüber lecke. Mich frage, wie *er* wohl schmeckt.

Rivers Augen sind schmal. Sein Atem betont ruhig, doch … Er springt auf mich an. Jeder tut das und auch dieser Killer ist nicht vor mir gefeit. Er ist ein Mann. Unter der Gürtellinie sind sie alle gleich und ich weiß das, denn ich habe mit ihnen gespielt. Sie mit meinen Reizen betört, bis sie wahnsinnig wurden, und sie dann am langen Arm verhungern lassen. Einen nach dem anderen habe ich ausgenommen wie eine Weihnachtsgans. Habe Champagner getrunken die ganze Nacht und mich aus dem Staub gemacht, wenn ich genug hatte. Ich bin ein Profi. Ich kriege jeden. Nur haben oder gar behalten wollte ich keinen einzigen. Bis auf ihn. Jetzt.

„Ich hatte eigentlich vor, dich zu befreien." Seine Stimme klingt rau und kehlig. „Doch wie es aussieht, hast du das nicht verdient." In einer einzigen fließenden Bewegung ist er fort. Steht, ja thront fast schon über mir, beugt sich dann aber noch einmal zu mir herab. Und ich? Ich seufze beinahe auf, als er mich packt. Daumen und Zeigefinger um mein Kinn legt und mir den Kopf in den Nacken zwingt.

„Du bist dein eigener Untergang, weißt du das?"

Sein Blick brennt sich in meinen, meine Mitte pulsiert.

„Dann rette mich!" Meine Hand an seinem Schenkel. Harte Muskeln. Er zieht nicht weg. Sagt aber auch nichts, sondern betrachtet mich nur eingehend. Meine Augen, meinen Mund und wieder zurück. Und lässt von mir ab, als hätte er sich verbrannt.

„Das habe ich bereits, Peanut. Das habe ich bereits." Mit diesen Worten schnappt er den Rucksack und verlässt die Küche. Ich sehe ihm nach und lausche seinen Schritten, bis sie am Ende des Flurs verklingen. Sinke zurück auf meinen Hintern und schüttle den Kopf.

Peanut.

Tränen sammeln sich in meinen Augen.

Er hat mich Peanut genannt.

Wie meine Mom.

Eine Stunde später hocke ich noch immer auf dem blöden Fußboden. Ich weiß, dass eine Stunde vergangen ist, weil die Uhr auf dem Display des Backofens unaufhörlich Minute um Minute anzeigt, die ungenutzt verstreicht. Ich habe keine Lust mehr. Keine Lust, hier zu vergammeln, keine Lust, zu warten, dass irgendetwas passiert, und schon gar keine Lust mehr auf mich selbst. Auf das beschissene Gedankenkarussell in meinem Kopf, das mit jeder Runde schneller und schneller wird. Unkontrollierbar.

„Hey!", rufe ich in den leeren Flur hinaus. Und noch ein wenig lauter: „Ich muss mal!"

Ich weiß, dass er da ist. Ich weiß, dass er mich hört. „Verdammt, River, das ist keine Übung! Komm her oder …"

„Oder was?"

Scheiße. Ich wollte ja, dass er auftaucht, zucke aber dennoch zusammen, als er so plötzlich im Türrahmen erscheint wie Ghostface in *Scream*. Trotzig recke ich das Kinn. „Mach mich los, wenn du nicht willst, dass ich in deine Hose pinkle."

Er aber verschränkt bloß die Arme.

„Was ist jetzt?" Ich lasse die Handschellen klappern. „Oder stehst du etwa auf so kranken Scheiß? Ich nicht, das kann ich dir sagen!"

Und dann geschieht es. Zum ersten Mal, seit er mit mir geflirtet hat. Er grinst. Es ist nur ein halbes Grinsen. Ganz unauffällig zupft es an seinem linken Mundwinkel. Doch es hebt eindeutig seinen Bart und meine Stimmung.

„Bitteeee!", schiebe ich in zuckersüßem Tonfall hinterher, da setzt er sich endlich in Bewegung. Greift in seine Gesäßtasche und holt einen kleinen Schlüssel hervor.

„Da siehst du es", brummt er, als er sich neben mir auf ein Knie niederlässt und nach meinem Handgelenk greift, „wenn man brav ist und freundlich fragt, bekommt man auch, was man möchte."

Die Handschelle schnappt auf. Ich bin frei, rühre mich aber dennoch keinen Millimeter. „Wirklich alles?"

Sein Kopf ruckt zu mir, diesmal ist sein Ausdruck aber eher misstrauisch. Und ehe ich mich versehe, zieht er mich mit sich auf die Füße. Sein Seufzen klingt wie das meines Vaters, wenn ich mal wieder auf Teufel komm raus das letzte Wort haben wollte. „Du musst wirklich noch einiges lernen. Und jetzt geh."

Ich folge seinem Nicken zur Tür, bleibe im Rahmen aber noch einmal stehen. „Du könntest es mir beibringen. Talent dafür hast du auf jeden Fall", necke ich. Sehe, wie die nächste Rüge kurz davor ist, seinen schönen Mund zu verlassen, und schenke ihm meinen kessesten Augenaufschlag. „Hat dich eigentlich schon mal jemand *Daddy* genannt?"

Sein geknurrtes „Raus!" dringt hinter mir in den Flur, da laufe ich bereits kichernd wie ein Schulmädchen in Richtung Badezimmer. *Daddy River.* Lachend werfe ich die Tür hinter mir ins Schloss und lasse mich von innen dagegen sinken. „Uhhh, Daddy!" Mein Blick findet mein Bild im Spiegel. Blass und ein wenig zu dünn in seinen weiten Klamotten. Trotzdem trete ich langsam näher, den Kopf geneigt, denn da ist etwas, das ich schon lange nicht mehr an mir gesehen habe. Ein Lächeln. Ein gelöstes, offenes Lächeln. Die Hände auf den Waschtisch gestützt betrachte ich mich und kann es kaum glauben. Da ist ein Glanz in meinen Augen. Ein Funkeln und Leuchten. Und meine Wangen sind sanft gerötet, ohne, dass ich mir vorher hineingekniffen habe, um frischer auszusehen. Nein, das hier ist echt. Ich strahle von innen und die Erkenntnis überkommt mich wie ein Schock. Ob ein guter oder ein schlechter, das weiß ich ganz ehrlich nicht. Aber die Antwort auf die Frage, was mit mir geschehen ist, ist eindeutig. *Er* ist mit mir geschehen!

Er macht das! Dieser Mann dort draußen, vor dem ich Angst haben sollte, in dessen Gegenwart ich mich aber so wohl und sicher fühle wie seit Monaten nicht mehr. Ach was, seit Jahren! Ungläubig schlinge ich die Arme um mich selbst, doch das Kribbeln in mir ist viel zu schön, als dass ich es mir verweigern könnte. Es lässt mich wachsen und strahlen, alles Schreckliche vergessen und das alles ohne irgendwelche Drogen. Ohne eine Pille oder Massen an Alkohol. Ich kann fühlen, ohne zu leiden, und diese Erkenntnis, dieser Zustand ist so wunderschön! Ich will es genießen! Will, dass es so bleibt. Und als ich meinen Blick im Spiegel finde, weiß ich, wie ich das hinkriege.

Er steht am Fenster, als ich ihn im Wohnzimmer finde. Ein in Schwarz gekleideter Hüne zwischen ebenso schwarzen Vorhängen. Beinahe so, als warte er auf seinen großen Auftritt. Nun, den kann er haben. Meine an der Luft getrocknete Mähne aufgeschüttelt, sein Shirt nur knapp unter meinen Brüsten verknotet, trete ich hinter ihn, und bekomme im selben Moment einen Hinweis darauf, wo wir uns befinden.

„Der Hudson", denke ich laut, und aus meinem Tonfall spricht die Verwunderung. Die Wohnung allein ließ schon darauf schließen, dass seine Geschäfte gut laufen. Ihre Lage mit direktem Blick auf den Fluss allerdings verrät mir, dass River mehr als erfolgreich sein muss.

„Ja." Ein schlichtes Wort, mehr bedarf es nicht, um meine Aufmerksamkeit wieder voll und ganz auf ihn zu richten. Ich könnte ihm den ganzen Tag lang zuhören, selbst wenn er nur Lieferdienst-Flyer vorlesen würde.

„Ich mag Flüsse", sage ich leise und bekomme dafür tatsächlich seinen Blick geschenkt. Nur kurz, doch etwas darin ermutigt mich, weiterzureden. „Ich bin an einem groß geworden, weißt du? Na ja, eher an einem großen See, aber durch den floss der Calcasieu River. Ich hab jeden Tag am Wasser verbracht. Eigentlich meine ganze Kindheit bis …" Ich beiße mir auf die Zunge. Das mit meinen Eltern interessiert ihn sicher nicht die Bohne. Obwohl ich das seltsame Bedürfnis habe, ihm alles zu erzählen. „Ja, und später dann wohnte ich ganz nah am Mississippi. Aber dort durfte ich nie hin."

Stille breitet sich zwischen uns, während ich betreten meine Finger knete und River weiterhin stur aus dem Fenster schaut. Ich bekomme kein Wort, keine Reaktion. Hebe den Blick und das Bild, das sich mir offenbart, setzt eine Traurigkeit in mich, als habe sich meine eigene verdoppelt. River. Wie eine Statue steht er da. Das Bronze-Abbild eines Kriegers aus längst vergangener Zeit. Die Arme verschränkt, das Kinn gehoben und mit festem Blick könnte man meinen, dass nichts und niemand diesem Mann etwas anhaben kann. Wäre da nicht … Ja, was? Ich kann es nicht beschreiben. Nur fühlen. Trauer und Schmerz. Die treuen Begleiter, die auch ich nicht abschütteln kann. Bei River jedoch bin ich mir nicht sicher, ob es seine Trauer und sein Schmerz sind, die in mir vibrieren, oder die der Seelen, die er genommen hat. Ich weiß, wer er ist. Ich weiß, was er tut.

„Warum machst du das?"

Seine Frage überrascht mich, denn ich kann sie nicht zuordnen.

„Was meinst du?"

„Gestern Abend. Du. Auf diesem Podest. In diesem Fummel." Ganz langsam dreht er sich zu mir und die Abscheu auf seinem Gesicht sticht mir schier ins Herz.

„Ich …"

„Du hast dich bewegt wie eine Schlampe. Wie eine Professionelle. Und dabei bist du noch so jung. Hast du denn gar keinen Stolz?"

Autsch! Ich weiche zurück, zu überfahren, um etwas erwidern zu können. Schlampe? Keinen Stolz? „Wie redest du mit mir?!"

„So wie du es offensichtlich verdienst. Schau dich doch nur an!" Abwertend nickt er mir zu. „Was soll das werden, hm? Denkst du etwa, ich stehe auf Schlampen? Denkst du, ich stecke meinen Schwanz in jede dahergelaufene Bitch, so wie du eine bist?"

Ich keuche. Jedes Wort ein schmerzhafterer Treffer als das davor. Doch er ist noch nicht fertig. Macht einen langen Schritt auf mich zu und greift nach dem Saum des Shirts. Seine Finger auf meiner Haut, die Glut in seinen Augen. Ich möchte ihn ohrfeigen für seine Worte, doch lieben für diesen Blick. Diese gezügelte Dunkelheit. Das Wissen, dass er mit einem Griff Leben auslöschen kann, meines aber gerettet hat.

„Du hast doch keine Ahnung!", zische ich ihm ins Gesicht, da hat er den Knoten entzerrt und reißt mein Shirt nach unten. Bedeckt mich und funkelt mir schwer atmend entgegen.

„Das mag sein", knurrt er zwischen zusammengebissenen Zähnen hervor. „Aber ich weiß, dass ich dich nicht ficken werde. Und wenn du es noch so sehr darauf anlegst!"

„Ich?!" Ich reiße die Augen auf. Dass er recht hat, ist das Letzte, was ich ihm jetzt unter die Nase reiben werde. „*Ich* lege es also darauf an, ja? Dann verrate mir doch bitte mal, warum du in diesem Scheißkeller aufgetaucht bist, nachdem du mich offensichtlich tanzen gesehen hast! Warum du die Typen abgeknallt und mich mit zu dir genommen hast. Warum du mich an deine verfickte Kücheninsel gefesselt hast, anstatt mich einfach rauszuwerfen, hä?" Ich reiße die Hände in die Luft. „Und du willst mir weismachen, dass du mich *nicht* ficken willst?! Wer's glaubt, *Mister*!"

Wut treibt das Adrenalin durch meine Venen. Blanke Wut auf mich selbst. Hatte ich wirklich romantische Gedanken? Habe ich allen Ernstes meinen Verstand ausgeschaltet, nur weil dieses Arschloch mir Schmetterlinge in den Bauch gesetzt hat? Mit seiner Scheißknarre, dieser Scheißrettungsaktion und diesem Scheißgrinsen?! Es gibt keine Schmetterlinge, verdammt noch mal, und das sollte ich am besten wissen! Dennoch kann ich nicht leugnen, dass ich eben auch nur ein Mädchen bin. Dass auch ich von diesen blöden Faltern träume. Von Einhörnern und Prinzen auf einem weißen Pferd. Aber fuck it! Es sind eben alles nur Märchen und ich stocksauer, weil ich dumm genug war, um zu glauben, River wäre anders. Aber das ist er nicht. Er ist nur ein weiterer, von sich selbst überzeugter Wichser, und darum hole ich aus.

River

Ehe ihre Hand mein Gesicht treffen kann, habe ich sie am Hals gepackt und an die Wand gedrückt. Gleichzeitig ziehe ich meine Knarre und bohre ihr den Lauf von unten gegen das Kinn. Hart drückt er sich in ihre zarte, weiche Haut, deren Duft wie eine Verheißung in der Luft liegt. Sie erstarrt in der Bewegung. Panik flackert in ihren Augen auf. *Im Angesicht des Todes verliert jeder sein Pokerface, Babygirl*, denke ich hämisch. Langsam schließe ich meinen Griff immer fester um ihre Kehle, genieße die Angst, die ihren Körper lähmt, und schiebe ich mich dabei noch dichter an sie. Sie ist wie erstarrt.

„Vorsicht, mein kleines Wildkätzchen", sage ich mit dunkler Stimme. „Sonst muss Daddy dir weh tun!"

Eben noch hat sie das Wort *Daddy* voller Spott ausgesprochen. Wollte mich reizen, mich herausfordern. Die Reue dafür steht ihr nun ins Gesicht geschrieben. Denn spätestens jetzt hat sie den Teil meiner Persönlichkeit aktiviert, der nur darauf brennt, sie wie ein strenger Daddy nach seinem Willen zu erziehen!

„Dachtest du wirklich, du hast die Situation im Griff, Suzanna?", flüstere ich und komme ihrem Ohr mit meinem Mund dabei ganz nahe. „Dass du mir gewachsen bist?"

Der Duft ihrer Haut lässt mich hart werden. Die feinen Härchen in ihrem Nacken stellen sich auf, als mein Atem sie streift. Obwohl ich gestern noch mit dem Gedanken gespielt habe, ein bisschen Spaß mit ihr zu haben, bin ich inzwischen eigentlich zur Vernunft gekommen. Immerhin ist die Kleine nicht irgendeine Bitch, sondern die beste Freundin von Jackson Paynes Herzallerliebster. Und ich habe mit dem O'Brien-Clan wirklich schon mehr als genug zu tun! Eigentlich kann ich Scherereien dieser Art wirklich nicht brauchen.

Allerdings hat Suzanna das Talent, mich Dinge zu tun lassen, die all meinen Prinzipien widersprechen. Wie in einen verdammten Techno-Club zu spazieren und mich in Angelegenheiten einzumischen, die mich rein gar nichts angehen. Oder jetzt das. Lasse ich mich wirklich gerade von einer Achtzehnjährigen herausfordern, die es offensichtlich darauf angelegt hat, mich zur Weißglut zu treiben?

Sieht ganz so aus.

Ich drücke ihr meine Waffe noch tiefer in die Haut. „Willst du immer noch, dass Daddy dich fickt, du dreckige kleine Hure?", fahre ich fort und schließe meine Hand fester um ihren Hals.

Es gefällt mir, so mit ihr zu sprechen. Sie einzuschüchtern. Ihr Angst zu machen. Auf solche Spielchen stand ich schon immer. Schon als Kind hatte ich bei den Mädchen deshalb nicht gerade den besten Ruf.

In Suzannas großen blauen Augen mischt sich der Schleier des Sauerstoffentzugs in ihre Furcht. Der Todeskampf hat noch nicht begonnen, sie ist noch weit davon entfernt zu ersticken. Aber das weiß sie nicht. Sie merkt nur, dass sie nicht mehr richtig atmen kann. Sie zittert, wagt aber keinen Versuch der Gegenwehr. Mein Blick haftet auf ihren Lippen, die sich jetzt leicht öffnen, um verzweifelt nach Luft zu schnappen.

Dachte ich zumindest. Stattdessen entringt sich ein leises Ächzen ihrer Kehle, gefolgt von den Worten: „Ja, fick mich!"

What the …?!

Ein unsanfter Klaps auf die Wange ist die einzige Reaktion, zu der ich mich spontan durchringen kann. Dafür lasse ich ihren Hals los und packe sie danach an den Haaren. Suzanna atmet schwer. Doch in ihren Augen blitzt es. Sie ist noch durchtriebener, als ich gedacht hatte!

„Auf die Knie", presse ich hervor und drücke sie unsanft vor mir auf den Boden. „Mund auf!"

Ich halte sie weiterhin an den Haaren und beobachte für einen Moment mit gerunzelter Stirn, wie sie von unten zu mir hinaufschaut. Dann schiebe ich ihr langsam den Lauf der Waffe zwischen die Lippen.

Sie muss schlucken, schließt die Augen. *Sprichst du im Stillen dein letztes Gebet?*, schießt es mir böse durch den Kopf. *Oder genießt du das etwa gerade?!*

„Na los, zeig mir, wie gut du mit der Zunge bist", fordere ich sie mit rauer Stimme auf. „Dann hast du vielleicht Glück und darfst Daddy den Schwanz lutschen, bevor er dich für dein Verhalten bestraft!"

Wieder funkelt es in ihren Augen und fast scheint es, als würde ein Lächeln in ihren Mundwinkeln zucken. Eine kecke rosa Zungenspitze schiebt sich zwischen ihren Zähnen hervor und beginnt, die kalte, metallene Oberfläche der Knarre zu liebkosen. Mit aufreizend geschürzten Lippen bewegt Suzanna den Kopf dabei vor und zurück und lässt den Lauf der Waffe immer wieder aufreizend in ihre Mundhöhle gleiten. Als sie dabei zu allem Überfluss ein leises Stöhnen von sich gibt, bin ich kurz davor, mir tatsächlich die Hose aufzumachen und ihr meine pulsierende Härte tief in die Kehle zu rammen.

Aber ganz so leicht mache ich es ihr dann doch nicht. Auch wenn ich inzwischen all meine guten Vorsätze über Bord geworfen habe, muss dieses kleine Miststück lernen, dass ich es bin, der hier das Sagen hat! „Scheinst ja ein echter Profi zu sein", kommentiere ich ihre Anstrengungen deshalb trocken. „Wer weiß, wie vielen Typen du schon einen geblasen hast!"

Da sie ja schlecht antworten kann, zuckt sie die Schultern und macht mit den Händen eine Geste, die ich als „Keine Ahnung, kann sie nicht mehr zählen" interpretiere. Ich war noch nie in meinem Leben eifersüchtig, doch in diesem Moment erfüllt mich plötzlich eine solche Abscheu, dass ich mich fast vergesse. Sie ist zu jung, um so kaputt zu sein! Als mein Finger über den Abzug streicht, zuckt Suzanna nun doch zusammen und wird ganz bleich. Ich lächle kühl. *Keine Sorge, kleines Mädchen, ich tue dir nichts*, denke ich grimmig. *Aber ich würde einiges dafür geben, all die Wichser auszulöschen, die dich so verdorben haben!*

„Sag *bitte*, Babygirl", presse ich zwischen den Lippen hervor und stoße ihr die Waffe grob in den Rachen. Sie zuckt zurück und hustet erschrocken. *Doch kein Profi, was?*

„Bitte", keucht Suzy. „Bitte töte mich nicht!"

Ich lache leise. Das Spielchen gefällt mir immer besser. Nun hat sie endlich wirklich Angst.

Mit einem leisen Lachen ziehe ich sie wieder auf die Füße und stoße sie in die Mitte des Raums.

„Zieh dich aus", befehle ich eisig. „Und dann versuchen wir es nochmal!"

Hinter mir steht das Sofa. Ich setze mich ohne Eile und fixiere Suzanna dabei mit den Augen. Lasse sie nicht los. Dringe mit meinem Blick tief in sie ein, um ihre Verunsicherung noch zu steigern. Die Waffe halte ich locker in der rechten Hand auf sie gerichtet, während ich mir mit der Linken über den Bart streiche. Sie sieht süß aus. Meine Klamotten, die sie sich im Schlafzimmer aus dem Schrank genommen haben muss, sind ihr viel zu groß und sie wirkt ganz verloren darin. Mit leicht geöffnetem Mund, die blonden Haare offen über ihren Schultern verteilt, blickt sie mich flehend an.

„Na los, lass Daddy sehen, wie schön du bist", setze ich grimmig nach.

Mit zittrigen Fingern fasst sie nach dem Saum des schwarzen Shirts, das ihr fast bis zu den Knien reicht, und zieht den Stoff langsam nach oben. Ihre Hüften werden sichtbar, die eine so weibliche Form haben, dass man die Kleine fast schon für eine richtige Frau halten könnte. Dann erscheint ein hübscher kleiner Nabel in einem flachen Bauch. Gebräunte Haut. Ihre Rippenbögen, die hervortreten, weil sie sich reckt, um sich das Shirt über den Kopf zu ziehen. Mein Atem beschleunigt sich, ohne dass ich es wirklich wahrnehme.

Obwohl Suzanna zumindest bis eben noch zweifellos Angst hatte, streift sie sich nun das Shirt mit einer gewissen Koketterie vom Körper. Räkelt sich sinnlich. Beißt sich auf die Unterlippe, als sie es sich über den Kopf gezogen hat, wirft mir einen lasziven Blick zu und schüttelt ihre lange Mähne. Dabei bedeckt sie ihre Brüste mit dem linken Arm und schleudert mir mit der anderen Hand das Shirt entgegen.

Ich lasse ihre kleine Show auf mich wirken. Genieße die Erregung, die sich dadurch noch weiter in mir aufbaut. Nicht so sehr, weil ihr braver kleiner Striptease mich besonders anmacht, sondern weil ich mich darauf freue, ihre konventionelle Vorstellung von Erotik gleich zu zerschmettern. Denn Daddy mag es deutlich härter, als Suzanna bewusst sein dürfte. *Das Spiel mit dem Feuer reizt dich also, kleines Mädchen? Dann stell dich darauf ein, dir gehörig die Finger zu verbrennen!*

Suzanna

Was macht dieser Kerl mit mir?! Hält mir eine Knarre an den Kopf und ich zerfließe innerlich?! Es ist verrückt, aber ich will ihn jetzt noch mehr als vorher! Die Macht, die er mit dem Ding in der Hand ausstrahlt, dringt wie pures Aphrodisiakum in jede meiner Zellen. Das Wissen, dass eine Bewegung seines Zeigefingers ausreichen würde und es wäre aus mit mir, mein Leben wäre innerhalb des Bruchteils einer Sekunde vorbei, macht mich so an, dass es mir fast den Atem raubt. Natürlich habe ich auch Angst, sehr sogar. Sie lässt mich am ganzen Körper zittern, elektrisiert mich, bringt mein Herz zum Rasen. Aber in Verbindung mit der Erregung kickt sie noch mehr als Koks und Speed zusammen.

River riecht an dem Shirt, das er mit einer Hand aufgefangen hat. Es ist seins, aber ich habe es die ganze Nacht getragen. „Riechst gut, Babygirl", bemerkt er und das Grün in seinen Augen funkelt gefährlich wie bei einem Raubtier. „Aber das wird dir auch nicht helfen."

Babygirl. Der Kosename hat so eine starke Wirkung auf mich, dass ich Rivers Drohung kaum wahrnehme. *Gestern Nacht hat er mich auch so genannt*, fällt mir wieder ein. Ein kurzes Gefühl der Zärtlichkeit, das nicht ganz zu der auf mich gerichteten

Waffe passen will, flammt in mir auf. Ich schenke dem Muskelprotz mit dem dunklen Bart ein verführerisches Lächeln und streife mir dann die viel zu weiten Sweatpants von den Hüften, wobei ich mich mit durchgestrecktem Rücken nach vorne beuge und mit der Zungenspitze die Kontur meiner Oberlippe nachzeichne. Da ich meine Hände ja nun für die Hose brauche, entblöße ich dabei meine Brüste.

River hat ein Pokerface, aber in meiner Jugend habe ich gelernt, die kleinsten Regungen im Gesicht eines Mannes zu lesen zu lernen. Es war sozusagen überlebenswichtig, wenn mein Onkel mal wieder seine Herrenrunde zu Gast hatte und mich abends zu ihnen ins Kaminzimmer gerufen hat. Und mehr noch als dieses kaum wahrnehmbare Zucken seiner Mundwinkel spüre ich es, dass auch er mich will. Es ist wie eine elektrische Spannung, ein Knistern, das die Luft zwischen uns aufheizt und mich wie auf heißen Kohlen stehen lässt.

Die letzte Hülle fällt. Unter den Trainers bin ich nackt.

„Du kleines Luder“, schnaubt River. „Warum hast du kein Höschen an?!“

Ich beiße mir auf die Unterlippe. „Oops“, mache ich und steige mit gespielter Verlegenheit aus der am Boden liegenden Hose. „Sorry, Daddy!“

Mein Gastgeber runzelt die Stirn. Sein Atem und die Bewegungen seiner Nasenflügel lassen erkennen, dass er wütend ist. Oder nur aufgebracht? Oder vielleicht doch einfach nur … erregt? Ganz egal, feststeht, dass er in diesem Zustand unglaublich heiß aussieht. Wild. Aufregend. *Gefährlich.*

Er steht auf, erhebt sich zu seiner ganzen Größe und kommt mit geschmeidigen Bewegungen auf mich zu. Nun gewinnt meine Nervosität doch wieder die Oberhand, auch wenn das Kribbeln in meiner Körpermitte gleichzeitig auch stärker wird. Aber war wird er jetzt mit mir machen? Im schlimmsten Fall wird er mich töten, aber eigentlich habe ich eher das Gefühl, dass es auf Sex hinauslaufen wird. Und es wird sicher kein Blümchensex sein! Einerseits ist es genau das, was ich mir immer gewünscht habe: Meine Jungfräulichkeit an einen richtigen Bad Boy zu verlieren. Und River ist mehr als das. Er ist ein High Level Bad Boy, ein Bad Man, um genau zu sein. Aber auch, wenn ich mir immer eingeredet habe, es könne gar nicht hart und brutal genug sein, bekomme ich nun doch Angst. Denn auch wenn ich Zoey gegenüber immer so getan habe, fehlt mir letztlich jede Erfahrung auf diesem Gebiet. Ich habe schlichtweg keine Ahnung, was mich erwartet!

Natürlich habe ich Pornos gesehen und was Petting betrifft, habe ich in meiner Zeit in New York auf Autorückbänken, auf den Toiletten in den Clubs oder auf irgendwelchen Parkbänken schon so ziemlich alles erlebt, was auf diesem Gebiet möglich ist, aber den letzten Schritt habe ich letztlich nie getan. Und jetzt scheint mir auch nicht der geeignete Moment zu sein, um River über die Gründe dafür aufzuklären. Für meinen Fluch wird er sicher ziemlich wenig Verständnis haben, vor allem, nachdem ich ihn gerade noch so frech herausgefordert habe!

Mein Atem wird hektisch und meine Handflächen beginnen zu schwitzen, als er vor mir stehen bleibt und mit grimmiger Miene auf mich herabschaut. Wie groß er ist! Ich bin selbst nicht gerade klein, aber gegen ihn komme ich mir wirklich vor wie ein kleines Mädchen. Von seinen breiten Schultern mal ganz zu schweigen. Als ich instinktiv zurückweiche, packt er mich wieder an den Haaren und stößt mich grob zu Boden. Ich gebe ein erschrockenes Geräusch von mir, als ich trotz des dicken weichen Teppichs – natürlich in einem geschmackvollen Anthrazitgrau – hart aufpralle. Verängstigt krabbele ich ein Stück von River weg und reibe mir meinen schmerzenden Ellenbogen.

„Auf alle Viere", befiehlt er mit harter Stimme. Plötzlich ist die Waffe wieder auf mich gerichtet. Aus dieser Perspektive wirkt es noch bedrohlicher. River noch übermächtiger. Ich noch kleiner und verletzlicher. Da ich es nicht wage, mich zu widersetzen, tue ich, was er verlangt hat, und begebe mich auf Knie und Hände. Ich muss schlucken. Es ist zweifellos demütigend, in dieser Position vor seinen Füßen zu kauern. Aber irgendwie … hat auch das etwas. Ich komme nicht dagegen an, selbst diese Situation wieder sexy zu finden. Es ist krass, es ist abgründig, es ist jenseits von allem, wovon andere Mädchen in meinem Alter träumen dürften. Aber es bringt etwas in mir zum Klingen, dem ich mich nicht entziehen kann.

„Du willst also gefickt werden, kleine Schlampe", lächelt River böse. Von unten sehe ich, wie er sich über den Bart streicht. Auch er trägt graue Sweatpants und die beachtliche Beule in seinem Schritt macht mir ein mulmiges Gefühl. „Dann pass mal auf, was Daddy mit dir macht! Vor mir her zur Tür und dann ins Schlafzimmer!"

Es ist klar, dass ich nicht aufstehen darf. Er will, dass ich mich auf allen Vieren vor ihm herbewege. Und wenn Daddy sagt, dass Suzy krabbeln soll, dann krabbelt Suzy. Zwar schäme ich mich ein wenig, denn River hat vermutlich gerade die perfekte Sicht auf meine intimsten Körperstellen, aber die Erregung überwiegt, die diese seltsame Art der Fortbewegung in mir auslöst. Ich habe ohnehin keine andere Wahl. Er hat eine Waffe. Und selbst, wenn er keine hätte, ist er immer noch mindestens zehn Mal stärker als ich. Ich bin in seiner Gewalt.

„Was wird Daddy mit mir machen?", wispere ich und spüre, wie mir beim Aussprechen dieser Worte die Feuchtigkeit förmlich zwischen die Beine schießt. Daddy ist aber nicht in der Stimmung mir Auskunft zu geben. „Maul halten, Suzy", knurrt er. „Oder muss Daddy dich etwa knebeln?! Ich will keinen Ton mehr von dir hören, verstanden?"

Ich nicke. „Ja, Daddy", antworte ich und wundere mich selbst über den lustvollen Klang meiner Stimme. Was tun wir hier? Das ist doch krank. River ist eindeutig pervers. Und ich … ich bin mindestens genauso pervers! Denn obwohl ich zwischen Furcht und Erregung schwanke, von meinen aufgepeitschten Empfindungen förmlich zerrissen werde, würde ich in diesem Moment mit keinem Menschen auf der Welt tauschen wollen. Ja, ich muss es mir eingestehen: Dieser Nervenkitzel ist das Beste, das ich jemals erlebt habe.

Während ich in den Flur krabbele, höre ich es hinter mir metallisch klirren. Ein Schauder durchrieselt mich. Dieses Geräusch hat sich heute eindrücklich in mein Gedächtnis gebrannt: Es sind die Handschellen. River muss sie von der Kücheninsel genommen haben. *Es wird ernst, Suzanna*, schießt es mir durch den Kopf. *Wird es wirklich passieren? Wird River es tun? Oder behält Onkel Robert am Ende doch recht?*

Wie schon so oft treibt der Gedanke an meinen Onkel, den ehrenwerten Senator Robert Fitzpatrick Linden, einen Keil in meine Lust. Ich sehe sein schmieriges Lächeln vor mir, das regelmäßig von Wahlplakaten in der ganzen Region um Stimmen geheischt hat. Und er hat sie bekommen. Jedes Mal wieder. *Senator Linden bekommt, was er will*, höre ich seine aalglatte Stimme in meinem Kopf. Sofort spüre ich den Fluchtimpuls, der mich bis jetzt immer Reißaus nehmen lassen hat, wenn mein erstes Mal bevorstand. Denn der Fluch, der auf mir liegt, ist stärker als jede Lust.

Nicht immer, denke ich jetzt jedoch zum ersten Mal voller Inbrunst. *Dieses Mal nicht! River wird den Fluch brechen! Gegen seine Knarre und die Handschellen kommt selbst Senator Linden nicht an!*

Hinter mir höre ich Rivers tiefe, dunkle Stimme: „Du hast einen süßen Arsch, Peanut! Bin gespannt, was von ihm übrig ist, wenn ich mit dir fertig bin!" Für einen Moment schließe ich die Augen und atme tief durch. Ich habe ja sowieso keine Wahl. Dieser Mann, der mich gerade auf allen Vieren zu seinem Bett krabbeln lässt, wird mich nicht wieder freigeben, ehe er sich genommen hat, was er will. Worum ich ihn selbst gebeten habe! Und wie auch immer es für mich ausgehen wird, zumindest eins werde ich geschafft habe: Ich werde meinem Onkel damit endgültig entkommen sein!

River

Draußen ist ein trüber Tag. Als ich vorhin kurz weg war, um meinen Informanten von den Romanos zu treffen, hat es genieselt. Inzwischen regnet es nicht mehr, aber ein dichter grauer Nebel hängt über dem Hudson. Es ist erst Nachmittag, aber bald wird es schon wieder dunkel. Die Kälte drückt von außen gegen die Scheiben. Doch in mir lodert ein Feuer, angeheizt von dem süßen Arsch, der da vor mir her mit verführerischen Bewegungen seinen Weg ins Schlafzimmer findet. Ich kann Suzanna zwischen die Beine sehen. Sie ist nicht rasiert. Und sie ist eine echte Blondine.

„Good girl", brumme ich, als sie ganz ohne Aufforderung auf mein Bett krabbelt, in dem sie heute Nacht allein geschlafen hat. Von mir aus wäre es dabei geblieben. Ich hätte der Versuchung widerstanden, um mir Scherereien vom Hals zu halten. Aber jetzt gibt es kein Zurück mehr. Ich will sie. Und die Scherereien, die das nach sich ziehen könnte, sind mir in diesem Moment scheißegal.

Auf der Matratze dreht Suzy sich zu mir und schaut mich mit ihren großen blauen Augen an. Sie wirkt etwas verunsichert. Die selbstbewusste Keckheit, die sie bei ihrem Striptease an den Tag gelegt hat, ist wieder verschwunden. Gut so.

Je ängstlicher du bist, desto besser gefällt es Daddy, kleines Mädchen.

„Hinlegen, Hände über den Kopf", knurre ich und sie führt den Befehl so prompt aus, als hätte sie nur darauf gewartet, dass ich sage, was sie zu tun hat. Ihr Blick verfolgt mich voll angespannter Erwartung, als ich gelassen meinen Weg ums Bett mache. Nun zahlt es sich endlich aus, dass meine Mutter mir damals dieses altmodische Ungetüm mit dem verschnörkelten Kopfteil aufgedrängt hat. Weil es ein krasser Bruch mit der Schlichtheit und Kühle meiner sonstigen Einrichtung darstellt, wollte ich es sofort auf den Sperrmüll schmeißen, als sie damit ankam. Aber es hätte der alten Lady das Herz gebrochen, weil das Teil von irgendeiner Verwandten stammt, die bei einem Bombenanschlag in die Luft geflogen ist. Nicht gerade das beste Karma, hätte man meinen können, aber jetzt freue ich mich, denn die gedrechselten Holzstäbe eignen sich perfekt, um mit den Handschellen mein kleines Opfer an ihnen zu befestigen.

Suzy atmet schnell, als das metallische Klicken ertönt. Ein kleiner Ruck an den Eisen bestätigt ihr, dass sie mir nun hilflos ausgeliefert ist. Ohne Eile lasse ich mich neben ihr nieder, stütze mich mit dem Ellenbogen hoch und betrachte sie. Die Waffe lege ich zunächst auf ihrem Unterleib ab. Eine Vorankündigung.

„So eine makellose kleine Schönheit", raune ich mit dunkler Stimme. „Daddy mag deinen Körper, Babygirl." Eine leichte Gänsehaut überzieht sie und sie presst ihre Schenkel zusammen, als wollte sie etwas vor mir verbergen. Ein Lächeln huscht über meine Lippen. „Du gehörst jetzt mir, Suzanna", fahre ich fort. „Daddy wird sich alles von dir nehmen, was er will, verstehst du?"

Ein schüchternes Nicken ist die Antwort. Als meine Fingerspitzen ihre Haut berühren, zuckt sie zusammen. Doch als ich anfange, sie hauchzart zu liebkosen, schließt sie mit einem stummen Seufzen die Augen und entspannt sich. Ein Anflug von Rührung durchzuckt mich. Sie will mir vertrauen, denke ich. Sie sehnt sich danach, jemandem vertrauen zu können. Nun tut sie mir fast leid. Denn leider werde ich ihr Vertrauen enttäuschen müssen. Daddy ist nicht zärtlich, auch wenn es jetzt vielleicht noch so erscheinen mag.

Meine Hand wandert über ihren Körper, findet ihre vollen jungen Brüste, die sich wie reife Früchte in meinen Griff schmiegen. Sie seufzt auf, als ich sie einer groben Massage unterziehe und dann nacheinander ihre Nippel zwischen den Fingern zwirbele und in die Länge ziehe. „Mmh, Daddy", macht sie. Ich lache leise. „Du verdorbenes Flittchen", flüstere ich und drücke noch etwas fester zu. „Du magst es, wenn es weh tut, hm?" Nun schlägt sie die Augen auf und schaut mich an. „Sieht so aus", erwidert sie und klingt dabei so überrascht, als würde ihr das tatsächlich erst in diesem Moment klar werden.

Kopfschüttelnd beuge ich mich über sie und fasse sie am Hals. Während ich langsam immer fester zudrücke, liebkose ich ihr Gesicht mit den Lippen. Ihre Haut ist so weich und köstlich wie die eines Pfirsichs. Langsam schließen sich ihre Lider, sie lässt sich in die Dunkelheit fallen, als wäre alle Angst verflogen. Meine Nähe gibt ihr Sicherheit und in diesem Moment lasse ich ihr diese Illusion. „Eyes on Daddy, Babygirl", presse ich hervor. Sie kämpft mit sich, gehorcht aber und sieht mich an. Es erregt mich, wie fügsam sie ist. Mit sanfter Bestimmtheit dränge ich mich mit einem Bein zwischen ihre Schenkel und beobachte dabei, wie ihr Blick hinter den dichten dunklen Wimpern durch den Sauerstoffentzug immer verschwommener wird. Kurz bevor sie keine Luft mehr bekommt, lockere ich meinen Griff etwas und lasse sie so eine Weile über dem Abgrund schweben.

Es ist köstlich, die feinen Regungen auf ihrem Gesicht zu beobachten. Wie die Lust sich mehr und mehr in ihr ausbreitet.

Ich lege mich über sie, drücke meinen Oberschenkel gegen ihr Geschlecht und entlocke ihr damit ein sehnsüchtiges Stöhnen. Es gefällt mir, dieses Spiel. Suzanna wirkt jetzt vollends verloren und aufgelöst. Ihr Körper presst sich trotz der Fesseln meinem entgegen. Sie schwimmt in der Dunkelheit einer Erregung, die ihr selbst fremd zu sein scheint. Ihre Lippen sind leicht geöffnet. So rosig, so voll. Ihr Mund sucht meinen, als würde sie ohne einen Kuss ertrinken.

Und dann tue ich etwas, das ich seit Jahren nicht getan habe: Während ich ihren Kopf fest in die Kissen drücke, berühre ich ihre Lippen mit meinen, dringe mit der Zungenspitze in ihren Mund ein und koste ihren Geschmack. Die Berührung ist wie ein elektrischer Impuls, nur süßer dabei. Wie ein violetter Streifen an einem noch dunklen Nachthimmel, der gerade von einem Gewitter aufgewühlt wurde. Fast schmerzlich schön.

„Du Biest", schnaube ich, nur um sie dann noch stürmischer zu küssen. „Warum schmeckst du so verdammt unschuldig?!"

In ihren Augen blitzt etwas auf, das ich nicht deuten kann. Aber es ist mir auch egal, denn nachdenken kann ich in diesem Moment sowieso nicht. Eine heftige Erregung hat mich erfasst, so stark und mächtig wie die große Welle von Kanagawa, die sich so bedrohlich auftürmt, als wollte sie die ganze Welt unter sich begraben.

Als sie leise und lustvoll wimmert, weil mein über sie hereinbrechender Drang sie fortzureißen droht, lasse ich abrupt von ihr ab. Wann ist es mir zuletzt passiert, dass ich mich so gehen lassen habe?! Ich kann es nicht sagen. Fiebrig starre ich Suzanna an, deren Blick ebenso entrückt ist. Doch dann stiehlt sich ein frecher Ausdruck auf ihr Gesicht und sie flüstert mit verführerischer Stimme: „Daddy, ich bin ganz nass zwischen meinen Beinen."

Einige Sekunden vergehen, in denen ich sie schwer atmend fixiere. Darum kämpfe, die Kontrolle zurückzuerlangen. Dieses Mädchen ist ganz eindeutig eine Hexe und Kuss ist gefährlicher als jede Waffe, die ich besitze. „Soll Daddy das kontrollieren, Babygirl?" Meine Stimme klingt rau und Suzanna erschaudert leicht bei ihrem Klang. „Ja, bitte, Daddy", haucht sie.

Ich richte mich zwischen ihren Beinen auf, die sie immer noch so weit wie möglich geschlossen hält. „So schüchtern?", grinse ich und greife nach der Waffe. „Spread that legs, girl. Du weißt doch, wie das geht!" Zögerlich winkelt sie die Beine an, stellt die Füße auf und gewährt mir endlich einen vernünftigen Zugriff. Mit einem zufriedenen Nicken spreize ich mit zwei Fingern ihre Schamlippen auseinander. Feuchtigkeit glänzt zwischen ihnen wie Morgentau auf einer Rose.

„Warum ist dein Kätzchen nicht rasiert, Suzy?", frage ich nun streng, während ich sie zwischen den Beinen kraule. Ihre feinen blonden Schamhaare sind weich und fühlen sich unerwartet gut an. „Bei einer dreckigen kleinen Schlampe wie dir hätte ich etwas anderes erwartet!"

„Ich …", setzt sie an, doch ich bringe sie mit einem Schnalzen der Zunge zum Schweigen. „Spar dir deine Erklärungen", brumme ich. „Ich will jetzt keinen Ton mehr von dir hören! Du weißt, was Daddy sonst mit dir machen muss!"

Suzanna nickt schwer atmend und kommt meiner Hand mit ihrem Unterleib leicht entgegen. Als ich mich ihrer Pussy dann jedoch mit der Knarre anstelle von meinen Fingern nähere, zuckt sie erschrocken zurück und zieht scharf die Luft ein. Mein Blick wird eisig. In mir wird das Verlangen, ihr weh zu tun, immer stärker. Doch zunächst beherrsche ich mich. Ich lasse den Lauf der Waffe durch ihre nasse Spalte gleiten, ohne dabei in sie einzudringen. Noch nicht. Von hinten ziehe ich sie bis zu ihrer Klitoris, die ich mit leichtem Druck etwas stimuliere, bevor ich das Spiel wiederhole. Nach einigen Malen beginnt Suzy, leise zu stöhnen und sich in meinem Rhythmus mitzubewegen.

„Das gefällt meinem kleinen Mädchen also", stelle ich fest. Ein bejahendes Seufzen ist die Antwort. „Ich warne dich", fahre ich fort. „Wenn du es wagst, ohne meine Erlaubnis zu kommen, drückt Daddy ab." Der Schreck, der ihr bei meinen Worten in die Glieder fährt, ist köstlich. Dennoch beeindruckt sie meine Warnung nicht so sehr, um ihre Erregung herunterzukühlen. „Verstanden, Daddy", flüstert sie stattdessen.

Es passiert selten, dass eine Frau so auf meinen Waffenspleen reagiert. Und irgendwie macht es mich an. Ich führe die Pistole an meine Lippen und lecke die feuchte Spitze des Laufs ab, um Suzys Geschmack zu kosten. Sie verfolgt jede meiner Bewegungen mit angehaltenem Atem. „Schmeckst gut, Peanut", stelle ich fest, auch wenn das eine verdammte Untertreibung ist. Sie schmeckt nicht einfach nur gut, sie schmeckt berauschend. Süchtig machend. Zart und süß wie der erste warme Tag im Frühling. Unschuldig, sie schmeckt unschuldig.

Mit einem animalischen Knurren verscheuche ich diesen Gedanken, bei dem es sich wohl eher einen Wunschtraum handelt. Dann rutsche ich auf der Matratze ein Stück zurück und lasse mich herunter, um etwas zu tun, was ich ebenfalls seit Jahren nicht getan habe. Als meine Zunge sie zwischen den Beinen berührt, erschaudert Suzanna so stark, dass die Handschellen klirren. „Heilige Scheiße, River", entfährt es ihr, wofür ich ihr einen kräftigen Klaps verpasse.

„Maul halten, habe ich gesagt, sonst wirst du geknebelt", schnaube ich und wiederhole dann, was ich eben mit der Waffe getan habe: Ich lecke von ihrem Loch bis zu ihrer Klit, wobei ihr Geschmack mich fast um den Verstand bringt. Ihr Stöhnen wird immer lauter und ihre Oberschenkel zucken unkontrolliert, während ich den Vorgang ein ums andere Mal wiederhole. Zwischendurch beiße ich sie und dringe mit der Zungenspitze in sie ein, was sich irgendwie seltsam anfühlt. Anders, als ich es in Erinnerung hatte. Aber ich bin in einem Rausch und kann nicht weiter darüber nachdenken.

Süchtig machend, schießt es mir durch den Kopf. Das ist genau das richtige Wort! Denn ich kann gar nicht mehr aufhören, obwohl ich genau spüre, dass Suzy kurz vor dem Orgasmus steht. Und wenn sie kommt, muss ich sie erschießen. Was Kawa einmal angekündigt hat, nimmt er nicht zurück.

Weil es aber wirklich schade wäre, meinem neuen Spielzeug jetzt schon einen Totalschaden zuzufügen, reiße ich mich von ihr los und richte mich wieder auf. Während ich mir mit dem Handrücken über den Mund wische, greife ich wieder nach der Waffe. Suzannas Blick ist fiebrig. Kleine Schweißperlen stehen ihr auf der Stirn und ihre Lippen sind leicht geöffnet. Ihre Schenkel zittern vor innerer Anspannung. Jetzt. Jetzt ist der Moment, ihr weh zu tun.

„Du wolltest gefickt werden, nicht wahr, mein kleines Mädchen?", frage ich sie mit einem bösen Funkeln in den Augen. Sie nickt tapfer. „Ja, Daddy."

„Aber ich habe dir gesagt, dass ich meinen Schwanz nicht in eine billige kleine Schlampe stecke, die ihre Beine für jeden erstbesten Stecher breit macht, nicht wahr?"

Wieder nickt sie, dieses Mal mit einem Ausdruck der Irritation in den Augen. Ich hebe die Knarre. Furcht auf Suzys Gesicht. „Du hast ja schon Bekanntschaft mit meiner Hübschen gemacht", lächle ich und gebe meiner schweren, silbernen Beretta einen Kuss. „Glaub mir, sie wird es dir besser besorgen als jeder Vibrator!"

Die Vorstellung, den massiven Lauf einer Waffe in den Körper gerammt zu bekommen, weitet Suzannas Augen.

„Nein, bitte, ich …“, stammelt sie. Verärgert packe ich sie am Kinn. „Ich hatte dich gewarnt, Kleine“, knurre ich. „Jetzt ist Daddys Geduld am Ende!“

Ich stehe auf, um einen Knebel zu holen. Als ich zurückkomme, packe ich Suzy an den Haaren. „Mund auf“, befehle ich eisig. In ihren Augen stehen Tränen. „Ich weiß, so hattest du es dir nicht vorgestellt, Babygirl“, lächle ich mit sanfter Stimme. „Aber wenn du Daddy herausforderst, musst du die Konsequenzen tragen.“

Erbarmungslos öffne ich ihren Mund, obwohl sie den Kopf hin und her wirft, um es zu verhindern. Doch gerade, als ich ihr den schwarzen Ball mit Gewalt hinter die Zähne zwingen will, presst sie mit erstickter Stimme hervor: „Bitte, River, ich … Ich bin noch Jungfrau!“

Suzanna

Jetzt ist es raus. Obwohl ich es ihm auf keinen Fall sagen wollte, mir diese Blöße niemals geben wollte, musste ich es tun. Denn die Vorstellung, mit dem harten Lauf einer Waffe entjungfert zu werden, ist einfach zu entsetzlich. Zu brutal, auch wenn Rivers grobe Seite mich eben geradezu hinschmelzen lassen hat. Aber in diesem Moment hat dann doch wieder meine Unsicherheit gesiegt.

River starrt mich mit wildem Blick an. „Bullshit", schnaubt er dann. „Denkst du wirklich, ich lasse mich von dir verarschen? Du wirst schon sehen, was du davon hast!" Mit diesen Worten sperrt er mir den Mund mit Daumen und Zeigefinger auf, um mir den fürchterlich und viel zu groß aussehenden Knebel in den Mund zu pressen. Weil ich in meiner Verzweiflung keine andere Möglichkeit mehr sehe, beiße ich zu.

Was meinem selbsternannten Daddy nun über die Lippen kommt, verstehe ich zwar nicht, weil er es in einer fremden Sprache sagt, aber es ist eindeutig ein Fluch. Kurz danach trifft mich eine Ohrfeige auf die linke Wange. Nicht wirklich stark, es ist eher wie ein Klaps, mit dem man einen Welpen zurechtweisen würde. „Bitte, es ist wahr", versuche ich es nochmal in flehendem Ton. „Hast du es eben denn nicht mit deiner Zunge gespürt, als du …“

Sein Blick verändert sich. „Du hast es gespürt!“, setze ich hoffnungsvoll nach. „Bitte, tu mir nicht weh!“ Als Antwort bekomme ich ein höhnisches Lachen. „Denkst du wirklich, es interessiert mich, was du willst, Suzanna?“, fragt er, lässt den Knebel jedoch sinken. „Ich werde dir so oder so weh tun!“

Dennoch hält er inne und streicht mir fast schon zärtlich die Haare aus dem Gesicht. Als eine Träne über meine Wange rinnt, lächelt er. „Kein Grund zu weinen, Babygirl. Danach wird Daddy dich trösten!“ Damit steht er auf und geht zu einer Kommode. Aufgewühlt und mit klopfendem Herzen beobachte ich, wie er eine schwere Eisenstange herausnimmt, an deren Ende Ledermanschetten angebracht sind. Ich versuche, mich zu wehren, als er die Manschetten um meine Fußgelenke schnallt. Aber natürlich habe ich nicht den Hauch einer Chance gegen ihn. Mit der Stange zwischen meinen Knöcheln sind meine Beine nun weit gespreizt und ich habe keine Chance, sie zu schließen. Obwohl mich immer noch die Furcht vor dem beherrscht, was er mir mit der Waffe antun könnte, fühlt es sich aufregend an, ihm so ganz und gar ausgeliefert zu sein.

River lässt sich auf Knien zwischen meinen geöffneten Schenkeln nieder und richtet die Waffe auf meinen Unterleib. Das kühle Metall berührt meine Haut und lässt mich erschaudern. Mein Brustkorb hebt und senkt sich hektisch. Was hat er vor? Ich kann mich nicht dagegen wehren, dass mir der Schweiß ausbricht und ich anfange zu zittern. Irgendwie ist das doch alles etwas viel für mich.

„Du wirst schön stillhalten“, raunt River jetzt, während seine Hand wieder ihren Weg zwischen meine Beine findet. „Du willst doch nicht, dass Daddys Finger abrutscht.“ Er lässt es wohl absichtlich offen, ob er damit den Finger am Anzug oder den Finger der anderen Hand meint, mit dem er nun ganz behutsam zwischen meine Schamlippen gleitet. *Wird er es damit tun?*, frage ich mich hoffnungsvoll. *Wird er mich mit seinem Finger entjungfern?*

Immer wieder habe ich in der Vergangenheit daran gedacht, es selbst auf diese Weise zu tun. Damit oder mit einem geeigneten Gegenstand. Wie oft hatte ich mir schon heimlich eine Zucchini oder eine Möhre aus der Küche gestohlen, um sie mir zwischen die Beine zu schieben und dem Fluch damit ein Ende zu bereiten. Aber es war mir einfach nicht möglich. Es war, als würde Onkel Roberts Macht es verhindern.

Zielsicher findet River meinen Eingang. Vorsichtig tastend schiebt er seine Fingerspitze Millimeter um Millimeter vorwärts. „Mmh“, macht er, als er auf Widerstand stößt. „Zum Teufel, ich glaube fast …“ Aber anstatt den Satz zu Ende zu führen, greift er nach einem Kissen. „Arsch hoch“, befiehlt er knapp, was ich aber durch meine Fesselung nicht wirklich zufriedenstellend ausführen kann. Ungeduldig umfasst er meine Hüfte, zieht mich mit Leichtigkeit hoch und schiebt mir das Kissen unter den Po. Dann greift er hinter sich und zieht die Stange ein Stück heran, wodurch ich gezwungen bin, die Beine wieder anzuwinkeln und aufzustellen.

Ein beklemmendes Ziehen breitet sich von meinem Unterleib in meinem ganzen Körper aus. Durch die Spreizstange auf der einen und die Handschellen auf der anderen Seite bin ich bewegungsunfähig. Ausgeliefert. Und nun hat River wirklich so uneingeschränkte Sicht, als würde ich auf einem gynäkologischen Stuhl vor ihm sitzen. Mit zwei Fingern spreizt er meinen Eingang auf und schiebt erneut einen dritten vorsichtig hinein. Mit gerunzelter Stirn beobachtet er mein Geschlecht dabei ganz genau. Ich schäme mich, auf diese Weise von ihm untersucht zu werden. Es ist demütigend und nicht besonders erotisch. Trotzdem werde ich selbst bei dieser entwürdigenden Prozedur immer feuchter, was mich maßlos ärgert.

Schwer atmend starre an die Decke.

„Ich glaube fast, deine Pussy kann es kaum erwarten, endlich in Besitz genommen zu werden", grinst River schließlich. Mir fällt ein Stein vom Herzen. Er glaubt mir also! „Du wirst also, ich meine, du wirst also nicht", stottere ich ungeschickt herum. „Du wirst es also nicht mit deiner Pistole tun?"

Nun wird der Blick von Rivers grünen Augen tatsächlich weich. Zum ersten Mal ist sein Lächeln nicht spöttisch oder herablassend, sondern echt, als er die Hand ausstreckt und mein Kinn liebkost. „Es gibt nur eine Art, wie ein Mann ein Mädchen entjungfern sollte", erwidert er und seine tiefe, warme Stimme weckt ein Gefühl in mir, das heute immer wieder ins Wanken geraten ist: Vertrauen. Ich glaube wirklich, dass ich dem Kerl vertrauen kann, auch wenn ich mir bei der Nummer mit seiner Waffe fast in die Hose gemacht hätte. „Ein guter Freund von mir hat einmal gesagt: Es ist ein heiliger Akt, wenn du ein Mädchen zur Frau machst. Danach kannst du sie verderben, aber für ihr erstes Mal bist du den Göttern Rechenschaft schuldig."

Im Stillen danke ich dem unbekannten Freund. *Jackpot*, denke ich zufrieden. *Zuerst macht er einen heiligen Akt draus und danach wird's dreckig!* Nun freue ich mich fast schon wieder auf mein erstes Mal. Wenn River nun plötzlich nur noch Blümchensex im Sinn hat, wird es ein Spaziergang den Fluch meines Onkels zu brechen.

Doch anstatt mich zu befreien und mich wieder in Stimmung zu bringen, steht River wortlos auf und verschwindet. Als ich schon empört nach ihm rufen will, taucht er jedoch wieder auf. Ich ziehe die Luft ein. Sein Anblick verschlägt mir glatt den Atem! Denn er hat sich sein Shirt ausgezogen und trägt nun nur die grauen Sweatpants. Die sind es allerdings nicht, die mich so beeindrucken, sondern die Tattoos, die jeden freien Millimeter seiner Haut von unterhalb des Halses bis zu den

Handgelenken bedecken. Die Drachen, Wellen und Krieger, die ich gestern im Delirium auf seinen Unterarmen gesehen habe, steigen wieder aus meinem Bewusstsein hervor und verbinden sich mit der Realität.

„Du bist ein Yakuza", flüstere ich, denn ich habe im Fernsehen schon mehrere Berichte über die japanische Mafia und ihre rituellen Ganzkörpertätowierungen gesehen. Er verzieht keine Miene, sondern legt stattdessen verschiedene Gegenstände neben mir auf dem Bett ab. „Du solltest jetzt lieber still sein, Peanut", bemerkt er trocken. „Oder willst du dein erstes Mal wirklich geknebelt erleben?"

Ich überlege gerade noch, ob ich eine freche Antwort riskieren soll, da stoße ich einen erschrockenen Schrei aus. Denn was River da gerade auf die Decke gelegt hat, ist ein Monstermesser, das Rambo alle Ehre gemacht hätte. „Ein heiliger Akt?!", stoße ich heiser hervor. „Was genau meintest du eigentlich damit? Doch kein Blutopfer für deine japanischen Götter oder sowas, hoffe ich?!"

River runzelt die Stirn, legt sich den Finger auf die Lippen und deutet dann auf den Knebel, der immer noch auf Höhe meines Kopfes neben mir liegt. Mein hysterischer Unterton passt ihm wohl nicht. Da der Knebel in Verbindung mit dem Messer mir nun doch wieder unheimlich erscheint, verkneife ich mir eine weitere Bemerkung. Doch in mir ist alles in Aufruhr.

Nachdem er sich wieder im Schneidersitz zwischen meine gespreizten Beine gesetzt hat, erwidert River ruhig: „Wenn du brav stillhältst, gibt es kein Blut, Babygirl. Daddy wird dich jetzt rasieren, damit du dich schön glatt für seinen Schwanz bist." Ich muss schlucken. Rasieren, gut und schön, wenn dem Herrn Yakuza das lieber ist. Aber was spricht gegen Gillette?!

„Ich …", setze ich noch einmal an, doch ein Blick aus den dunkelgrünen Augen bringt mich zum Schweigen. So ruhig und beherrscht River auch plötzlich sein mag, so übermächtig ist auch seine Autorität. Vorher schon hat er vor Dominanz ja förmlich getrieft, aber jetzt hat seine Aura geradezu etwas Erschreckendes angenommen. Eine tiefe Dunkelheit scheint von ihm auszugehen, wie er da vor mir sitzt, groß, breitschultrig und muskulös, mit seinem dunklen Vollbart und den langen Haaren, in sich gekehrt, als würde er meditieren.

Und da wird mir plötzlich klar: Es ist *Kawa*, der mir da gegenübersitzt. Er ist anders als der River, den ich bisher kennengelernt habe. Eiskalt und gefährlich, aber zugleich irgendwie überirdisch. Spirituell. Finster. *Ein Priester des Todes*, schießt es mir durch den Kopf. Doch ich weiß, dass er mich nicht töten wird. Im Gegenteil, er wird mich von meinem Fluch befreien und mir ein neues Leben schenken.

Eingeschüchtert und voller Ehrfurcht beobachte ich, was er tut. Etwas anderes bleibt mir ja ohnehin nicht übrig. Allerdings kann ich nicht alles erkennen, weil mein auf dem Kissen aufgebockte Unterleib mir die Sicht versperrt. Als etwas Nasses mich zwischen den Beinen berührt, quieke ich erschrocken auf. Es ist warm und fühlt sich eigentlich ganz angenehm an. Anscheinend handelt es sich um einen Waschlappen, mit dem River nun meine gesamte Scham anfeuchtet und mich gleichzeitig ein wenig massiert. Ich schließe die Augen. „Entspann dich, Suzy", dringt seine tiefe Stimme an meine Ohren. „Genieße deine letzten unschuldigen Minuten."

„Ja, Daddy", flüstere ich.

„Good girl."

Plötzlich umfängt mich eine schwere Müdigkeit. Als hätte er mich mit einem Zauber belegt, werden meine Gliedmaßen schwer und meine Angst verfliegt. Eine tiefe Ruhe breitet sich in mir aus. Wie von Ferne dringt die leise japanische Musik an meine Ohren, die River angestellt hat. Auf den Nachttischen zu beiden Seiten des Bettes brennen auf einmal Kerzen. Wie in

Trance sehe ich River mit einem Rasierpinsel in einer Schale Schaum aufschlagen. Es kommt mir vor, als träfe er mit ruhigen, wohl bedachten Bewegungen wirklich die Vorbereitungen für ein Ritual.

Ich bin immer noch nackt und gefesselt, doch fühle mich so sicher wie schon lange nicht mehr. Seit dem Tod meiner Eltern vor vielen Jahren habe ich keine solche Geborgenheit mehr gekannt.

Als River mit dem Pinsel den Rasierschaum auf meiner Scham verteilt, seufze ich wohlig auf. Es fühlt sich wundervoll an. Kurz darauf nimmt er das bedrohliche Messer zur Hand. „Keine Bewegung, verstanden?", brummt er noch. „Die Klinge ist schärfer als jeder Rasierer. Und Daddy will deine kleine Pussy gern in einem Stück haben, wenn er dich gleich entjungfert."

River

Kenzos Messer, mein einziges Erinnerungsstück an meinen toten Freund, würde sich beim Kampf gegen ein Nashorn wahrscheinlich als nützlich erweisen. Obwohl es für eine delikate Rasur demnach eher ungeeignet ist, habe ich es heute zur Vorbereitung von Suzys Entjungferung gewählt. Manchmal ist selbst Kawa nostalgisch.

Die Erkenntnis, dass Suzanna tatsächlich noch unberührt ist, hat alte Wunden aufbrechen lassen und mich mehr aufgewühlt als mir lieb ist. Jede Erinnerung an Kenzo und die Vorkommnisse, die zu seinem Tod geführt haben, ist schmerzhaft, weshalb ich sie normalerweise verdränge. Aber nun stehen mir die Bilder, die letztlich zu meinem Fortgang aus Japan geführt haben, wieder deutlich vor Augen.

Kenzos Fassungslosigkeit, als er von dem Tod seiner geliebten Schwester erfuhr. Sie hatte sich in einen Gangster verliebt, der ihr vormachte, sie heiraten zu wollen. Aber er brach sein Versprechen und vergewaltigte Misaki, die zu diesem Zeitpunkt noch Jungfrau war. Um der Schande zu entgehen, die sie fühlte, brachte sie sich direkt danach um. Der Oyabun unserer Vereinigung hat Kenzo untersagt, Rache für seine Schwester zu nehmen, da der Mann, der Misaki auf dem Gewissen hatte, ein hoher Boss einer rivalisierenden Gruppe war, mit der er keinen

Ärger wünschte. Natürlich hat er es dennoch getan. Allein, ohne seinen engsten Freunden etwas davon zu sagen. Denn er wusste, dass wir mit ihm in den Tod gegangen wären. Er wusste, dass er sterben würde. Nachdem er den Vergewaltiger seiner Schwester erstochen hatte, wurde er von dessen Männern massakriert.

Die Erinnerung an seine entstellte Leiche versetzt mir auch jetzt nach all den Jahren noch einen Stich ins Herz. Er war mehr als ein Freund für mich. Der Bruder, den ich nie hatte. Und nachdem wir in dem durch Kenzo verursachten Krieg als Sieger hervorgegangen und sein Tod vom Kartell im Nachhinein als ehrenhaft erklärt wurde, verließ ich die Yakuza. Ohne Kenzo hatte das Leben in Japan für mich seinen Sinn verloren.

All diese Dinge gehen mir durch den Kopf, während ich Kenzos Klinge vorsichtig über Suzys Haut gleiten lassen. Sie liegt ganz still, ihr Atem geht ruhig. „Bist ein braves Mädchen, Babygirl", murmele ich. „Daddy wird dir nicht einen einzigen Kratzer zufügen." Es ist bewegend, wie unschuldig ihre Pussy ohne die feinen blonden Härchen plötzlich aussieht. Obwohl ich sonst keinerlei Skrupel habe, einer Frau wehzutun, frage ich mich jetzt, ob ich wirklich mit ihr schlafen soll.

„Es ist der wichtigste Moment zwischen einem Mann und einer Frau", hat Kenzo damals gesagt, als er von Misakis Tod erfahren hatte. „Danach ist er für sie verantwortlich. Für immer. Und wer leichtfertig mit diesem Geschenk umgeht, verdient den Tod."

Kenzo, mein Bruder, wieso musstest du mir diesen Floh ins Ohr setzen, denke ich, denn eigentlich glaube ich nicht daran, dass der erste Sex eine so große Bedeutung hat. Aber Kenzos Andenken ist mir heilig, deshalb kann ich mich nicht einfach darüber hinwegsetzen.

Andächtig berühre ich Suzannas seidenglatte Schamlippen. Es wäre eine Schande, sie nicht zu nehmen. Sie ist reif. Sie will es. Und wenn ich es nicht tue, dann erledigt es irgendein dahergelaufener Idiot. Allein der Gedanke lässt eine grimmige Wut in mir aufsteigen. „Niemals", knurre ich und balle die Fäuste. „Du gehörst mir, kleines Mädchen! Nur mir!"

Als Reaktion auf meine sanften Liebkosungen schiebt Suzy mir ihren Unterleib entgegen. „Bist du fertig, Daddy?", höre ich sie fragen. „Wirst du es jetzt tun?"

Ich kämpfe mit mir. *Verantwortung,* wiederhole ich Kenzos Worte in meinem Kopf. *Das muss ja nicht heißen, dass ich sie heiraten muss! Ich habe sie gerettet und ich werde dafür sorgen, dass es ihr gut geht. Dass jemand sich um sie kümmert und sie glücklich wird.*

Erleichtert stelle ich fest, dass das genau die richtige Lösung ist. Denn um nichts auf der Welt würde ich mich an eine Frau binden. Ich kann Suzanna ebenso wenig in meinem Leben gebrauchen wie Jax oder Connor O'Brien. Aber zumindest kann ich die Kleine jetzt zur Frau machen, was mich mit einer dunklen Vorfreude erfüllt.

„Noch nicht, Peanut", antworte ich auf ihre Frage. „Daddy ist noch nicht ganz fertig." Denn auf ihrem Venushügel habe ich noch ein kleines blondes Dreieck stehen lassen, das ich jetzt noch einmal anfeuchte, mit dem Pinsel einseife und dann vorsichtig mit der Klinge entferne. Als ich fertig bin, wische ich noch einmal mit dem Waschlappen über die Haut. Und stocke. Muss schlucken. Runzle die Augenbrauen. Starre einige Sekunden ungläubig auf die Stelle, die ich gerade freigelegt habe.

What the fuck?!

Meine Fingerspitzen streichen über die zarte Haut, die so hell ist, dass man die feinen Adern darunter durchscheinen sieht. Makellos. Sie *wäre* makellos, wenn da nicht diese hässliche

Narbe wäre. Eine verdammte Narbe, unsauber, aber tief hinein-geschnitten mit irgendeiner nur mäßig scharfen Klinge! Eine Narbe auf *meinem* Mädchen!

„Suzanna Linden", presse ich zwischen den Zähnen hervor. „Wer zur Hölle hat das getan?!"

Suzanna

Die Frage reißt mich brutal ins Hier und Jetzt zurück. Mein Fluch! Ich kann ihm unmöglich davon erzählen! Es ist zu grausam, zu absurd. Wie sollte er es mir glauben? Und wie sollte er danach noch Lust haben, mit mir zu schlafen? Dann würde ich auch dieses Mal auf meiner verdammten Jungfräulichkeit sitzen bleiben und Onkel Robert hätte sein Ziel wieder einmal erreicht. Nein, dieses Mal nicht, schießt es mir durch den Kopf. Dieses Mal werde ich mich von ihm befreien, um jeden Preis!

„Ich, also … das war ich selbst“, behaupte ich deshalb. „Es … Es war eine Mutprobe!“

River beugt sich über mich und schaut mir scharf in die Augen. „Eine Mutprobe“, wiederholt er langsam. „Wegen einer Mutprobe hast du dir selbst ein Kreuz in die Pussy geritzt, ja?“ Ich nicke, obwohl es ziemlich offensichtlich ist, dass er mir nicht glaubt. Und ich liege richtig. Denn nun packt er mich am Kinn, kommt dicht mit dem Gesicht vor meins und knurrt: „Eins muss dir klar sein, Babygirl. Daddy merkt es, wenn du lügst. Und er kennt genügend Methoden, um die Wahrheit aus dir herauszubekommen!“

Mit einem trockenen Schlucken muss ich mir eingestehen, dass man diesem Mann nichts vormachen kann. Und mit dem Mut der Verzweiflung wage ich deshalb die Flucht nach vorn. Anstatt etwas zu erwidern, recke ich meinen Kopf ein wenig vor und küsse ihn!

Ich treffe ihn völlig unvorbereitet. Damit hätte der große dominante Alpha wohl nicht gerechnet. Er ist zu überrumpelt, um zu reagieren. Und dann erfasst ihn das Feuer der Leidenschaft, die sich auch schon bei unserem ersten Kuss entfesselt hat, und verhindert, dass er sich wieder von mir losreißt. Stattdessen erwidert er meinen Kuss fast schon brutal, wirft sich geradezu über mich und gräbt seine Finger in meine Brüste, dass ich vor Schmerz und Lust aufstöhne.

„Du kleine Südstaaten-Hexe", presst er hervor. „Denk nicht, dass du deiner Bestrafung entgehen kannst! Sobald ich mit dir fertig bin …" Weiter kommt er nicht, weil ich ihm in die Unterlippe beiße. Meine Begierde ist durch die fordernden Bewegungen seiner Zunge, durch die besitzergreifende Berührung seiner Hände erneut so heftig entfacht, dass ich gar nicht anders kann, als mich mit Leib und Seele in dieses Feuer zu werfen, das zwischen uns hochflammt.

Ich schmecke Blut, aber kümmere mich nicht darum. Er stöhnt auf, packt mich am Hals und drückt mich tief in die Kissen zurück. Mit fiebrigem Blick starrt er mich an. Blut quillt aus seiner Lippe. Er sieht wild aus, gefährlich. Und ich will ihn so schmerzlich, dass das Pochen in meinem Unterleib mich zu zerreißen scheint. „Bitte, mach mich los", flüstere ich, ganz heiser vor Erregung. „Ich möchte mich an dir festhalten, wenn du gleich in mir bist!"

Er antwortet nicht, sondern wischt sich stattdessen mit der Hand über den Mund. Als er das Blut sieht, schnaubt er wütend und schmiert es mir ins Gesicht. „Du freches Biest", grollt er. „Na warte! Denk nicht, dass ich besonders zärtlich sein werde!"

Mein Lächeln reizt ihn nur noch mehr und er verpasst mir erneut einen Klaps auf die Wange, der mir wie ein Stromschlag zwischen die Beine schießt. Jede seiner Berührungen, ob sanft oder grob, macht mich schier wahnsinnig.

Und dann löst River tatsächlich meine Fesseln: zuerst die Manschetten an meinen Fußgelenken, dann die Handschellen. „Zufrieden, du verwöhnte Göre?", brummt er, als er erneut über mich sinkt. Mit den Ellenbogen abgestützt, beugt er seinen Kopf zu mir herunter. Ich schlinge meine Arme um seinen Hals. „Sehr zufrieden", wispere ich an seine Lippen. „Danke, Daddy."

Wir küssen uns. Eng umschlungen. Haut an Haut. Zärtlicher als eben. Als würden wir uns durch das Entfernen der Fesseln ganz neu kennenlernen. „Hi, River!" Es ist tatsächlich ein Lächeln, das ich ihm damit entlocke. „Hi, Su", erwidert er, bevor er seine Finger in meinen Haaren versenkt und meine Lippen erneut mit seinen verschließt.

Meine Hände zeichnen die definierten Konturen seiner Muskeln nach, streichen über seine Schultern, seine Arme und seinen breiten Rücken, während er gierig meinen Nacken und meinen Hals küsst. Ich stöhne gequält auf, als er mit der Zunge mein Ohr liebkost und mich beißt. „Ich kann nicht mehr, Daddy", keuche ich. „Ich will dich so sehr!"

River Geschlecht drückt hart gegen meins und als er sich nun aufrichtet, zeichnet es sich deutlich unter seiner grauen Trainingshose ab. Er bemerkt meinen Blick und grinst. „Du wirst ein braves Mädchen sein und ihn vollständig in deinem kleinen Loch aufnehmen", kündigt er an, während er ein Kondom aus der Tasche zieht und die Packung aufreißt. Dann streift er sich die Hose herunter. Ich muss schlucken. Der kleine Kawa ist alles andere als klein! Mächtig, gerade und von einem beachtlichen Umfang ragt er vor mir auf. Wie soll dieses Riesending bloß in mir Platz finden?! Mit angehaltenem Atem beobachte ich, wie River sich das Kondom überstreift und frage mich im Stillen, ob mein Fluch wohl dafür gesorgt hat, dass ich mir für mein erstes Mal ausgerechnet Mr. Superhengst aussuchen musste!

Aber es ist zu spät. Es gibt kein Zurück mehr. Ich will nicht mehr zurück, nie wieder! Und als River sich wieder über mich legt, vergesse ich ohnehin alles andere. Denn nun ist er mir so nah, dass ich die feinen goldenen Sprenkel in seinen Augen erkennen kann. Seine Lippen liebkosen mein Gesicht, während seine rechte Hand noch einmal zwischen meine Beine wandert, um zu überprüfen, ob ich auch noch feucht genug bin. Sein Lächeln bestätigt es und nachdem er meinen Kitzler ein wenig gerieben und mir ein sehnsüchtiges Stöhnen entlockt hat, verpasst er mir ein paar liebevolle Klapse auf die Schamlippen. Dann zieht er seine Hand zurück und lässt mich seine Finger ablecken.

Obwohl eine ängstliche Anspannung sich in mir ausbreitet, zerreißt mich auch die Lust. Ich kann es kaum noch aushalten und kralle meine Fingernägel in Rivers Haut, der mit einem verärgerten Schnauben meine Handgelenke packt und sie neben meinem Kopf aufs Kissen presst. Dann küsst er mich erneut, während er mit der Hüfte meine Schenkel noch weiter auseinander drängt. „Es wird vielleicht ein bisschen weh tun", raunt er mir mit rauer Stimme ins Ohr. „Wirst du Daddys tapferes Mädchen sein?"

Ich kann nur nicken. Meine Kehle ist plötzlich wie zugeschnürt. Nun passiert es also!

„Schließ die Augen, Babygirl", befiehlt River leise.

Die Spitze seines Schwanzes stößt sanft gegen meinen Eingang. Mein Körper scheint sich ihm wie von selbst zu öffnen. Er drückt noch einmal dagegen. Ein himmlisches Kribbeln breitet sich überall in mir aus. Mein Atem beschleunigt sich. Rivers Arme legen sich schützend um mich. Er küsst meine Stirn.

Und dann dringt er in mich ein. Nicht ruppig, aber mit sanfter Bestimmtheit.

Zuerst ist es wundervoll, doch dann spüre ich den Widerstand. Ein unangenehmer Schmerz lässt mich verkrampfen. Tränen schießen mir in die Augen. Ich beginne zu zittern. „Der Fluch", kommt es mir bebend über die Lippen. „Das ist der Fluch! Es wird nicht gehen! Ich bin verflucht, ich …"

Doch da legt sich Rivers große Hand auf meinen Mund und lässt mich verstummen. „Schhhh", macht er ruhig. „Alles ist in Ordnung, Peanut. Es gibt keinen Fluch. Gleich ist es vorbei."

Und damit stößt er etwas kräftiger in mich.

Ein leichtes Brennen schießt mir zwischen die Beine. Es tut weh. Aber nur kurz, denn dann ist er in mir. Das Gefühl raubt mir den Atem. Langsam schiebt er sich tiefer in meine Pussy hinein, nimmt mich endgültig in Besitz. Glück durchströmt mich. Die Erregung schwemmt den Schmerz einfach weg und erfüllt mich bis in die letzte Zelle mit einem unglaublichen Gefühl der Leichtigkeit. Ich bin frei! River hat recht: Es gibt keinen Fluch, jedenfalls jetzt nicht mehr! Endlich bin ich meinem Onkel für immer entkommen!

River

„*Porca miseria*, wie eng du bist, Suzy!" Ich beiße mir auf die Lippe, kann ein tiefes Stöhnen aber trotzdem nicht unterdrücken. Es fällt mir schwer, nicht hart und tief in sie zu stoßen, so verdammt erregt bin ich. Mein Schwanz pulsiert in ihrer feuchten Enge, die mich so fest umschließt, als wäre sie eine Hand. Um nicht die Kontrolle zu verlieren, muss ich kurz innehalten. So etwas ist mir noch nie passiert! Ich nehme die Hand von Suzys Mund und versenke meine Finger in ihren blonden Locken.

„Alles okay, Babygirl?", stoße ich angestrengt hervor und lege meine Stirn an ihre.

Ihre Hände klammern sich an meine Schultern, als hätte sie Angst zu ertrinken.

„Ja, Daddy", flüstert sie. Ihre Stimme klingt weich und verletzlich und genau das ist auch der Ausdruck ihrer großen blauen Augen, die sie nun aufschlägt, um meinen Blick zu suchen.

Langsam ziehe ich mich etwas zurück und stoße dann erneut sie, dieses Mal ein kleines Stück weiter. Dann ziehe ich mich wieder zurück, um kurz darauf wieder einige Zentimeter weiter in sie einzudringen. Auf diese Weise dehne ich sie behutsam und kühle mich selbst dabei wieder etwas herunter.

Ich kann mich nicht daran erinnern, vor Suzy schon einmal ein Mädchen entjungfert zu haben, jedenfalls nicht bewusst. Mein erstes Mal habe ich mit einer Hure in Tokyo erlebt, zu der einige meiner Yakuza-Brüder regelmäßig gegangen sind. Und auch danach habe ich mich meistens an Professionelle gehalten, die natürlich schon unzählige Freier gehabt haben. Aber Kenzo hatte recht: Als erster Mann mit einer Frau zu schlafen, ist wirklich etwas Besonderes. Keine Ahnung, ob es etwas Heiliges ist, aber es macht mich auf jeden Fall so scharf wie schon lange nichts mehr. *Da haben wir meine neue Vorliebe*, denke ich amüsiert, verscheuche aber diesen Gedanken sofort wieder. Denn jetzt geht es um Suzy!

Als ich sie küsse, kann ich spüren, wie hektisch sie atmet. Ihre Aufregung rührt mich. Während ich mich langsam in ihr bewege und sie dabei nach und nach immer tiefer ausfülle, stütze ich mich mit dem Ellenbogen ab und beginne, mit der anderen Hand ihre Brüste zu liebkosen. Ich spiele mit ihren Nippeln, zwirbele und kneife sie, bis sie hart aufgerichtet sind. Suzannas leises Stöhnen verrät mir, dass es ihr gefällt.

„Siehst du, Babygirl", raune ich ihr ins Ohr. „Wenn du dich wie ein braves Mädchen von Daddy ficken lässt, wirst du belohnt!" Sie seufzt auf und beginnt zum ersten Mal, ihr Becken in meinem Rhythmus mitzubewegen. „Good girl", presse ich kehlig hervor und drücke meine Finger härter in ihre zarte Haut, quetsche ihre prallen Brüste beide in einer Hand zusammen, bis sie schmerzverzerrt wimmert. Dennoch hört sie nicht auf, sich meinen nun langsam etwas fester werdenden Stößen entgegenzustrecken. Mein kleines Mädchen mag grob angefasst werden!

„Du siehst hinreißend aus, wenn du Daddys Schwanz in deine kleine Pussy bekommst", lobe ich sie und küsse ihr Ohr und lecke es, bis sie vor Lust aufschreit. Die Feuchtigkeit zwischen ihren Beinen nimmt zu. Mittlerweile bewege ich mich schon problemlos in ihr. Aber es sind noch etliche Zentimeter übrig, in deren Genuss sie noch nicht gekommen ist.

„Wirst du ihn wie ein braves Mädchen ganz in dir aufnehmen?", frage ich sie. Sie nickt mit vor Erregung verschleiertem Blick. „O ja, Daddy", keucht sie, während ich sie in den Hals beiße. Als sie jedoch wieder ihre spitzen Fingernägel in meine Nackenmuskeln krallt, packe ich sie an den Haaren und verpasse ihr eine Ohrfeige. Nur ein harmloser Klaps, aber der Impuls des Schlages auf ihre weiche Haut schießt mir wie ein Blitzschlag in den Schwanz. Fuck. Ich genieße es ja durchaus, zärtlich zu ihr zu sein. Aber ihr wehzutun, gefällt mir fast noch besser!

Suzannas Gesicht nimmt einen ängstlichen Ausdruck an, als ich mich nun auf die Knie aufrichte und sie mit festem Griff an den Hüften packe. „Du bist doch ein großes Mädchen", grinse ich böse. „Also sei tapfer!"

Und dann versenke ich mich in ihr. Langsam, schließlich bin ich kein Monster, aber unerbittlich dringe ich immer tiefer in sie ein. Ihre Enge macht mich wahnsinnig. Ich will jeden Millimeter in ihr ausfüllen, sie ganz und gar besitzen! „Du gehörst mir, kleines Mädchen", stoße ich hervor. „Deine enge Pussy wird nur von Daddy gefickt, merk dir das!"

Suzanna keucht, krallt sich mit den Fingern in die Kissen, wirft den Kopf hin und her. Kleine Schweißperlen glänzen auf ihrer Stirn und ihrem Körper. In einem Moment klingt ihr Stöhnen wie ein schmerzliches Flehen, dann ist es wieder erfüllt von tiefer Lust. Sie erlebt in diesem Moment zum ersten Mal, was es bedeutet, eine Frau zu sein. Eine Frau, die von einem dunklen Fluss mitgerissen wird, der sie in seinen wilden Fluten zu ertränken droht.

Schließlich kann ich mich nicht mehr zurückhalten. Mit einem leisen Aufschrei dringe ich bis zum Anschlag in sie ein, grabe meine Finger grob in ihre Hüften und verharre schwer atmend einige Sekunden. Mein Schwanz pulsiert in ihrer feuchten Spalte. Ihr Brustkorb hebt und senkt sich hektisch, ihre Lippen sind leicht geöffnet, in ihren Augen stehen Tränen.

„River", flüstert sie tonlos.

Ihre Verlorenheit in diesem Moment bewegt etwas in mir, das stärker als meine Erregung ist. Suzanna ist so überfordert mit all den Empfindungen, die sie überrollen, dass etwas braucht, um sich festzuhalten. Um sich vor dem Ertrinken zu retten. Sie braucht mich, ihren verdammten Daddy.

Also lasse ich mich wieder zu ihr hinunter, nehme sie in die Arme und küsse ihr Gesicht. „Es ist alles gut, Babygirl", flüstere ich. „Daddy ist bei dir. In diesem Fluss kannst du nicht ertrinken. Ich passe auf dich auf." Nun beginnen ihre Tränen zu fließen, gleichzeitig sucht sie mich aber mit ihren Lippen. Langsam beginne ich wieder, mich in ihr zu bewegen. Mit ruhigen, intensiven Stößen trage ich sie auf den Fluten unserer Lust mit mir fort. Sie klammert sich an mich und lässt es geschehen. Bittet mit ihren Küssen stumm um mehr.

„Leg deine Beine um Daddys Hüften, Babygirl", befehle ich irgendwann. „Ich will dich noch tiefer spüren!" Sie gehorcht und kommt mir entgegen, während ich ihrer Pussy alles abverlange. Als ich merke, dass sie es aushält, wird mein Rhythmus wieder schneller. Meine Stöße wieder härter. „Oh Gott", flüstert Suzy an meine Lippen. „Oh Daddy, das ist so …"

Ich verschließe ihren Mund mit einem Kuss und nehme sie noch härter. Sie presst sich an mich, drückt ihre Schenkel eng um mich und wimmert vor Erregung. „Das ist so, es ist so … es ist verdammt gut, River!"

Ein grimmiges Lächeln huscht über meine Lippen. Während ich mich mit einer Hand neben Suzys Kopf abstütze, suche ich mit der anderen ihren Kitzler. Eigentlich kümmere ich mich nicht um den Orgasmus einer Frau. Schließlich ist das bei einer Dienstleistung ja wohl nicht meine Aufgabe. Aber heute ist alles anders. Du hattest recht, Kenzo, mein Bruder. Es ist ein heiliger Akt! Einen solchen Einklang habe ich noch nicht einmal beim Töten jemals verspürt! Und deshalb hat Suzanna es auch verdient, die Erfüllung zu finden, die diesem Erlebnis angemessen ist.

Als ich sie reibe, während mein Schwanz sie gleichzeitig hart und tief penetriert, erschreckt Suzy sich geradezu, so heftig sind die Gefühle, die ich in ihr auslöse. Mit großen Augen starrt sie mich an, dann klammert sie sich noch fester an mich und verbirgt den Kopf an meiner Brust. Ein erstickter Schrei entringt sich ihrer Kehle. Ihr Unterleib zieht sich um meinen Schwanz zusammen, wieder und wieder.

Und nun kann auch mich nichts mehr halten. Wie ein von einem Taifun getragener Teufel stoße ich noch einige Male mit aller Kraft in ihren Orgasmus hinein und spüre dann ebenfalls, wie der Höhepunkt mich fortreißt. Mit einem wütenden Aufschrei gebe auch ich mich den dunklen Fluten hin und komme so heftig wie schon seit Jahren nicht mehr.

Suzanna

Nach dem ersten Sex meines Lebens bin ich völlig erschöpft eingeschlafen und in einen tiefen traumlosen Schlaf gefallen. Als wieder ich aufwache, bin ich allein. Mir fehlt zunächst jedes Gefühl dafür, wie viel Zeit vergangen sein mag. Verwirrt schaue ich mich um. Draußen ist es inzwischen dunkel geworden. Die Lichter von Manhattan spiegeln sich im schwarzen Wasser des Hudson River und ein scharfer Wind pfeift draußen vor den Fenstern. Auf dem Nachttisch brennt eine sanft gedimmte Lampe. Von River fehlt jede Spur.

Als ich mich bewege, spüre ich, dass mein ganzer Körper schmerzt. Ich habe Muskelkater und fühle mich wund. Aber es ist ein angenehmer Schmerz, denn er erinnert mich daran, dass ich jetzt eine Frau bin. Ein Kribbeln durchfährt mich bei der Erinnerung an den ersten Orgasmus meines Lebens, der immer noch in meinem Körper nachklingt. Es war heftig, hat mich innerlich schier zerrissen. Aber ich bin jetzt schon süchtig nach dem Gefühl!

„Daddy, wo bist?", gähne ich und strecke mich genüsslich. Bei der Vorstellung, dass er gleich mit einem großen Becher heißer Schokolade mit Marshmallows das Schlafzimmer betritt und mich in seinen Armen hält, während ich mich damit stärke, breitet sich eine wohlige Wärme in mir aus. Und danach werden wir …

Doch ein leises metallisches Klirren zerstört den schönen Traum. Entsetzt zerre ich an den Handschellen. Hart drücken sich die Kanten in mein rechtes Handgelenk. Es ist also wahr. Er hat es wieder getan! Er hat mich ans Bett gefesselt und ist abgehauen!

„River, du verfluchtes Arschloch", presse ich wütend hervor. „Ist das vielleicht deine Vorstellung von Romantik?!" Ich meine, natürlich hatte ich nicht erwartet, dass er gleich das Aufgebot bestellt oder mir seine Liebe gesteht. Aber … Ja, was hatte ich erwartet? Eigentlich hatte ich mir über das Danach noch gar keine Gedanken gemacht. Vielleicht hatte ich gehofft, dass es ihm auch etwas bedeutet haben könnte. Dass auch er das Gefühl gehabt haben könnte, wir haben etwas Besonderes geteilt. Etwas Einmaliges, das uns einander nähergebracht und uns auf irgendeine Art verbunden hat.

Nun aber komme ich endgültig in der harten Realität an. Für River hat sich durch den Sex nicht das Geringste verändert. Er hatte seinen Spaß mit mir und jetzt bin ich wieder nichts als der lästige Klotz am Bein, den er einsperren muss, bis er weiß, was aus mir werden soll.

Diese Erkenntnis treibt mir einen bitteren Geschmack in den Mund und macht mir ein flaues Gefühl im Magen. Wahrscheinlich ist er nicht einmal hier. Alles ist ruhig, kein Geräusch ist in der Wohnung zu hören. Nur der Verkehr rauscht unten auf der Straße vorbei. „River?!", rufe ich dennoch in die Stille des dunklen Schlafzimmers hinein und versuche, meine Stimme stark und selbstbewusst klingen zu lassen. Den Teufel werde ich tun, ihm jetzt auch noch zu zeigen, wie verletzt ich bin. Aber es ist nur klägliches Piepsen, das mir über die Lippen kommt. Eine Antwort bekomme ich nicht. Er ist also wirklich einfach abgehauen.

Obwohl ich dagegen ankämpfe, steigen mir Tränen in die Augen. Eine kalte Einsamkeit greift nach mir und schnürt mir das Herz in der Brust zusammen. Gibt es wirklich niemanden auf der Welt, dem ich etwas bedeute? Die alte Verzweiflung steigt in mir auf, die ich in Onkel Roberts riesiger Villa nach dem Tod meiner Eltern so oft gespürt habe. Ich war noch klein, als Mom und Dad bei einem tragischen Autounfall ums Leben kamen und wuchs fortan bei meinem einzigen Verwandten auf.

Der Bruder meines Vaters war zu jener Zeit noch kein Senator, aber auch damals schon ein großes Tier in Louisiana. Mächtig, reich, angesehen und überall beliebt. Alle Welt war der Meinung, dass ich mit ihm den besten Vormund bekommen hatte, den ich mir wünschen konnte. Doch keiner dieser Menschen hat jemals hinter die strahlende Fassade des großen Ehrenmannes geschaut. Doch ich, ich habe das Monster gesehen, das in ihm steckt.

Wie damals als Kind kauere ich mich auch jetzt wie ein Embryo unter der Decke zusammen. Nur meine Hand, die von den Eisenschellen am Kopfteil des Bettes fixiert wird, schaut heraus. Stundenlang habe ich früher so in meinem rosa Himmelbett gelegen. Verloren, vergessen und so unendlich allein, dass ich oft wünschte, auch ich hätte an jenem furchtbaren Tag mit im Auto gesessen. Für meinen Onkel war ich Luft, jedenfalls meistens. Er war ohnehin nur selten zu Hause und überließ mich der Fürsorge von teuren Gouvernanten und Privatlehrern. In eine Schule durfte ich nicht gehen, Freunde hatte ich keine. Ich war allein, wenn ich in dem parkähnlichen Garten mit den hohen Mauern spielte, allein, wenn ich in dem riesigen Pool schwamm, allein, wenn ich auf Onkels privatem Tennisplatz Bälle schlug, die mir eine Maschine übers Netz spuckte.

Manchmal spielte Onkel Robert am Wochenende ein Match gegen mich, oder ich musste gegen einen seiner Freunde antreten, mit denen er sich häufig ins Kaminzimmer zurückzog, um Whiskey zu trinken und Zigarren zu paffen. Manchmal ließ er mich kommen und ich musste bei einem der „netten Onkels" auf dem Schoß sitzen.

Ich habe sie gehasst, diese Männer. Denn nicht nur, dass sie mir unter meinem kurzen Tennisröckchen in den Po kniffen, wenn ich vor dem Spiel an ihnen vorbeilaufen und sie alle mit einem Küsschen begrüßen musste, ich spürte auch ihre Blicke auf meinem Körper, die mir fast noch unangenehmer waren. Blicke, die ich nicht verstand. Blicke, die mich taxierten. Blicke, die tief in mich drangen und nach etwas griffen, das nur mir gehörte.

Auch Robert Fitzpatrick Lindens Freunde waren wie er allesamt angesehene Bürger Louisianas: Bankiers, Politiker, Industrielle. Männer aus der besten Gesellschaft, die in den Chefetagen saßen und zu denen jeder aufschaute. Und sie waren ebensolche Monster wie er.

Denn auch wenn ich nicht wusste, welche Gefahr genau von meinem Onkel ausging, spürte ich sie doch mit den Jahren immer deutlicher. Es war nicht nur die Sache, mit den Dienstmädchen und Küchenhilfen, die regelmäßig verschwanden, sondern vor allem die dunkle Aura, die ihn umgab und die niemand außer mir wahrzunehmen schien.

Ich muss an River denken und ein leises Schluchzen entringt sich meiner Kehle. Ja, auch er hat eine dunkle Aura. Auch er verkörpert Gefahr. Aber er strahlt dabei nichts Böses aus. Im Gegenteil, bei ihm habe ich mich sicher gefühlt, von Anfang an. Ihm konnte ich vertrauen, mich ihm öffnen … Stumme Tränen laufen aus meinen Augen. Denn auch River hat mich allein gelassen.

Die Erinnerungen an meinen Onkel drängen auf mich ein und ich kann mich nicht dagegen wehren, dass die Bilder vor meinem inneren Auge wieder ablaufen. Die Bilder, als das Monster zum ersten Mal die Maske fallen ließ und das abgrundtief Böse offenbarte, das sich darunter verbarg. An jenem Tag, als Onkel Robert den Fluch auf mich legte.

„Ein Vögelchen hat mir dein kleines Geheimnis verraten, Suzanna", lächelte er, als er spät am Abend ohne zu klopfen in mein Zimmer kam. Seine durchdringenden Augen funkelten kalt. Ich wusste sofort, was er meinte. Es ist nun sechs Jahre her, dass das passiert ist. Ich war zwölf. Zwei Tage zuvor hatte ich zum ersten Mal meine Periode bekommen. In meinem Schrecken war ich zu einer der Hausangestellten gelaufen, die mich beruhigt und mir in einfachen Worten erklärt hatte, was mit meinem Körper passierte. Obwohl ich sie darum gebeten hatte, es für sich zu behalten, hatte sie mich also verraten!

Aber schlimmer als die Scham war in jenem Moment der Schock darüber, dass mein Onkel einfach so in meinem Zimmer auftauchte. Noch dazu zu so später Stunde. Ich lag schon im Bett und hatte noch ferngesehen. Doch Onkel Robert kam zu mir, griff nach der Fernbedienung und schaltete das Programm einfach aus. Dann setzte er sich zu mir auf die Bettkante.

„Du wirst jetzt zur Frau, Suzanna", lächelte er mit dem schleimigen Grinsen, mit dem er zu jener Zeit überall für seine erste Wahl zum Senator geworben hat. „Weißt du, was das bedeutet?"

Mit einem Kopfschütteln versuchte ich, von ihm abzurücken. Er roch nach kaltem Rauch, seinem penetranten Aftershave und Alkohol. Doch da packte er mich plötzlich im Genick und hielt mich fest. „Es bedeutet, dass du *aufpassen* musst, mein Täubchen!", zischte er. „Denn wenn eine Frau nicht aufpasst und sich auf die falschen Bekanntschaften einlässt, ist sie schnell nichts mehr wert! Du willst doch nicht wertlos sein, oder?"

Ich war starr vor Angst. Ein erneutes Kopfschütteln war das Einzige, was ich hinbekam. „Das ist gut, Suzanna, das ist gut." Wieder sein widerliches Lächeln, mit dem er seine perfekten weißen Zähne hervorblitzen ließ. Sein glattrasiertes, schon etwas schlaffes Gesicht kam meinem ganz nahe. „Du bist sehr hübsch, weißt du? Du wirst einmal eine richtige Südstaaten-Schönheit sein. Und du bist eine Linden, das bedeutet in diesem Bundesstaat etwas", fuhr er fort. Seine etwas feuchte Hand hielt mich immer noch eisern gepackt. „Viele werden dich begehren, Kindchen. Aber du weißt, dass du mir etwas schuldig bist!"

Noch heute erinnere ich mich an jedes seiner Worte, obwohl ich damals keine Ahnung hatte, wovon er sprach. Zu groß meine Furcht, zu groß meine Verwirrung. Zu groß auch meine Unschuld. Von Sex wusste ich damals rein gar nichts.

Dann griff er nach meinem Kinn, drückte meine Wangen mit seinen Fingern ein.

„Du verdankst mir alles, vergiss das niemals! Deine gute Ausbildung, das Dach über deinem Kopf, all die schönen Kleider und Spielsachen! Ohne mich wärst du bei irgendeiner miesen Pflegefamilie gelandet oder in einem Heim! Das weißt du doch, oder?" Seine Worte bohrten sich wie Giftpfeile in mein Bewusstsein. „Ja, Sir", flüsterte ich, weil mir nichts anderes übrigblieb. Und vielleicht hatte er ja sogar recht. Außer ihm hatte ich niemanden auf der Welt.

Mit einem leisen Schnauben ließ mein Onkel mich los. Dann schlug er die Decke weg. Erschrocken zog ich die Beine an und wollte die Arme um meine Knie schlingen, doch er hielt mich davon und ab und befahl mit leiser, eisiger Stimme: „Hinlegen!"

Zitternd tat ich, was er verlangte. Stocksteif lag ich auf dem Rücken. In meinem Kopf war nichts als ein graues Rauschen. Ein Flimmern, wie es auf einem Fernsehbildschirm ohne Kanäle zu sehen ist. Ich hatte ein kurzes Nachthemd mit einer Minnie Mouse auf der Brust an. Onkel Robert beugte sich über mich und schob in aller Seelenruhe mein Nachthemd bis zum Bauchnabel hoch. Darunter trug ich ein rosa Höschen.

„Du bist noch Jungfrau, mein Täubchen", sagte das Monster. Seine Stimme klang rau und hitzig. Auf seiner immer etwas fettig glänzenden Stirn standen Schweißperlen. „Weißt du, was das bedeutet?" Ich konnte nicht antworten. In diesem Augenblick wusste ich gar nichts. Aber das Monster erwartete auch keine Antwort. „Es bedeutet, dass noch kein Mann deine kleine Dose geöffnet hat", erklärte es mir in wohlwollendem Tonfall. Damit klopfte es mir mit seiner schwitzigen Pranke auf den Schritt.

Ich hörte auf zu atmen, wollte am liebsten auch aufhören zu existieren.

Aber es ging noch weiter.

„Deine kleine Dose gehört mir, Suzanna", teilte mir das Monster ruhig und mit einem bösen Lächeln mit. „Ich allein verfüge über sie. Und über deine Jungfräulichkeit."

Dann griff er in die Tasche seines Jacketts und zog etwas hervor. Ein kleiner Gegenstand, den ich nur zu gut kannte, denn mein Onkel hatte ihn mir schon mehrmals gezeigt, bevor er mit einem seiner Freunde mal wieder Angeln fuhr. Es war ein schmales kleines Messer mit einem Horngriff, das er zum Ausnehmen der Fische benutzte.

„Es wird der Tag kommen, an dem ich bestimmen werde, wer als erster deine kleine Dose öffnen darf. Und wer alles sie danach benutzen darf, werde ich auch bestimmen", lächelte das Monster, während es aufstand, ein Knie auf der Matratze abstützte und mir mit ruhiger Bestimmtheit mein Höschen bis zu den Knien hinunterzog. „Ich bin dein Onkel, Suzanna, es ist richtig so. Ohne mich wärst du nichts. White Trash. Wertlos. Ein wertloses Stück Fleisch."

Ein Wimmern, mehr konnte ich nicht von mir geben. Ich konnte mich nicht rühren, war wie gelähmt. Den Schmerz, als er mir das Kreuz in die Haut ritzte und das Blut hervorquoll, nahm ich vor lauter Angst kaum wahr.

„Dies ist eine Markierung, Suzanna", sagte Onkel Robert, als er fertig war. „Damit du nicht vergisst, dass deine kleine Dose mir gehört."

Schluchzend drücke ich mein Gesicht in die Kissen. „Aber sie gehört dir nicht, du Monster", stammele ich. „Ich bin dir davongelaufen, bevor du Anspruch auf sie erheben konntest! Und River hat deinen Fluch gebrochen! Jetzt bin ich frei!"

Aber natürlich entgeht mir die Ironie an dieser Aussage nicht, denn frei bin ich in diesem Moment nun wirklich nicht. Und der Mann, der die Schlüssel zu meinen Fesseln hat, ist fort. Hat mich mit meinen aufgewühlten Gefühlen allein gelassen und erlaubt, dass meine bösen Erinnerungen mich quälen.

River

„Du wolltest mich sehen?" Während ich mich auf dem Barhocker neben Connor niederlasse, streift mein Blick durch das Lokal, in dem wir uns getroffen haben. Der Laden gehört zweifellos zum O'Brien-Imperium. Andernfalls würde es kaum Sinn machen, eine heruntergekommene Oben-ohne-Bar in der Bronx zu sichern, als wäre sie Fort Knox. Einem unbeteiligten Besucher mag es vielleicht nicht auffallen, mir jedoch sind sowohl die vielen bewaffneten Wachen als auch das Panzerglas und die dicken Stahltüren sofort ins Auge gesprungen. Aber was wundert es mich? Mit dem Boss von New York trifft man sich eben nicht bei Starbucks.

„Ganz recht, Cousin", bestätigt der große Mann, streicht sich über den Bart und trinkt einen Schluck Whiskey, bevor er dem Barkeeper winkt, damit er auch mir einen Drink serviert. Ich trinke mit gerunzelter Stirn. Es geht mir auf den Sack, dass Connor bei jeder Gelegenheit unsere verwandtschaftliche Beziehung betonen muss. In meinen Augen sind wir Geschäftspartner, mehr nicht. Außer meiner Mutter habe ich keine Familie. Ich brauche keine Familie. Und erst recht habe ich kein Interesse daran, mich wieder irgendeinem Mafiaclan anzuschließen. Nach Kenzos Tod habe ich mit allen Verbindungen dieser Art gebrochen.

„Wie kommt es, dass du mir Nico Romanos Kopf noch nicht auf einem Silbertablett serviert hast?", erkundigt sich Connor nun. „Für das Geld, das du verlangst, könnte es ruhig etwas schneller gehen. Meine Geschäfte leiden unter diesem Krieg. Ich will, dass endlich wieder Ruhe in der Stadt herrscht."

Mit einem höhnischen Schnauben knalle ich das leere Glas auf den Tresen. „Wir sind hier nicht bei McDonald's, Mister", brumme ich. „Wenn du etwas auf einem Silbertablett bestellst, dann musst du dich schon etwas gedulden." Connor lacht finster. „Bist du an ihm dran?", will er dann wissen und lässt mir nachschenken. „Natürlich bin ich das", erwidere ich und lasse dabei geflissentlich unerwähnt, dass mein heutiges Treffen mit einem meiner Informanten weitestgehend ergebnislos verlaufen ist. „Aber es ist nicht ganz einfach. Der Bastard hält sich versteckt. Nicht einmal sein engster Kreis weiß, wo er sich aufhält, und draußen lässt er sich nicht blicken, was es nicht gerade leichter macht. Aber keine Sorge", füge ich hinzu und drehe mir eine Zigarette. „Ich habe schon weitaus schwierigere Aufträge erledigt. Geduld ist in solchen Fällen das Wichtigste. Irgendwann erwischt es jeden."

Connor nickt und gibt mir Feuer. „Ich weiß, wann du ihn erwischen könntest", sagt er leise und die Flamme spiegelt sich in seinen dunklen Augen. „Es ist die perfekte Gelegenheit, River." Dann berichtet er mir von einem geheimen Treffen, dass übermorgen unter der Schirmherrschaft der Romanos stattfinden soll. „Es sind einige hochrangige Politiker aus anderen Bundesstaaten in New York, die Kontakte knüpfen wollen", erzählt er. „Wie es aussieht, machen sie schon länger Geschäfte mit Nico. Mädchenhandel, nach allem, was man so hört. Man hat auch mich zu diesem Termin eingeladen, deshalb weiß ich davon."

Durch den Rauch meiner Zigarette betrachte ich die vier langbeinigen Schönheiten, die sich in Stringtangas an den Stangen im Hintergrund räkeln. Ihre Silikontitten langweilen mich so sehr, dass ich gähnen muss. „Ich denke, ihr steht im Krieg mit den Romanos?", frage ich zerstreut. „Wieso laden sie dich dann zu Kaffee und Kuchen ein?"

Connor winkt ab. „Eine Machtdemonstration", erwidert er unbeeindruckt. „Sie wollen ihre Stärke unter Beweis stellen, indem sie sich in meiner Stadt wie die Könige aufführen. Für die Dauer des Treffens garantieren sie Waffenstillstand und stellen einen Bürgen. So etwas ist durchaus üblich im Geschäft. Aber ich werde ihnen das nicht durchgehen lassen. Nico Romano muss bei dieser Gelegenheit vor aller Augen eine Kugel in die Stirn kriegen."

Ich wiege den Kopf hin und her. Ein wichtiger Punkt in Connors Plan gefällt mir nicht. „Und deine Sicherheit?", will ich wissen. „Wenn ich Nico erwische, bricht bei eurem Kaffeekränzchen die Hölle los!" Connor lächelt nur. „Mach dir um mich keine Sorgen, Cousin. Meine Leute werden da sein. Wir sind auf alles vorbereitet. Du musst dich nur um deinen Auftrag kümmern."

Mit einem Schulterzucken füge ich mich. Er hat ja recht. Was kümmert mich seine verdammte Sicherheit?! *Va bene*", stimme ich zu. „Dann lass mal hören, was über dieses Treffen bekannt ist."

Als er fertig ist, stoßen wir noch einmal an. „Auf Nico Romanos letzte zwei Tage auf dieser Erde", grinst Connor. „Ein gefallenes Blatt kehrt nicht an den Ast zurück", erwidere ich Kenzos Worte, die er stets zu sagen pflegte, wenn ein Tod beschlossen wurde. Der Whiskey brennt unangenehm in meiner Kehle. Es ist Zeit zu gehen.

Schon die ganze Zeit muss ich an Suzanna denken, auch wenn mir das selbst nicht passen will. Eigentlich war ich fast froh, als ich sie vorhin verlassen konnte. Denn es hat mir etwas zu gut gefallen, sie schlafend in meinen Armen zu halten und ihrem ruhigen Atem zu lauschen. Ich habe es genossen, wie sie sich vertrauensvoll an mich gekuschelt hat. Ihre Nähe, ihr Duft, ihre Wärme, all das hat mich so eingelullt, dass ich fast selbst eingeschlafen wäre. Gefährlich! Wie soll ein Mann bei klarem Verstand bleiben, wenn die Versuchung selbst in seinem Bett liegt?

Aber inzwischen habe ich es eilig, zu ihr zurückkommen. Schließlich habe ich sie gefesselt. Vielleicht muss sie auf die Toilette oder hat Durst. Während Connor sich eine Zigarre ansteckt, denke ich darüber nach, was ich Suzy zum Abendessen mitbringen könnte. Pizza? Sushi? Füttern lässt sich beides gut. Der Gedanke, ihr kleine Leckereien in den Mund zu schieben, hebt meine Laune und treibt mich zur Eile.

„Willst du eine?“, fragt Connor da. Mit der Zigarre deutet er auf die Mädchen, zu denen sich inzwischen noch weitere gesellt haben. „Sie sind gut. Beste Ware, ganz frisch.“

Bestimmt nicht frischer als das, was bei mir zu Hause auf mich wartet, schießt es mir durch den Kopf und ich spüre, wie allein der Gedanke an Suzy eine drängende Erregung in mir freisetzt. Also lehne ich dankend ab und greife nach meinem Helm. „Eins noch, Cousin“, hält Connor mich noch einmal zurück und winkt mich dichter zu sich heran. „Ich hatte dir doch gesagt, dass die Romanos deine Mutter beobachten“, raunt er mir zu. „Sie haben spitzgekriegt, dass sie etwas mit Emilios Tod zu tun hatte. Möglich, dass sie ein Exempel statuieren werden. Wenn du willst, stelle ich Leute ab, die sie bewachen. Sie ist zwar eine toughe alte Lady, aber gegen Nicos Leute hat sie allein nicht den Hauch einer Chance.“

Der Gedanke, dass die Romanos sich an meiner Mutter rächen wollen könnten, kommt mir mehr als absurd vor. Viel wahrscheinlicher ist es doch, dass Connor damit nur wieder einen Versuch startet, familiäre Gefühle in mir zu wecken und mich enger an ihn zu binden. „Vielen Dank, aber sie ist nicht allein“, lehne ich also kühl an. „Ihr Sohn passt auf sie auf!“

Aus Connors Gesicht spricht zwar Missbilligung, aber er zuckt nur die Schultern. Dennoch spüre ich seinen Blick auf mir, als ich die Bar verlasse.

Suzanna

Mit einem unschönen Fluch auf den Lippen presse ich meinen Kopf in das Kissen. Ich bin noch immer allein. Noch immer gefesselt! Frustration und Traurigkeit wirbeln gleichermaßen durch mein Herz und nicht einmal ich selbst kann vorhersagen, welche der Emotionen die Oberhand gewinnen wird. Da dringt ein mir mittlerweile vertrautes Geräusch vom Flur her in mein Zimmer. In Rivers Zimmer. Und sofort stehen all meine Sinne unter Strom. Die Wohnungstür! Er ist zurück!

„Du verdammter Mistkerl!", fauche ich, und es ist mir scheißegal, ob er deswegen gleich wieder den strengen Daddy rauskehren wird. Er hat mich hier alleingelassen, verdammt! In Handschellen! „Findest du das etwa witzig?!", zetere ich weiter, während draußen etwas gegen die Wand stößt. Der blecherne Klang treibt meinen Puls höher und das Adrenalin durch meinen Körper. Weil ich den Ton nicht zuordnen kann. Und weil ich River nach den letzten vierundzwanzig Stunden einfach alles zutraue. Knarren, Messer, Spreizstangen … was zum Teufel schleppt er jetzt wohl an?

Schritte kommen näher. Ich erzittere.

Lass dir nichts anmerken, Suzy! Zeig keine Angst!

„Das mit dem Daddy kannst du dir sonst wohin stecken, kapiert? Ich habe keinen Bock mehr auf deine Spielchen! Ich …“ verstumme.

Im Türrahmen steht eine Frau.

Eine Frau, Herrgott noch mal!

Und sie ist mit Sicherheit weder Rivers Geliebte noch seine Haushaltshilfe! Okay, dass er auf ältere Damen stehen könnte, kann ich jetzt nicht mit Sicherheit ausschließen. Und auch das mit der Putzfrau nicht so wirklich, denn sie hält etwas in der Hand, das aussieht wie eine Auflaufform. Ihre feine Garderobe aber und das akkurat gesteckte, graumelierte Haar …

„Wer sind Sie?!“, rufe ich ihr entgegen, bekomme aber keine Antwort. Und je länger diese Frau dort im Türrahmen steht und mich betrachtet, ihr wacher Blick von meinem Gesicht bis hinauf zu den Handschellen und wieder zurück wandert, umso unruhiger werde ich. Da ist kein Entsetzen in ihren Augen. Ja, nicht einmal Verwunderung. Nur ein mildes Lächeln auf ihren Lippen, das sich ausbreitet, als sie nun nähertritt.

„*Buonasera*“, haucht sie vergnügt und schiebt die mit Folie abgedeckte Form auf den Nachttisch. „Das ist ja mal eine schöne Überraschung.“

Ich verschlucke mich beinahe. Sind in diesem Haus etwa alle krank?! Um sicher zu gehen, dass die Dame auch wirklich weiß, was sie da gerade gesagt hat, zerre ich demonstrativ an meinen Fesseln. „*Das* nennen Sie schön?“ Meine Stimmlage überschlägt sich. „Dann tun Sie mir einen Gefallen, Lady, und kommen Sie *nicht* näher! Sie machen mir Angst!“ Ich schnaube. Fassungslos. Über meine Lage und ihren amüsierten Gesichtsausdruck. Und zucke zurück, als sie meine Forderung mit einer Handbewegung einfach beiseite wischt und sich auf den Bettrand sinken lässt.

„Aber mein liebes Mädchen, du brauchst doch vor mir keine Angst zu haben!“ Lachend greift sie die Bettdecke, ich will schon schreien – was hat diese Verrückte vor?! Ich bin ihr wehrlos ausgeliefert! –, da zieht sie den weichen Stoff bis hinauf unter mein Kinn und drückt ihn an meinen Seiten fest wie eine Mutter, die ihr Kind zudeckt.

„Du bist ja halb nackt", murmelt sie und ihr Tonfall ist dabei so tadelnd, dass ich die Bemerkung, *wie* nackt ich unter der Decke wirklich bin, vorsichtshalber hinunterschlucke. Das passiert gerade nicht wirklich, habe ich recht? Ich träume! Ganz sicher! Bestimmt wache ich jeden Moment in meinem gammligen Hostel-Zimmer auf und werde feststellen, dass das alles – River, die Schießerei, seine Waffe in meinem Mund, der *Sex* – nur ein fiebriger Traum im Drogendelirium war.

„Hast du Hunger?"

Entgeistert starre ich die fremde Frau an.

„Natürlich hast du Hunger, was für eine dumme Frage." Seufzend beugt sie sich zum Nachttisch, zieht die Auflaufform auf ihren Schoß, und erst jetzt wird mir der Essensduft bewusst, der im Raum hängt. Wie aufs Stichwort fängt mein Magen an zu knurren. Kann man im Traum Hunger haben?

„Ich habe Lasagne mitgebracht. Magst du Lasagne? Ach was, jeder mag Lasagne! Warte, ich hole uns Besteck."

Uns? Aber … Erneut zerre ich an den Handschellen. Das Metall klappert am Bett. Meinen seltsamen Besuch scheint das aber ebenso wenig zu beeindrucken wie die verstörende Szene, in der wir uns befinden. Sie rauscht aus dem Zimmer, eine Melodie vor sich hin summend, während ich beginne, an meinem Verstand zu zweifeln. Da trifft mich die Erkenntnis wie ein Baseballschläger den Ball für einen Homerun! Dieses Lächeln. Diese Augen. So sanftmütig und gütig. Und doch würde ich dieser Frau auf der Stelle und ohne jeden Zweifel einen Mord zutrauen.

„Seine Mutter!", rufe ich ihr hinterher. „Sie sind seine Mutter, habe ich recht?"

Geschirr klappert in der Küche, doch eine Antwort bekomme ich nicht. War ja klar. Der Apfel fällt nicht weit vom Stamm.

„Das hast du sehr gut erkannt, Liebes." Mamma River schwebt geradezu durch die Tür. Ich habe zwar keine Ahnung, wie alt sie ist, aber sollte ich es schaffen, so lange am Leben zu bleiben, hätte ich nichts dagegen, dann noch ebenso beeindruckend elegant zu wirken. Diese Frau ist eine Erscheinung!

„Mein Name ist Lucia. Lucia Carrara."

Zwei Teller in der Hand schaut sie auf mich herab, als würde sie auf irgendetwas warten. Eine Reaktion? Ich runzle die Stirn. „Schöner Name", beginne ich vorsichtig. „Ist italienisch, oder?"

Zwei, drei Sekunden lang studiert sie mich weiter mit diesem intensiven Blick, den sie definitiv an ihren Sohn weitervererbt hat und der mir zwangsläufig das Gefühl vermittelt, irgendetwas falsch gemacht zu haben, dann wendet sie sich mit einem kaum merklichen Kopfschütteln wieder der Auflaufform zu.

„Ganz richtig. Italienisch." Lucia seufzt und während sie Lasagne auf beide Teller schichtet, werde ich das Gefühl nicht los, dass diese Frau irgendetwas sehr bedrückt. Ich rolle die Augen, denn das ist mal wieder typisch für mich. Ich stecke bis zum Hals im Schlamassel, doch anstatt nach einem Ausweg zu suchen, konzentriere ich mich lieber auf das Leid fremder Menschen. Da stellt Lucia die zwei Teller noch einmal zur Seite und kramt in ihrer Rocktasche.

„Das hätte ich ja beinahe vergessen." Kichernd nickt sie in Richtung meiner Hände. „Ich gehe mal nicht davon aus, dass River dir die Schlüssel dagelassen hat?"

„Äh, nein?" Ich fasse es noch immer nicht, wie unbekümmert sie mit der ganzen Situation umgeht, bekomme aber große Augen, als Lucia gefunden zu haben scheint, wonach sie suchte – eine Büroklammer.

„Sie wollen mir jetzt nicht erzählen, dass Sie Schlösser knacken können!"

„O doch, das kann ich!" Sie biegt ein Ende der Klammer auf und beugt sich über mich. Ihre Hände sind warm, als sie mich berührt. Ganz sanft und beruhigend. Fasziniert sehe ich zu, wie sie den Draht in das Schloss schiebt, warte bereits auf das erlösende Klicken der Metallzähne, da hält sie noch einmal inne.

„Er hat dich aber nur zum Spaß hier festgemacht, oder? Du wolltest ihn nicht töten, oder so?"

Mir bleibt die Spucke weg. Dieser Film wird von Szene zu Szene schlechter. Und überhaupt … Ich hole tief Luft. Ringe mein Temperament nieder, dem gerade der Geduldsfaden gerissen ist. „Wenn hier einer jemanden töten wollte, dann war das Ihr Sohn! Und nein, das hier ist *kein* Spaß! Ich meine …" Bilder blitzen in mir auf. Emotionen. Rivers heiße Haut. Seine Kraft. Sein Schwanz. In mir! „Herrgott nochmal, ja! Ich habe mit ihm geschlafen, wenn es das ist, was Sie wissen wollten, und als ich wieder wach wurde, war er fort und ich …" Ich rüttle an den Fesseln. „Machen Sie mich doch bitte einfach los! Dann werde ich verschwinden und …"

„Nein."

Wie bitte?! „Wie meinen Sie das? Nein?!"

Ihr Lächeln ist milde, doch, Himmel, diese Augen …

„Ich werde dich losmachen, mein Kind."

Gott sei Dank! Bitte, schnell!

„Doch du wirst schön hierbleiben." Sie tätschelt meine Wange. „Und vorher verrätst du mir noch deinen Namen."

Ich bin verloren. Aus. Das wars. Aus dieser Nummer werde ich nie wieder lebend herauskommen. Gefangen beim Auftragskiller und seiner durchgeknallten Mom. Herzlichen Glückwunsch!

„Suzy", presse ich hervor. „Eigentlich Suzanna, aber alle nennen mich nur Suzy."

„Na bitte." Und endlich erreicht das Lächeln wieder ihre Augen. Es klickt und ich bin frei.

„Also, Suzanna, dann wollen wir mal essen. Aber vorher ziehst du dir noch etwas über."

Ich bin längst satt, schaufele aber weiter Gabel um Gabel in mich hinein.

„Das ist die beste Lasagne, die ich je gegessen habe, Mrs. Carrara", nuschele ich mit halbvollem Mund, was mir einen leicht abschätzigen, aber dennoch wohlwollenden Blick der Köchin einbringt. Ihr Teller steht längst auf dem Fußboden neben dem Sessel, den sie sich aus der Zimmerecke herangerückt hat. Mit elegant überschlagenen Beinen schaut sie mir beim Essen zu.

„Nenn mich doch einfach Lucia, mein Kind."

Mein Kind. Wie das klingt. Fast schon unangenehm, weil ich es schlichtweg nicht gewohnt bin, auch nur im Ansatz familiär angesprochen zu werden. Mit einem einfachen „Hey, du!" oder „Was geht ab, Bitch?" komme ich definitiv besser klar. Doch mir gegenüber sitzt zweifelsohne eine Mutter. Zwar nicht meine Mutter, aber darüber sehe ich jetzt, mit einem warmen, vollen Gefühl im Magen von selbstzubereiteter Lasagne, einfach mal hinweg. Wer so kocht, kann kein schlechter Mensch sein und darf mich auch ruhig sein Kind nennen.

„Hat River das Kochen von dir gelernt?", frage ich. Wenn Lucia mir schon das Du anbietet, dann kann ich auch ruhig etwas offener werden, oder? Meine Frage jedoch setzt eine unerwartete Überraschung in ihr feines Gesicht.

„Hat er etwa für dich gekocht?"

Ich kaue den letzten Bissen und denke tatsächlich kurz darüber nach, mir noch eine dritte Portion zu genehmigen. Das Ziehen in meinem Magen überzeugt mich aber davon, es besser sein zu lassen.

„Ja", ich nicke und stelle den Teller beiseite. „Suppe. Asiatisch. Die war echt lecker, aber ich muss ehrlich sagen, dass ich mit Pasta doch mehr anfangen kann."

Lucia erwidert mein Grinsen. „Wer nicht? Suppe mag gesund sein, aber Pasta macht glücklich. Seit er jedoch in Japan war, um das Geschäft zu lernen, hat mein Sohn ein großes Faible für die fernöstliche Küche."

„Er hat in Japan gelebt?", erkundige ich mich. „Und hat bei den … Yakuza das Töten gelernt?"

Seine Mutter lacht. „Töten konnte er natürlich schon, als ich ihn rübergeschickt habe, sonst wäre er dort wohl kaum zurechtgekommen. Er hat schon früh ein Talent für eine gewisse Richtung gezeigt, weißt du? Diese Präzision, die Nerven aus Stahl … Und da es in Italien in meinem Umfeld keinen geeigneten Lehrer für einen erstklassigen Scharfschützen gab, habe ich meine Kontakte spielen lassen und ihm die passenden Meister besorgt, die zu jener Zeit nun mal in Tokyo waren."

Fasziniert beobachte ich ihr fein geschnittenes Gesicht. Das Ziehen wird stärker. Aber diesmal kommt es nicht vom Essen, da bin ich mir sicher. Ich mag diese Frau. Ihre Offenheit. Die makabren Dinge, die sie von sich gibt, als wären sie ganz normal. Da klopft es an der Tür und vom Treppenhaus her dringt die Stimme eines Mannes herein.

„Die Hausverwaltung! Öffnen Sie die Tür! Es gibt ein Gasleck und alle Bewohner sind angehalten, sofort ihre Wohnungen zu verlassen."

Noch ehe er zu Ende gesprochen hat, ist Lucia mit einem Wort auf den Lippen aufgesprungen, das sich anhört wie … *merda*? Moment! Das habe ich schon mal gehört, und zwar …

Ja, genau! Als Zoey mich zum Italiener eingeladen hat und der Kellner ein volles Tablett fallenließ. Und auch Lucias Gesichtsausdruck ähnelt ganz dem dieses Typen, als er auf den Scherbenhaufen zu seinen Füßen blickte.

„Was ist los?", frage ich und rutsche intuitiv vom Bett. Irgendetwas stimmt hier nicht. Das Klopfen an der Tür wird stärker. Dringlicher. Da tritt Lucia vom Fenster zurück, an das sie geeilt war, und ihr Blick trifft mich wie tausend Volt.

„Das ist nicht die Hausverwaltung", sagt sie und kommt auf mich zu. Ihr gefasster Ton beunruhigt mich dabei fast noch mehr als ihre steife Haltung. „Schuhe!", zischt sie und greift in ihre Handtasche. „Wo sind deine Schuhe, Suzanna? Wir müssen sofort von hier verschwinden!" Dann zieht sie im nächsten Moment eine Waffe aus ihrer Louis Vuitton und mein Magen rauscht mir mitsamt der Lasagne in die Kniekehlen. Der Club! Die Schießerei! Sie haben uns aufgespürt! Sie … Aber, warte, das macht doch gar keinen Sinn. Lucia war nicht dabei, woher also sollte sie davon wissen? In meinem Kopf dreht sich alles – Erinnerungen, Vorahnungen, Angst –, doch Lucia reißt mich aus dem Strudel, indem sie mir meine Stiefel zuwirft.

„Nun mach schon!", hält sie mich an. Und ruft in Richtung Flur: „Geduld, Geduld! Eine alte Frau ist schließlich kein D-Zug!"

Das Klopfen verstummt, dafür wummert das meines Herzens bis in meine Ohren. Ein Stiefel noch. Ich balanciere auf dem linken Bein. Dann bricht mit einem Donnerschlag die Hölle los. Lucia reißt die Waffe hoch. Schüsse fallen. Flüche gellen. Holz splittert und Putz spritzt von den Wänden. Und als würde ich gar nicht dabei sein, als säße ich in einem dieser 5D-Kinosessel in irgendeinem Splatterfilm, stehe ich wie erstarrt und schaue der kleinen Dame vor mir zu, wie sie ein ums andere Mal abdrückt. Wie ihre Fäuste zucken, mit jeder Kugel, die den Lauf verlässt, und wie sie wüste Beschimpfungen hinterherjagt. Verstehen tue ich kein Wort, wohl aber, dass unser beider Leben von ihr abhängt. Ein letztes Krachen, im Flur geht etwas zu Boden, dann kehrt wieder Stille ein. Mischt sich das Rauschen meines Blutes unter den leisen Piepston in meinen Ohren. Ich blinzle. Bin benommen und halb taub von der Gewalt der Schüsse. Doch mein Herz schlägt. Meine Finger kribbeln. Und Lucia sieht mich an.

„Elende Schwanzlutscher", brummt sie, während ich sehe, wie sich ihr Brustkorb angestrengt hebt und senkt. „Verkommenes Pack! Nicht mal geradeaus schießen können, aber Mamma Lucia angreifen! *Che figli di puttana!*"

Ein Keuchen, mehr bekomme ich nicht heraus. Binnen vierundzwanzig Stunden zweimal im Kugelhagel zu stehen, das ist selbst für mich zu viel. Ich zittere am ganzen Körper, doch obwohl ich mich am liebsten in Embryonalhaltung unter der Bettdecke verkriechen würde, zwinge ich mich einen Schritt auf Rivers Mom zu. „Danke", presse ich hervor und kann von hier aus nun auch einen Blick in den Flur erhaschen. Dort liegt eine Waffe. Neben einer reglosen Hand. Lucia greift nach meiner.

„Komm, mein Kind. Hier sind wir nicht mehr sicher."

„Ganz richtig."

Ich sehe den Mann nicht, ich höre ihn nur. Doch was ich sehe, reißt mir den Boden unter den Füßen weg. Und Mamma Lucia von mir. Ich schreie. Springe nach vorn. Will sie festhalten, doch jemand tut das bereits mit mir. Reißt an mir, zieht und zerrt. „*Lucia!*"

„Dich nehmen wir mit", dringt eine weitere Stimme wie durch Watte in mein Bewusstsein. „Don Nico kann so hübsche Täubchen wie dich immer gebrauchen."

Was sagt er? Wen meint er? Ich verstehe es nicht. Keine Worte, keinen Sinn. Spüre nur Stoff unter meinen Fingern, als ich stolpere und mich festkralle. Kurz sackt mein Kopf nach unten, sehe ich feine Tuchhosen, edle Schuhe. Dann plötzlich weiß. Panik flutet meine Sinne. Nein! Nicht! Ich trete, beiße, reiße. Will zu Lucia. Will ihr helfen. Sie vom Boden hochziehen, auf dem sie liegt. Ganz ruhig. Doch das Zeug ist bereits in meinen Lungen, ist tief in mir drin.

Betäubungsmittel …

Meine Lider flattern.

Kämpfe, Suzy! Lass das nicht zu!

Doch dann …

wird alles schwarz.

River

Ich habe mich für Sushi entschieden. Leicht bekömmlich, gesund und Kraft spendend. Das kann die Kleine gebrauchen, so dünn wie sie ist. Und für den Fall, dass sie keinen Fisch mag, habe ich noch eine ordentliche Portion vegane Maki und Inari in meinen Rucksack gepackt. Hondo hat sie extra für mich zubereitet, was ich wirklich zu schätzen weiß, doch durch den zusätzlichen Zeitverlust kribbelt es mir in den Fingern, den Gashahn aufzudrehen und dem verfluchten New Yorker Verkehr zu zeigen, dass er mich auf meinem Bike nicht aufhalten kann. Ich habe es eilig, verdammt noch mal. So eilig wie schon lange nicht mehr. Meine eigene Ungeduld frisst mich schier auf.

Das ist deine Schuld, Suzy. Und das wirst du mir heute Nacht noch büßen.

Ein Grinsen stiehlt sich auf meine Lippen. Ein diabolisches Grinsen, und bei der Vorstellung, was ich jetzt, da mein kleiner Rauschgoldengel keine Jungfrau mehr ist, noch alles mit ihr anstellen kann und auch werde, zuckt es in meinen Lenden. Getrieben von meinem Hunger manövriere ich die Maschine geschickt zwischen zwei Yello Cabs hindurch und auf den Gehweg. Passanten springen erschrocken zur Seite, doch bis sie genug Luft geholt haben, um mir hinterher zu brüllen, bin ich längst über die nächste Kreuzung gerast. Ich liebe meine Ninja. Ach was, ich beherrsche sie. So wie ich alles beherrsche, was in und für mein Leben wichtig ist. Na gut, bis auf meine Mutter. Aber diese Schwachstelle gönne ich mir.

Schwachstelle … Als ich über das Wort nachdenke, über seine Bedeutung und wie surreal es sich für mich anfühlt – für mich schlicht nicht existent –, kommen mir Connors Bedenken bezüglich ihrer Sicherheit in den Sinn. Doch genauso schnell, wie die Gedanken aufgepoppt sind, schiebe ich sie auch wieder beiseite. Mamma Lucia braucht keinen Schutz. Basta.

Nico Romano wird bald Geschichte sein. Sein gesamter Scheißclan wird zerfallen, und dann wird auch für meine Mutter wieder Ruhe einkehren. Nichts anderes hat sie verdient. Ob ich dann noch bleiben werde? Unwahrscheinlich. Mein Herz ist zu unruhig, mein Geist muss wieder fließen. Und das kann er in dieser gottverdammten Stadt einfach nicht. Zumal ich die eigentliche Gefahr für mich längst erkannt habe. Suzy. Sie ist in meinem Kopf und das tiefer, als es gut für uns beide ist. Diese eine Nacht noch, dann werde ich sie bei Jax abliefern, meinen Job erledigen und von hier verschwinden. New York und ich passen nicht zusammen. Ein Mädchen und ich noch viel weniger.

Mir bleibt keine Zeit, noch länger darüber nachzudenken, was der kleine blonde Teufel mit mir anstellt, denn vor mir zieht ein Wagen so unvorhergesehen und mit quietschenden Reifen auf die Straße, dass ich eine Vollbremsung hinlegen muss und beinahe die Kontrolle über meine Maschine verliere. Lediglich meiner bloßen Kraft verdanke ich es, dass ich sie gerade noch abfangen kann, ehe wir beide über den nachtschwarzen Asphalt und in eines der parkenden Autos schlittern. *Stronzo!*

Heftig atmend schaue ich dem Arschloch nach, hinter mir ist der Verkehr ins Stocken geraten, ein Taxifahrer ruft aus dem offenen Seitenfenster, ob alles in Ordnung ist. Ich nicke nur. Drehe am Gashahn, weil mir das vertraute Aufheulen des Motors dabei hilft, meine Gedanken zu sortieren, und … Fuck! In mir drin schrillen sämtliche Alarmglocken. Ein kurzer Blick hinauf zu meiner Wohnung, zurück zu dem schwarzen GMC, dessen rote Lichter bereits weit entfernt im Meer der Stadt versinken. Dann lasse ich die Ninja vorschießen, so schnell, dass sie sich aufbäumt, und springe im nächsten Moment bereits vor dem Hauseingang vom Bike.

Sie ist fort. Suzy ist fort! Das weiß ich, als ich mir den Helm vom Kopf und die Tür aufreiße. Durch die Halle hetze und gerade noch in den Aufzug hechte, ehe der sich vor mir schließt. Er fährt nicht schneller nach oben, egal, wie fest ich auf die Knöpfe einschlage. Das ist mir klar, aber über Selbstbeherrschung verfüge ich nicht. Nicht jetzt. Nicht, ehe ich Gewissheit habe. Wie, verdammt?! Wie haben sie hierher gefunden?! Wie haben sie *mich* gefunden?! War ich nachlässig? Ist uns jemand gefolgt? Das Ping des Aufzugs ertönt und ich dränge die Tür beiseite. Zwinge mich durch den erstbesten Spalt und … halte inne. Lausche. Die Waffe längst in der Hand, starre ich den langen Flur entlang bis zu meinem Apartment, aus dem ein Lichtschein fällt. Und die Gewissheit bringt mir meine innere Ruhe zurück. Schaltet mein Hirn in den Modus des Killers.

Der Feind war hier, wer auch immer. Er war in meiner Wohnung oder ist es gar noch. Und ich arbeite mich vorwärts. Polizeisirenen dringen von fern an mein Ohr. Das ängstliche Wimmern meiner Nachbarin, die barfuß und im Morgenrock in der offenen Tür steht und vor mir zurückweicht. Ich hebe die Hand, meine Waffe weiterhin im Anschlag.

„Rein da!“, blaffe ich sie an. „Verriegeln Sie alles und kommen Sie nicht wieder raus!“

Die Tür fällt ins Schloss. Ich höre ihr Weinen, als ich das Apartment passiere, da trifft mich ein anderer Laut. Ein Stöhnen. Und es trifft mich mitten in mein dunkles Herz. Ich kenne den Klang. Die Stimme, die unter dem Leid zu versiegen droht, das darin mitschwingt. Ich werfe alles über Bord – meine Vorsicht, meine Vernunft. Der Griff meiner Waffe schlägt gegen das Holz, als ich die Tür aufstoße und sie krachend gegen die Wand fliegt. Es ist mir egal, ob ich mich verrate. Nicht von Bedeutung, ob noch jemand hier ist. Denn die Stimme gehört meiner Mutter. Dem wichtigsten Menschen in meinem von Gott verlassenen Leben. Und sie braucht meine Hilfe!

„Mamma?" Sie soll wissen, dass ich hier bin. „Mamma!" Sie soll wissen, dass sie nicht allein ist.

Flur und Küche sind leer. Ein Stöhnen. Es zieht mich in Richtung Schlafzimmer und meine Brust zusammen. Mein Herz pocht. Bitte! Bitte nicht! Und dann sehe ich es. Zerwühlte Laken. Die Handschellen, die noch immer am Bettpfosten hängen, ein Ring geöffnet. Worte auf den Tapeten, in roter Farbe, die von den Buchstaben läuft.

Wir kriegen dich!

Dass die Drohung auch wirklich mir gilt, beweist das Blatt Papier daneben. Denn das Springmesser, mit dem es an die Wand gepinnt wurde, stecken mitten in der Abbildung eines japanischen Kois.

„Sie wissen es!"

Mamma! Sofort bin ich bei ihr. Auf dem Fußboden neben dem Bett. Nehme ihr Gesicht in beide Hände. Ihr feines, wunderschönes Gesicht, in dem ich die Falten nie wahrnehmen wollte, die der Schmerz nun aber tief und unübersehbar in ihre Haut gräbt. „Mamma!", flüstere ich und kämpfe meinen eigenen Qualen nieder. Die Leiden meines drohenden Verlusts. „Schh, Mamma, sag nichts! Du musst dich schonen!"

Ein Lachen, müde und nur ein grauer Schatten von dem starken und mutigen Klang, wie ich ihn kenne. Immer kannte. Sie blinzelt. Viel zu langsam. Ich weiß es. Weiß, was geschehen wird. Weiß, dass sie mich verlassen wird. Und kämpfe dennoch mit jeder Faser dagegen an.

„Alles wird gut, Mamma", fasle ich und hebe die Hand in Richtung Straße, von wo die Sirenen immer lauter werden. „Hörst du das? Hilfe ist unterwegs! Du musst durchhalten. Für mich! Hörst du, Mamma?!"

Sie blinzelt nicht. Ihre Lider bleiben geschlossen. Ihre zierliche Brust hebt sich kaum noch unter der Bluse, die das Blut rot gefärbt hat. Doch nichts und niemand kann meiner Mutter, dieser tapferen Frau, ihr Lächeln nehmen. Sanft und wissend liegt es auf ihren Lippen, so rot wie das Blut. Wie oft hat sie mir damit die Stirn geküsst? Wenn ich nicht weiterwusste. Wenn ich als Kind drohte, an meinem eigenen Temperament, an *ihrem* Temperament, das sie an mich weitergegeben hat, zu scheitern? Ich presse die Augen zusammen. Kämpfe das Brennen dahinter nieder, das die aufsteigende Trauer aus den tiefsten Tiefen meiner Seele treibt. Da spüre ich ihre Hand auf meiner.

„Geh", haucht sie und drückt sanft zu. Voller Liebe. Voller Zuversicht. „Geh und komm nicht wieder. Kawa ist nicht länger geheim. Er weiß es, River. Don Nico weiß es. Es tut mir so leid. Ich …"

„Nein!" Ich rutsche noch näher an sie heran. Umfasse nun ihre Hand, als könne ich ihr Leben daran festhalten. Den Tod aufhalten. „Du kannst nichts dafür! Sie hätten mich gefunden. Früher oder später. Die Romanos oder jemand anderer. Es ist nicht von Bedeutung."

„O doch, das ist es. Ich habe dich immer beschützt. Ich habe es zumindest versucht. Habe deinen Vater sterben gesehen und mir geschworen, dich aus meiner Welt herauszuhalten. Dieser todbringenden Welt. Aber ich habe versagt." Sie schlägt die Augen auf. Glitzernde Tränen hängen darin. „Ich habe versagt, River. Ich habe sie direkt zu dir geführt. Und das Mädchen!" Sie schluchzt und braucht gar nicht weiterzureden. Mir ist klar, was hier geschehen ist. Wo Suzanna ist. „Verzeih mir."

Die Sirenen erlöschen. Autotüren schlagen. Uns bleibt nicht mehr viel Zeit.

„Mach dir keine Sorgen, Mamma. Ich werde sie finden. Ich werde sie mir zurückholen." O ja, das werde ich! „Und jetzt ruh dich aus, ja? Du musst dich schonen."

Ein Poltern im Treppenhaus lässt meinen Kopf herumfahren. Sie kommen! Doch als ich zurückschaue, gehetzt und meiner Selbstsicherheit beraubt, weil *sie* hier liegt, in ihrem *Blut*, trifft mich der Blick meiner Mutter fest. Güte. Nichts als Güte und Liebe liegen darin, und es schnürt mir die Kehle zu, als sie flüstert: „Du hast seine Augen."

Ich versteife mich. Will das nicht hören, den Schmerz nicht fühlen, den ich für immer verbannt zu haben glaubte. Doch ich bin es ihr schuldig und beuge mich näher. Küsse ihre Stirn und ihre Hände. Nehme Abschied.

„Die Augen deines Vaters." Sie lächelt. Ihre Hand wird schwer in meiner und ich schüttle den Kopf. Wehre mich dagegen, sie loszulassen. Noch nicht. „Noah Foster."

Schwer atme ich aus. Sein Name. Aus ihrem Mund. All die Jahre hat sie ihn mir verschwiegen, aus Angst, ich könne mich in etwas verrennen. Vergeltung suchen und dabei sterben. Ihn jetzt zu erfahren, zerreißt mich schier.

„Noah. Liam. Foster. Er war ein gütiger Mann." Sie hustet. Blut rinnt in einem dünnen Faden aus ihrem Mund. „Ein aufrichtiger Mann. Mit Stolz und einem guten Herz. Wie du. Er hätte dich geliebt. Er hätte dich so sehr geliebt wie … ich."

Mit dem letzten Wort weicht die Kraft aus ihrem Körper, sackt ihre Brust zusammen und ich über ihr. Meine Kiefer zum Zerbersten gespannt, bette ich meine Stirn an die meiner toten Mutter. Raube meiner ablaufenden Zeit diesen einen Moment des Friedens. Und während ich den Schritten der Männer lausche, den Polizisten im Treppenhaus und auf dem Flur, schwöre ich bittere Rache.

River

Niemand folgt mir. Ich bin allein. Nur ein Mann in der Nacht, der einsam und schlaflos durch die Straßen zieht, wie wohl die meisten der armen Seelen, die mir auf meinem Weg begegnen. Den Blick auf den Boden geheftet, ihre Hände tief in den Taschen vergraben, ziehen sie ihre Bahnen, doch ihr Elend, das Elend dieser Stadt, es schert mich einen Dreck. Ich weiche niemandem aus. Setze unbeirrt einen Fuß vor den anderen. Erhobenen Hauptes und mit fokussiertem Blick. Denn im Gegensatz zu den Obdachlosen, den kleinen Gangstern, den gescheiterten Glücksrittern und den im Alkohol ertrunkenen Familiendaddys um mich herum, habe ich ein Ziel. Ich weiß genau, wohin ich gehe. Und ich weiß genau, was ich dort tun werde. *Familiendaddys …* pah! Ich betrachte den Mann vor mir, in ausgebeultem Rollkragenpulli und Yuppie-Sneakers, der mühevoll und torkelnd versucht, seine Flasche aus der braunen Papiertüte zu fischen. Sein Anblick ist so erbärmlich und widerlich. Und dennoch setzt er diesen Gedanken in meinen Kopf:

Daddy kommt dich holen, Kleines. Daddy ist bald da.

Ich werde ihn ausschalten, noch heute Nacht. Werde ihn finden und ihn in seinem eigenen Blut vor mir dahinsiechen lassen. So wie er es mit meiner Mutter getan hat. Nico Romano wird den Morgen nicht mehr erleben. Und wenn ich ihn erst einmal habe, meine Klinge seine Haut verziert, dann wird er sogar darum betteln. Um seinen Tod.

„Hey, Arschloch!"

Ich fahre herum. Entdecke ihren pinken Schopf in einem dunklen Hauseingang, da tritt *er* bereits daraus hervor. Jax!

„Entschuldige, sie wird es noch lernen. Irgendwann." Während sein rosa Äffchen noch schnaubend die Arme vor der Brust verschränkt, steht er bereits bei mir. „Was machst du hier?" Sein Blick ist abschätzig. Lauernd. Was ich ihm nach unserer letzten Begegnung nicht wirklich verübeln kann. Nur leider hat er mich auch jetzt im denkbar schlechtesten Moment erwischt.

„Ich genieße die frische Luft, was denkst du denn? Und ihr … *Turteltäubchen?*"

Er taxiert mich. Schaut zum Club auf der anderen Straßenseite und mir dann direkt in die Augen.

„Vorkehrungen für morgen", sagt er knapp.

„Mit ihr?" Ich kann mir ein höhnisches Lachen nicht verkneifen. „Auch eine Möglichkeit, sie loszuwerden." Doch schlagartig werde ich wieder ernst. „Schaff die Göre nach Hause, Jax. Ich hatte dich klüger eingeschätzt."

Er stößt einen Fluch aus und kommt mir ganz nah. „Sie hat sich im Kofferraum versteckt, Mann! Zoey sucht in jeder freien Minute nach ihrer Freundin und unterstellt mir, dass ich ihr nicht die Wahrheit sage. Dass Suzanna tot ist, und ich sie nur unnötig schütze. Was natürlich absoluter Quatsch ist! Oder?!"

Ich stutze. Zu offensichtlich, wie es scheint, denn Jacksons Blick verengt sich. „Oder, River? Hast du mir vielleicht etwas zu erzählen?"

Meine Kiefer knacken, so sehr verspanne ich mich. Scheiße, ich habe doch selbst keine Ahnung, ob Suzanna noch lebt! Ich gehe davon aus, denn Romanos Leute hätten sich nicht die Mühe gemacht, eine Leiche mitzunehmen. Die Möglichkeit aber, dass sie mittlerweile im Hudson River treiben könnte, kann ich verdammt noch mal nicht ausschließen.

Der Hudson … Ich schaue zu Boden, kneife mir mit zwei Fingern in die Nasenwurzel. Bekomme die Worte meiner Mutter einfach nicht mehr aus meinem Kopf.

„Du hast die Augen deines Vaters."

Da schießt die Kleine auf mich zu. „Ich habe Recht, nicht wahr?! Sag es mir! Du solltest doch nach ihr suchen! Ist sie tot?!"

Sie packt mich am Ärmel, schlägt mir vor die Brust. Und ich lasse sie gewähren. Rühre keinen Finger, doch die Dunkelheit steigt immer weiter in mir auf. Zorn. Die blanke Raserei. Ich sehe keinen Grund mehr, meine Emotionen noch weiter im Zaum zu halten. Keinen. Bis auf … Jax. Knurrend drängt er seine Freundin zurück. Zischt ihr zwischen zusammengebissenen Zähnen zu, dass sie sich verdammt noch mal am Riemen reißen soll, und reißt den Kopf herum, als sich meine Finger in seine Schulter schrauben.

„Das ist meine letzte Warnung, Jax. Schaff sie mir aus den Augen. Ehe ich es tue!"

Schatten verdunkeln seine stahlblauen Iriden. Er bleckt die Zähne. Einen Moment lang starren wir einander an, auf offener Straße und wissend, dass wir viel zu viel Aufmerksamkeit erregen. Dann weicht die Anspannung aus seinen Muskeln. Senkt er den Kopf und signalisiert mir damit, dass er sich fügt. Beweist mir abermals, dass die großen Stücke, die ich auf ihn halte, gerechtfertigt sind. Jax ist kein Feigling, mitnichten. Aber er kennt seinen Rang und weiß, wann und wem er sich unterzuordnen hat. Nicht umsonst hat es der gutmütige Welpe, der Jax in seinem Herzen noch immer ist, in unserer Welt so weit gebracht.

„Geh nach Hause, Pinkie Pie." Seine Stimme ist voller Zuneigung, als er sich der kleinen Rebellin zuwendet, doch so voll grimmiger Entschlossenheit, dass Zoey ausnahmsweise mal nicht das letzte Wort ergreift. Trotzig kräuselt sie ihre Stupsnase, macht dann aber auf dem Absatz kehrt und stapft davon, ohne Jax oder mich noch einmal anzuschauen.

Der knufft mich in die Seite. „Und jetzt zu dir", sagt er und bedeutet mir, ihm in den Hauseingang zu folgen, aus dem er vorhin kam. „Ich habe das ungute Gefühl, dass du einen Freund brauchst."

Ich lache bitter. Schaue ihm nach, wie seine breiten Schultern in der Dunkelheit abtauchen, und über meine Schulter zurück zur anderen Straßenseite. Das Einzige, was ich brauche, ist Vergeltung, und dabei wäre *ein Freund* mir nur im Weg.

Ich setze mich in Bewegung, nicht zu Jax hin, sondern meinem ursprünglichen Ziel entgegen, da schwingt die rotvertäfelte Tür des *Inferno* auf. Ich erkenne ihn sofort. Blende alles um mich aus und bestehe einen Wimpernschlag später aus nichts als bloßem, brodelndem Hass. Romano wird sterben. Jetzt! Und wer immer die Männer sein mögen, die ihn umgeben, ob nun die Mörder meiner Mutter oder nur zufällige Gäste, es ist mir egal - sie werden mit ihm zur Hölle fahren.

Ich greife in meine Jacke. Schließe meine Finger um den kalten und doch so vertrauten Stahl. Ziehe die Glock aus dem Holster und mit jedem Millimeter senkt sich das Lächeln breiter auf meine Lippen. Rache. Blut. Auge um Auge, Zahn um Zahn. Viel zu lange habe ich an mich gehalten. Das süße Kitzeln der Macht unterdrückt und zurückgedrängt mithilfe des Kodex. Eines Schwurs, dem ich dachte, mein Leben lang treu dienen zu müssen, der aber nichts als Einsamkeit und Schmerz über die Menschen gebracht hat, die mir etwas bedeuteten. Über Kenzo. Über meine Mutter. Über … Suzanna? Ich weiß nicht, ob sie noch lebt, und wenn ich ehrlich zu mir selbst bin, dann will ich es auch gar nicht mehr wissen. Es ist nicht von Bedeutung, nicht mehr ausschlaggebend für den Hass, der sich längst über meine Sinne gelegt und sie gänzlich verdunkelt hat.

„Einen Freund, mein Junge", murmele ich und lege an. Visiere mein Ziel, Romanos Kopf, über Kimme und Korn an. „Auch du wirst irgendwann noch erkennen, dass wir am Ende besser allein sind." Denn ohne ein Gefühl, ohne die erdrückende Last auf unseren Schultern, die es mit sich bringt, wenn wir glauben, für einen anderen Menschen außer uns selbst Verantwortung übernehmen zu müssen, ist das Leben und Sterben am Schluss nichts anderes als ein Spiel. Ein Russisches Roulette, bei dem wir gewinnen oder verlieren. Nicht mehr und nicht weniger.

Ruhe senkt sich über meine Wut. Ruhe und Zufriedenheit. Ich krümme den Finger und … werde gepackt. Zu schnell, um reagieren zu können, zu fest, um mich zu entziehen.

„Verdammt, River, was soll das?!"

Ich pralle gegen harten Stein. Habe die Waffe noch immer in der Hand, doch außer Jax, der heftig atmend über mir beugt und das Licht der Straßenlaterne fast gänzlich abschirmt, so dass ich nur seine Konturen erkenne, habe ich kein Ziel mehr. Knurrend stemme ich mich hoch. Nutze den tieferen Schwerpunkt, um Jackson aus dem Weg zu schieben, doch als ich um die Ecke des Hauseingangs spähe, sehe ich nur noch die Autotüren zuschlagen. Zwei schwarze Limousinen setzen sich in Bewegung und ich habe nicht mal eine Ahnung, in welcher von beiden Romano sitzt. Er ist fort.

„Du Idiot!" Ich fahre herum, unterschätze aber erneut die Schnelligkeit, mit der er sich vor mir aufbaut. Hart rammt er seine flache Hand gegen meine Brust.

„*Ich* bin also ein Idiot, ja?! Wer hat sich denn eben beinahe auf offener Straße abknallen lassen, hä? Entschuldige bitte, wenn ich da was falsch verstanden habe, aber *das war nicht ich!*" Tief holt er Luft, der ganze Kerl bebt, als er mir den Zeigefinger entgegenstreckt. „Wir haben einen Deal! Du und Connor habt einen Deal, und der beinhaltet nicht, dass du einfach da rausspazierst und-"

„Verdammt Jax, die Schweine haben meine Mutter umgebracht!"

Mit einem Schlag ist er still. Erstarrt. Ja, scheint nicht einmal mehr zu atmen.

„Was?!" Tonlos presst er das Wort zwischen seinen Lippen hervor und ich senke den Blick. Ertrage das Entsetzen und die Fassungslosigkeit nicht, die in seinem liegen, weil es mir das Herz zerreißt. Weil es greifbar und real macht, was in meiner Wohnung geschehen ist. So verdammt real, dass der Schmerz mich in die Knie zwingen würde, wenn ich den Hass nicht hätte, an den ich mich so verzweifelt klammere.

„Wie?!" Aufrichtige Trauer belegt Jax' Stimme und als ich aufschaue, in seine weit aufgerissenen Augen, das Mitgefühl sehe, das ich nicht haben möchte, das Mamma Lucia aber so sehr verdient hat, sehe ich in Jackson plötzlich das, was er mir von Beginn an war. Was ich nie wieder haben wollte. Einen Freund.

Er kommt auf mich zu und ich lasse ihn gewähren. Ertrage, dass er seine Pranken um mich legt, und nehme ihn an. Seinen Trost.

„Es …" Wieder erstickt das Kratzen seine Stimme. „Es tut mir so leid, Mann. Sie war so …" Er tritt zurück, lässt seine Hände aber auf meinen Schultern liegen. Das Gewicht erdrückt mich schier, doch ich bleibe aufrecht. Hebe das Kinn, während ich hart schlucke. „Sie war außergewöhnlich."

„Ja." Ich nicke. „Das war sie."

Jax reibt sich das Gesicht, dann schaut er zum Club hinüber. „Wenn ich das gewusst hätte, …" Ein trauriges Lachen. „Ich hätte mich ohne zu zögern neben dich gestellt, Bro. Ich hätte die Wichser mit dir zusammen abgeknallt."

„Danke.“

„Und jetzt?“

Ich sehe ihn an. Meinen grimmigen Welpen. Diesen Koloss von einem Mann, den ich tatsächlich mag, ob ich es nun will oder nicht. Seufzend stoße ich mich von der Wand ab und stecke die Waffe zurück. „Jetzt, mein Großer, muss ich herausfinden, ob Suzanna dort drin ist.“

Suzanna

„Aufwachen, Sonnenschein!"

Nein! Ich will schlafen! Lass mich schlafen. Ich gebe einen protestierenden Laut von mir. Presse die Augen zusammen und weigere mich, aus dem süßen Nichts aufzutauchen, in dem ich so selig vor mich hin schwebe. Es ist doch noch nicht mal Tag, oder? Ich versuche zu blinzeln. Herauszufinden, wo ich bin, denn dass ich nicht in meinem Hostel-Bett liege, sagt mir mein Geruchssinn. Ich rieche Wachs. Kerzen? Kerzen sind im Hostel verboten. Das hat mir der Penner an der Rezeption bestimmt achtmal erzählt, während ich den Fresszettel mit meinen Daten ausgefüllt habe. Letztes Jahr wäre das Gebäude wohl beinahe abgefackelt, weil irgendein Idiot auf die Idee gekommen war, sich sein Sandwich über ein paar dicken Kerzen zu rösten, die er zuvor in einer Kirche geklaut hatte. Ts, nur Verrückte in dieser Stadt.

„Suzanna!"

Wieder diese säuselnde Stimme. Ich versuche, sie zu verscheuchen wie eine Fliege, aber … meine Arme … Warum sind meine Arme so schwer? Meine … Lider. Und dann reiße ich sie auf. Kehrt all meine Kraft in meine Muskeln zurück, aus purem

Überlebenswillen. Nein! NEIN! Das ist nicht wahr! Das passiert nicht wirklich!

Ich strample. Kämpfe mich rückwärts. Über die Matratze, die unter mir nachgibt und ächzt. Ramme meine Fersen hinein, doch rutsche immer wieder ab wie ein Entenjunges auf Glatteis. Ich komme nicht weg! Nicht weit genug! Presse mich an die Wand in meinem Rücken und schlage verzweifelt dagegen. Vergebens. Der Beton gibt nicht nach. Verschluckt mich nicht, sondern hält dagegen. Unnachgiebig, kalt und … endgültig.

„Na, na, na. Wo willst du denn hin? Ich hatte wirklich gedacht, du würdest dich ein wenig mehr darüber freuen, mich zu sehen. Jetzt, wo wir uns doch endlich wiedergefunden haben.“

„Verpiss dich!“

Er schnalzt mit der Zunge. Ein tadelnder Blick. „Aber nicht doch, Suzanna. Begrüßt man so seine Familie? Das habe ich dir anders beigebracht!“

Ich schreie, als er mich packt. Als seine langen, widerwärtigen Finger sich um meinen Knöchel schließen und er mich wie eine Puppe quer über das Bett zu sich heranzieht. Wie früher. Und wie früher falle ich in eine panische Starre. Krallen meine Nägel sich in das Laken und hämmert das Herz mir gegen die Rippen, während ich mit weit aufgerissenen Augen daliege und einfach nur überlebe.

Nicht bewegen. Einfach nicht bewegen!

Ich bin das Kaninchen, während die Schlange es betrachtet. Sich hin und her wiegt und darüber sinniert, von welcher Seite sie wohl am besten zuschlägt.

Er hat mich.

Er hat mich gefunden.

Er hat sich mich zurückgeholt.

„So ist es brav“, raunt er leise und streicht mir über den Fuß. Über die Wade. Meinen Schenkel.

Ich würge. Zwinge den Ekel hinunter und schnaufe, keuche. Kralle mich nur noch fester in den groben Stoff unter meinen Händen und schließe die Augen. Angst schwappt über mich hinweg. Fließt in meine Lungen und raubt mir die Luft zum Atmen. Eine Millisekunde lang bin ich versucht, ihr nachzugeben. Loszulassen und in meiner Panik zu ertrinken, da …

„Sie ist wirklich eine Schönheit, Senator. Sie haben nicht übertrieben."

Mein Kopf ruckt hoch.

Da ist noch ein Mann!

Mit Augen, schwarz wie die Nacht. Und sein Blick daraus streift lüstern über mich hinweg.

„Sie haben doch nicht etwa an meinen Worten gezweifelt, Romano?" Mit seinen feinen, katzenhaften Bewegungen dreht mein Onkel sich zu ihm.

Romano. Er … Ich kenne ihn! Ihm gehört dieser Laden! Das bedeutet … Gehetzt schaue ich mich um. Höre hin! Und mein Magen dreht sich. Bässe. Musik. Betonwände und Neonröhren.

Ich bin wieder in dem Scheißkeller!

Ich bin im *Inferno*!

„Natürlich ist sie eine Schönheit. Sie ist schließlich meine Nichte. Und dafür, dass Sie sie mir wiederbeschafft haben, werde ich Ihnen bei dieser Sache entgegenkommen."

Wiederbeschafft. Ungläubig schnaube ich in mich hinein. Wie ein *Ding*, das er verloren hat. Das Ding, das *sein* Zeichen trägt. Unwillkürlich dränge ich meine Beine aneinander. Nutze die Unaufmerksamkeit der beiden Männer, um von ihnen wegzurutschen. Zurück an die schäbige Wand. Meine Handflächen sind feucht, als ich nach dem Zipfel der Decke greife und sie mir bis zum Kinn hinaufziehe. Wie lange war ich ohne Bewusstsein? Rivers Shirt, mehr habe ich nicht am Leib, und die Ungewissheit, was nach meinem Blackout geschah, wer mich entkleidet hat, was sie mit mir *gemacht* haben, lässt mich vor Scham erzittern. Heimlich lasse ich meine Hand unter dem Laken tiefer gleiten. Betaste meine Schenkel, meine Scham. Und kann nichts finden. Keine Nässe, keine Wunden. Erleichterung überkommt mich, doch sie währt nicht lang. Wird überschattet von den Erinnerungen, die nun, da ich weiß, dass ich unversehrt bin – zumindest noch –, über mich hereinbrechen. Die Wohnung. Die Schüsse. Rivers … O mein Gott! Ein Schluchzen, ich kann es nicht zurückhalten. Fasse die Decke noch fester und presse sie mir auf den Mund. Seine Mutter! Sie haben sie umgebracht!

„Ich habe veranlasst, dass man ihr frische Kleidung bringt, Senator. Sie müssen entschuldigen, die Jungs waren ein wenig“, Romano räuspert sich, „übermütig. Aber ich kann Ihnen versichern, dass Ihrer Nichte nichts geschehen ist! Ich war rechtzeitig …“

„Schon gut, schon gut.“ Mein Onkel ist wieder ans Bett getreten und wedelt ungeduldig mit der Hand. Monster! Teufel! Ich habe keine Ahnung, was er hier will. Was das für Geschäfte sind, über die die beiden sich eben noch murmelnd unterhalten haben. Dass ich hier aber nicht so schnell wieder hinausspazieren werde, verrät mir ein einziger Blick in sein Gesicht. Diese Fratze des Bösen. Die Miene ganz die des akkuraten Politikers, liegt in seinen Augen der Abgrund der Menschheit. Ich schlucke.

„Sie bleibt hier.“

Während ich nicht mal mit einer Wimper zucke, reißt Romano überrascht die Brauen hoch.

„Hier? Aber … Ich dachte …“

„Sie sollen nicht denken, wie oft habe ich Ihnen das schon gesagt?!“

„Aber …“

Jetzt fährt mein Onkel zu ihm herum. Himmel, der Typ nervt ja sogar mich!

„Nichts aber!", herrscht er Romano an, säuselt dann aber sofort in einem Ton weiter, als wolle er ihn hypnotisieren. „Sie gehört ab jetzt zum Spiel, verstehen Sie? *Sie* ist der Preis."

Mich überkommt eine Gänsehaut. Dieses Zischen. Seine schlängelnden Bewegungen. Es würde mich nicht wundern, wenn gleich auch noch eine gespaltene Zunge aus seinem Mund stößt! Ich schüttle den Gedanken von mir, da schauen beide wieder auf mich und das Entzücken in ihren Gesichtern trifft mich wie ein Schlag in den Magen.

„Verstehe!" Warum zischelt jetzt auch Romano?! Ist das ansteckend? „Welch wundervolle Idee, Senator Linden! Die Herrschaften werden begeistert sein!" Er lässt seine Fingerknöchel knacken und mir gefriert das Blut in den Adern.

Hilfe!

„Ich werde sofort alles Nötige in die Wege leiten, Sir!" In die Hände klatschend wie ein kleiner Junge, der gerade erfahren hat, dass er endlich das langersehnte Fahrrad zum Geburtstag bekommen wird, trollt sich Romano zur Tür. „Sie wird die schönste Gilda sein, die wir je hatten!"

Dann ist er fort und ich mit *ihm* allein. Er kommt mir nicht mehr näher, fasst mich nicht mehr an. Doch die Art, wie er dort vor dem Bett steht und mich betrachtet, als würde sich auch für ihn bald etwas erfüllen, auf das er schon so lange wartet, ist noch viel, viel schlimmer. Selbst sein Lächeln ist das einer Schlange.

„Das hättest du nicht gedacht, was? Dass ich dich kriege, so weit von Zuhause entfernt."

„Dein Haus war niemals mein Zuhause", erwidere ich ruhig, obwohl ich innerlich davonlaufen möchte. „Und du warst niemals meine Familie. Aber das wolltest du auch nie sein, habe ich recht?“ Er lächelt noch immer. „Was hast du mit mir vor? Jetzt kannst du es mir ja ruhig sagen, denn ich werde das Gefühl nicht los, dass wir am Ende deines Plans angelangt sind.“

Sein Kopf neigt sich auf die andere Seite. „Was für ein kluges Ding du doch bist.“

Ding. Da haben wir den Beweis. Ich war nie mehr.

„Was ist eine Gilda?“, frage ich direkt hinaus und das Grinsen wird noch breiter, seine Augen schmäler.

„Ach, irgend so ein italienischer Quatsch. Diese Mafiaburschen sind immer gern ein wenig theatralisch, weißt du?“ Er seufzt missbilligend. Das kann er gut, denn Senator Linden sah sich schon immer gern weit oberhalb des niederen Volkes. Meine Frage beantwortet das allerdings nicht, und so bedeute ich ihm mit einem Fingerzeig, doch bitte weiterzureden. Wenn ich hier schon mitspielen soll, dann möchte ich wenigstens meine Rolle kennen.

„*Gilda* ist eine Auszeichnung, mein blonder Engel. Wobei ich den althergebrachten, wenn vielleicht auch nicht ganz so wohlklingenden Ausdruck des *Opfers* bevorzuge.“ Ich keuche. Mein Herz setzt für einen Schlag aus, ehe es in doppeltem Tempo weiterrast.

„Opfer?!“

„Aber ja!“ Er lacht leise. „Darauf habe ich dich all die Jahre vorbereitet. Dafür habe ich dich“, mit dem ausgestreckten Finger in der Luft bezeichnet er ein kleines Kreuz, „markiert. Damit das Böse und die Verlockung dich nicht heimsuchen, bevor ich es tue.“

Mir wird schlecht. Schlimmer noch. Ekel und Abscheu befallen mich, und ich schnappe nach Luft. Was hat das sadistische Arschloch nur vor?! „Hast …“ Ich fasse mir an den Hals. Bekomme kein Wort heraus. „Hast du die anderen Mädchen … auch darauf vorbereitet? In deinem Haus? Wurden sie auch zu einer … *Gilda*?“

Wieder dieses abschätzige Schnalzen. „Ich sagte dir doch bereits, dass es eine hohe Auszeichnung ist, zu einer *Gilda* erwählt zu werden, Liebes." Liebes! Bitter lache ich auf. Möchte ihm auf die edlen Schuhe kotzen, doch mein Hals ist so eng, dass es mir gerade reicht, um Luft zu bekommen. Sterben! Ich werde sterben! Wie die anderen! Da legt er seine Finger um mein Kinn und zwingt mich, ihn anzusehen.

„Du bist die einzig wahre *Gilda*, Suzanna. Von reinem Blut. Von *meinem* Blut. Dein Opfer wird mich unsterblich machen. Übermächtig! Sie werden im Staub vor mir kriechen. Sie alle!" Mit der Hand beschreibt er einen großen Kreis, lässt mich aber nicht los. Sein Blick ist manisch, fast nicht von dieser Welt, und lässt kaum einen Zweifel daran, dass er diesen ganzen Bullshit wirklich glaubt.

„Dein jungfräuliches Blut …" Da ist es! Mein Stichwort! Meine Rettung! Oder zumindest ein kleiner Strohhalm, an den ich mich klammere …

„Ich bin keine Jungfrau mehr!", rufe ich. Zitternd, aber mit gerecktem Kinn. Ich werde mich nicht fügen! Ich werde kämpfen! Mit allem, was ich habe und solange ich durchhalte. Allerdings kann ich kaum so schnell schauen, wie er ausgeholt hat. Mein Kopf fliegt zur Seite, der Schmerz folgt auf dem Fuß.

„Du dreckige kleine Schlampe!"

Schraubstöcken gleich bohren sich seine Finger in meinen Kiefer, sein Atem fließt heiß über meine Haut. Seine Augen glühen vor Zorn, während seine Finger sich noch fester schließen. Ich spüre, wie mir die Tränen in die Augen steigen, aber ich weigere mich, sie ihm zu zeigen. Nicht jetzt. Nicht vor ihm.

„Dein Blut ist trotzdem rein genug!", zischt er, und ich kann den Wahnsinn in seiner Stimme hören. „Du wirst nicht entkommen. Dein Schicksal ist besiegelt!"

Ich versuche, meinen Kopf zu drehen, suche nach einem Fluchtweg, aber seine Hand hält mich fest. Mein Atem geht stoßweise, und ich fühle mich eingesperrt, gefangen in seiner grausamen Umklammerung. Doch tief in mir brennt der Widerstand. Ich werde nicht einfach so aufgeben.

„Da irrst du dich!", schreie ich zurück, meine Stimme bricht fast unter der Last meiner Angst und Verzweiflung. „Ich werde einen Weg finden! Ich werde dir wieder entkommen! Und dann wirst du für alles bezahlen!" Ich keuche auf, als er mich von sich stößt. Sehe Sterne, als ich mit dem Hinterkopf gegen die Wand knalle. Einen Moment lang versinke ich in Dunkelheit und Schmerz, und durch den Nebel dringt seine eiskalte Stimme: „Träum weiter, mein kleiner Engel. Du bist schon so gut wie tot."

River

„Ob Suzanna was?!" Ein wenig entgeistert schaut Jax mir entgegen. Rüber zum *Inferno* und wieder zu mir. „Warte! Wie kommst du darauf, dass sie ausgerechnet im …"

„Sie war bei mir, okay?"

Jetzt ist die Verwirrung perfekt und um eine Erklärung bittend deutet Jackson zum Club hinüber.

„Und dann hast du sie verloren, oder was? Ausgerechnet da?"

„Kannst du mich mal aussprechen lassen?!" Ich knurre, wütend auf mich selbst, weil mir noch nie eine Sache so aus dem Ruder gelaufen ist. Weil die scheiß Selbstvorwürfe mich von innen heraus zerfressen, dass ich nicht da war, als Romanos Leute in meine Wohnung eingedrungen sind. Dass ich Connors Warnung in den Wind geschlagen und mich lieber mit Suzanna vergnügt habe, als meine Mutter in Sicherheit zu bringen! Ich hätte das Mädchen auf direktem Weg zu Jax bringen müssen, dann wäre alles anders gelaufen. Ich hätte meinen Fokus behalten und mich nicht ablenken lassen dürfen. Aber nein, stattdessen habe ich den größten und dümmsten Fehler begangen, zu dem ein Mann überhaupt fähig ist. Ich habe mich hinreißen lassen! Bin meinem Schwanz gefolgt anstatt dem Verstand. Und was hat es mir gebracht?! Ich habe meine Mutter auf dem Gewissen! Und ja, verdammt, was sie betrifft, *habe* ich ein Gewissen! Oder hatte es … Scheiße, ich weiß ja nicht einmal, ob Suzanna noch lebt!

„Sie war in meiner Wohnung, Jax. Als Romanos Leute kamen. Ich habe sie vorgestern Nacht in diesem Club da drüben aufgegabelt und … Ja, ausgerechnet in diesem, du brauchst gar nicht so bescheuert zu gucken! Und … na ja, kann sein, dass die ganze Sache ein bisschen eskaliert ist.“

„Ein bisschen eskaliert?“ Mit skeptischem Blick verschränkt Jackson die Arme. „Hast du etwa den ganzen Laden abgeballert, oder was?“

Ich zucke mit den Schultern.

„Den ganzen nicht, aber … Herrgott noch mal, es waren plötzlich so viele!“

„Und lass mich raten: Dabei hat dich jemand erkannt?“

Stille legt sich zwischen uns. Eine unerträgliche Stille, weil die Vorwürfe daraus noch lauter tönen als zuvor. Ich beiße die Zähne zusammen. Sträube mich mit aller Macht. Doch es ist wie es ist, und ich kann es nicht mehr ändern. „Ja“, presse ich die Antwort hervor. „Wäre zumindest möglich.“

Jackson sagt nichts. Aber an der Art, wie er seinen Mund zu einer schmalen Linie verzieht, erkenne ich, dass er sich den Rest der Geschichte zusammenreimt. Irgendwann wendet er sich kopfschüttelnd ab. „Was für eine Scheiße.“

„Das kannst du laut sagen“, murmele ich in die Dunkelheit der Nacht. Sie war mir immer Schutz und Zuflucht, doch heute, jetzt, droht sie, mich zum ersten Mal unter sich zu begraben. Tief atme ich durch. „Ich hab's verbockt, Jax. Ich bin schuld.“

Dass er mich nicht ansieht, sondern sein Blick sich irgendwo dort draußen zwischen den Wolkenkratzern verliert, als würde er dort nach einer Lösung suchen, einem Plan, wie es nun weitergehen soll, macht es mir leichter, mein eigenes Versagen laut auszusprechen. Aber verflucht noch mal, die Worte kratzen trotzdem an mir. „Ein Fehler. Ein. Verdammter. Fehler. Und ich kann ihn nicht wiedergutmachen."

Über eine Schulter hinweg schaut Jax mich an, schweigt aber weiter und gibt mir damit Zustimmung genug.

„Ich kann nicht bis morgen warten", sage ich leise. „Du hättest mich vorhin nicht aufhalten sollen, egal, wie hoch ich dir das auch anrechne. Aber ich muss diese Rechnung begleichen, Jax. Ich muss diese Rechnung für sie begleichen. Für Mamma Lucia." Ich klopfe mir auf die Brust. Auf die Stelle, wo bei gewöhnlichen Menschen das Herz sitzt. Ich aber bin nicht gewöhnlich. Ich bin ein Killer. Eiskalt und skrupellos. Ohne Herz. Davon ging ich zumindest immer aus. Doch heute Nacht hat mir ausgerechnet ein kleiner Wichser wie Romano gezeigt, dass auch ich verwundbar bin.

„Ich versteh dich, Mann." Jax nickt. „Aber wir können da jetzt nicht rein. Zumal Romano gar nicht da ist, du hast es selbst gesehen."

„Aber Suzanna! Sie …" Ich mache einen Schritt vor. Will ihm erklären, wie wichtig es mir ist, wenigstens sie zu retten. Doch er packt mich an den Schultern.

„Nein, River! Nicht jetzt und nicht so!" Er kommt mir nah. So nah, dass ich das intensive Blau seiner Augen sogar noch im fahlen Licht erkennen kann. Es leuchtet beschwörend. „Du hast zwar noch was gut bei mir", zischt er, „aber das beinhaltet mit Sicherheit nicht, dass ich dich ins offene Messer rennen lasse, das kannst du mir glauben!"

„Aber …"

„Nichts aber! Heute Abend hörst du ausnahmsweise mal auf mich! Connor und ich, wir stehen auf deiner Seite. Den ganzen gottverdammten Clan hast du hinter dir, wenn es nötig ist, aber … *Nicht. Jetzt.* Verstanden? Da drüben wimmelt es nur so vor Wachen und jeder von denen will dich tot sehen. Komm mit mir. Komm mit zu Connor. Wir brauchen einen Plan und kein Himmelfahrtskommando. Das ist nicht dein Stil, *Kawa*.“

Kawa. Mein Name hatte wie ein Weckruf aus seinem Mund geklungen. Mich daran erinnert, wer ich bin, und mich zähneknirschend zu der Einsicht kommen lassen, dass Jackson recht hat. Ein Alleingang wäre nicht nur hirnrissig und lebensgefährlich gewesen, sondern sicher auch das Letzte, was meine Mutter gewollt hätte. Sie war immer stolz gewesen auf meine bedachte Art. Darauf, dass ich eben kein durchgeknallter Pistolero bin, sondern ein Mann mit Kalkül und Verstand. Beides hatte ich gestern kurzzeitig verloren, und je länger ich darüber nachdenke, dass ich um ein Haar von einem Fehler in den nächsten geschlittert wäre, umso mehr bin ich erschüttert.

„Alles klar?“

Jax' Stimme über erreicht mich leicht verzerrt über den kleinen Knopf in meinem Ohr. Ich blinzle ein paar Mal, schaffe es aber nicht, dieses unterschwellig schale Gefühl in meinem Innern zu vertreiben.

„Alles klar“, antworte ich dennoch knapp. Was für eine Lüge. Zwar habe ich mich nach außen hin wieder im Griff, fokussierte mich ganz auf die Arbeit, den Plan, den Connor, Jax und ich bis weit in die Morgenstunden hinein ausklügelten, und verzog nicht einmal eine Miene, als Connor mir mit seiner Pranke an die Schulter fasste und mir sein Beileid bekundete. In Wirklichkeit aber habe ich noch nie so sehr gezweifelt.

„Gut. Wir sind gleich da. Und River?“

Ich beiße die Zähne zusammen. Weiß, was Jax gleich sagen wird und unterdrücke das Murren, das sich in meiner Brust staut. Ich hasse Befehle. Am liebsten würde ich jetzt da unten sein und in diesem Scheißclub aufräumen. Mein Mädchen finden und dann alles dem Erdboden gleichmachen. Und Jax scheint mich gut genug zu kennen, um mich vorsichtshalber noch mal daran zu erinnern, dass ich mich an den Plan halten soll.

„*Erst* schaltest du unseren Gastgeber aus, *dann* suchen wir nach Suzanna. Nicht umgekehrt, auch wenn es dich noch so in den Fingern juckt.“

Jetzt schnaube ich doch und höre Jax am anderen Ende leise lachen.

„Over and out“, gebe ich ihm noch mit auf den Weg, dann schmeiße ich ihn aus der Leitung.

Ich habe einen Job zu erledigen.

Suzanna

Sie haben mir ein Mittel eingeflößt, das mich ganz benommen macht. Ich habe mich mit Händen und Füßen gewehrt, aber ich hatte keine Chance. Vier von Romanos Leuten, richtig miese fette Bodybuildertypen, haben mich an Armen und Beinen gepackt, mich festgehalten und auf dem schäbigen Bett fixiert, das sie mir in mein Verlies gestellt haben. Dann hat Romano persönlich mir die Nase zugehalten, bis ich den Mund aufmachen musste, um nicht zu ersticken. Und dann kam mein Onkel, dieses verkommene Stück Dreck, und hat mir mit einer Pipette ein paar Tropfen von einer weißen Substanz auf die Zunge geträufelt. „Nimm brav deine Medizin, mein Täubchen", hat er böse gelächelt. „Dann wirst du später kaum etwas spüren."

Die *Medizin* schmeckte süßlich und hatte eine schleimige Konsistenz und ich habe sofort ihre Wirkung gespürt. Ein Schwindel hat sich wie giftiger Nebel in meinem Gehirn ausgebreitet. Meine Muskeln haben unkontrolliert gezuckt und ich konnte meine Gesichtszüge nicht mehr kontrollieren. Dann sind meine Gliedmaßen unendlich schwer geworden, als würde eine Narkose anfangen, von mir Besitz zu ergreifen.

Ich habe noch das dreckige Lachen von Romano und seinen Männern im Ohr. Sie standen um mich herum und schauten auf mich herab, während ihre Gesichter verschwammen und zu Fratzen verzerrten. Alles hat sich gedreht. Als mein Onkel sich zu mir heruntergebeugt, seine Finger auf meinem nackten Oberschenkel platziert und mir einen Kuss auf die Stirn gegeben hat, hatte ich schreien und um mich treten wollen. Aber ich konnte mich nicht bewegen und habe nichts als ein klägliches Winseln herausgebracht.

„Wir sehen uns später, Bellezza", hat der Clubbesitzer versichert. „Du wirst deinen Onkel sehr stolz machen!" Dann sind sie alle zusammen verschwunden und haben mich wieder eingeschlossen.

Ich habe keine Ahnung, wie lange ich nun schon im Dunkeln liege. Minuten, Stunden, Tage? Das Betäubungsmittel raubt mir jedes Zeitgefühl. Obwohl ich dagegen ankämpfe, mich der verlockenden Schwere des Schlafes hinzugeben, fallen mir wieder die Augen zu. In meinem benebelten Kopf hallen die Worte meines Onkels wie grausame Prophezeiungen wider. Es sind die Worte, die er in jener Nacht zu mir sagte, als er mich mit seiner Markierung versehen hat: „Deine kleine Dose gehört mir, Suzanna. Ich allein verfüge über sie. Und über deine Jungfräulichkeit. Es wird der Tag kommen, an dem ich bestimmen werde, wer als erster deine kleine Dose öffnen darf. Und wer alles sie danach benutzen darf, werde ich auch bestimmen!"

Die Worte setzen in mir einen Strudel in Gang, der mich immer weiter in eine dunkle Tiefe reißt. Ist das mein Schicksal, dem ich einfach nicht entkommen kann? Wird mein Onkel mich erst von seinen perversen Freunden und Geschäftspartner vergewaltigen lassen, um mich dann als eine *Gilda* zu opfern? Wieder will ich schreien, doch kein Ton kommt mir über die Lippen. Ich will weinen, doch meine Tränen sind wie eingefroren. In meinem Körper herrscht ein qualvoller Stillstand, aus dem es kein Entkommen gibt.

Werde ich heute Nacht wirklich sterben müssen?

River! Wo bist du? Dein kleines Mädchen braucht dich mehr denn je!

Allem Anschein nach muss ich eingeschlafen sein, denn als ich wieder den Schlüssel im Schloss höre, schrecke ich wie aus einem grässlichen Albtraum hoch. Doch als ich im Schein einer einzelnen Kerze das gruselige Kellergewölbe erkenne, in dem ich mich immer noch befinde, muss ich mir schmerzhaft eingestehen, dass ich nicht geträumt habe. Es ist wahr. Ich bin eine Gefangene. Eine *Gilda* in den Klauen von Perversen.

Mein Körper ist immer noch gelähmt. Es fällt mir schwer, einen klaren Gedanken zu formulieren. Hinter meiner Stirn pochen rasende Kopfschmerzen. Mein Hirn ist benommen und eine diffuse Übelkeit hat von mir Besitz ergriffen. *Das ist die Angst*, denke ich schwerfällig. *Die Angst davor, sterben zu müssen.*

Wie durch einen Schleier sehe ich die schwere Eisentür gegenüber von meinem Bett aufschwingen. Mehrere Gestalten in langen Gewändern und mit tief in die Gesichter gezogenen Kapuzen betreten mein Verlies. Ich muss mehrmals blinzeln, denn alles ist so verschwommen. Da stehen sie schon um mich herum. Der Stoff ihrer Roben schimmert in einem dunklen Violett. Eine giftige Farbe, trügerisch, falsch, verräterisch. Gefährlich wie der Tod, der so viele Jahre auf mich gelauert hat. Und der mich nun in seinem eisigen Griff hält.

Viele Hände greifen nach mir, ziehen meinen schlaffen, hilflosen Körper vom Bett hoch. Ich will mich wehren, doch bin machtlos. Mein Kopf kippt zur Seite weg. Speichel rinnt aus meinem Mundwinkel. Obwohl ich alles wahrnehme, kann ich nicht das Geringste dagegen tun.

„Putscht sie etwas auf, sie ist zu weggetreten", dringt eine bekannte Stimme an meine Ohren. Mein Onkel. Robert Fitzpatrick Linden war noch nie besonders geduldig. Eine der violetten Schattengestalten tritt an mich heran. Während sich seine verschwommene Gestalt vor meinen Augen erst verdoppelt und dann verdreifacht, packt mich jemand von hinten an den Haaren und zieht mir den Kopf in den Nacken. Die Gestalt vor mir träufelt mir etwas aus einem Fläschchen in den Mund. Es ist so bitter, dass ein heftiges Schütteln mich erfasst. Ich würge. Doch gleichzeitig spüre ich, wie meine Kräfte zurückkehren. Das Bild vor meinen Augen wird etwas klarer. Der verdreifachte Kerl ist plötzlich nur noch einer. Zwar kann ich mich immer noch nicht kontrolliert bewegen, aber es ist doch immerhin eine Verbesserung. Es gelingt mir nun sogar, aus eigener Kraft den Kopf zu heben und einige Worte hervorzubringen: „Lasst ... lasst mich ... gehen, ... ihr verdammten ... Hurensöhne!"

Gemurmel ist die Reaktion auf meinen Ausspruch. Mir fällt auf, dass die violett Gewandeten unter ihren überdimensionalen Kapuzen Totenkopfmasken tragen. Der Anblick jagt mir einen Schauder über den Rücken. Das hier ist schlimmer als in einem abgefahrenen Horrorfilm! Schlimmer als auf einem schlechten Trip! *Wenn ich das hier irgendwie überleben sollte, werde ich nie wieder Drogen nehmen*, gelobe ich innerlich, doch dazu wird es wohl nicht mehr kommen.

„Wenn sie so etwas bei der Zeremonie von sich gibt, zerstört sie alles, Senator", zischt einer der Kapuzenträger. *Interessant*, denke ich. *Tell me more!* „Wir haben heute Nacht die ranghöchsten Männer aus New York zu Gast. Politik, Industrie, Mafia, alle sind da!", fährt der Kerl aufgeregt fort. „Die Opferung muss eine Demonstration der Macht werden, sonst finden wir hier keine Verbündeten! Eine vorlaute *Gilda* können wir dafür wirklich nicht gebrauchen!"

„Keine Sorge, ich kümmere mich darum!“ Das ist die Stimme meines Onkels. „Sie wird brav das Maul halten, dafür sorge ich! Bringt die Truhe mit dem Ritualwerkzeug!“

Nun tritt er vor mich. Kurz mustern mich seine kalten Augen aus den höhlenartigen Öffnungen in seiner Totenschädelmaske. Und dann, ohne jede Vorwarnung, rammt er mir seine Faust in den Bauch.

Ich krümme mich. Keuche. Schnappe nach Luft.

Der Schmerz treibt mir die Tränen in die Augen. Kurz flammt absurderweise so etwas wie Freude in mir auf, weil ich wieder weinen kann. Ich lebe noch! Aber die Brutalität meines Onkels erschreckt mich zutiefst. Er hat mich schon geohrfeigt, ja, aber noch nie zuvor mit der Faust geschlagen!

„Du wirst mir diesen Abend nicht ruinieren, Suzanna“, zischt er nun dicht an meinem Gesicht. „Ich bringe dich zum Schweigen, dann kannst du auch keine Lügen über deine angeblich nicht mehr vorhandene Jungfräulichkeit erzählen!“

Genau das möchte ich ihm aber ins Gesicht schleudern: Dass ich keine Jungfrau mehr bin und dass es einen Mann gibt, den ich liebe! Denn auch, wenn ich ihn kaum kenne und ihn tausend Mal verflucht habe, weiß ich nun, da mein Tod kurz bevorsteht, dass nicht nur meine Jungfräulichkeit, sondern auch mein Herz River gehören. Vielleicht ist es zu früh, von Liebe zu sprechen. Aber eins weiß ich ganz genau: Wenn wir mehr Zeit gehabt hätten, dann hätten wir uns geliebt. Mehr als alles andere auf dieser abgefuckten Welt. Und Mamma Lucia, da bin ich mir sicher, hätte uns von irgendwo dort oben ihren Segen gegeben.

Ich will meinen Onkel anschreien, ihm die Wahrheit um die Ohren schleudern und ihm meinen ganzen Hass ins Gesicht spucken. Und ich will ihm versprechen, dass ein Fluss aus Blut ihn heimsuchen wird! Kawa wird dem erbärmlichen Leben von Senator Linden ein Ende bereiten, und zwar ein schmerzvolles, dafür werde ich im Moment meines Todes bitten! Denn River wird mich rächen, das weiß ich.

Doch als ich gerade ansetzen will, legt sich die eiserne Hand meines Onkels vor meinen Mund und verschließt ihn mir.

„Gebt mir den Spreizknebel", weist er seine Schergen mit harschem Befehlston an.

Und ehe ich auch nur darüber nachdenken kann, was das wohl sein könnte, reicht ihm jemand ein unheimliches Gestell aus Edelstahl und mein Onkel schiebt es mir mit geübtem Griff in den Mund, als würde er einem Pferd eine Trense einsetzen. Zu meinem Entsetzen spüre ich, wie das Gestell meinen Kiefer aufspreizt und ihn weit aufgesperrt in dieser Haltung fixiert. Durch einen Gurt, der im Nacken eng verschlossen wird, sitzt das Ding bombenfest.

Mein Atem beschleunigt sich. Das Teil versetzt mich in Panik! Mein Mund steht sperrangelweit offen und ich kriege keinen Ton mehr heraus! Speichel sammelt sich, weil ich so nicht schlucken kann, und läuft über meine Lippen mein Kinn hinunter.

„So, das wäre erledigt", stellt mein Onkel knapp fest. „Und jetzt zieht sie aus und bereitet sie vor!"

Suzanna

Der Raum, durch den ich in der Mitte einer Prozession geführt werde, ist voller Menschen. Voller Männer, um genau zu sein. Es sind nicht nur Kuttenträger, sondern auch Typen in Anzügen, die jedoch allesamt die unheimlichen Totenkopfmasken tragen. Als meine Peiniger mit mir auftauchen, drängen sie zur Seite und machen uns einen Gang frei. Zwei der Widerlinge, die mich eben ausgezogen, gewaschen und dabei überall befingert haben, halten mich zwischen sich fest.

Diese perversen Arschlöcher! Obwohl ich noch immer benommen bin, ist mir spätestens seit dem Reinigungsritual klar, dass sie alle gewaltig einen an der Klatsche haben. Wenn meine Lage nicht so verdammt ernst wäre, würde ich mich wahrscheinlich köstlich über dieses Schauspiel amüsieren. Doch leider ist mir jeder Sinn für Humor abhandengekommen, denn vor allen Dingen sind diese Kerle gefährlich. Todgefährlich. Ich wusste es schon immer, habe diese Gefahr meine ganze Jugend hindurch gespürt, ohne dass ich Genaueres wusste. Und nun ist es zu spät. Meine Flucht war nur ein kurzer Ausflug in die Freiheit. Ein kurzes Glück, dem mein Onkel mich nun wieder entrissen hat. Dieses Mal für immer.

Nach dem Waschen haben sie mich sorgfältig abgetrocknet und dann mit einem penetrant nach Schwefel stinkenden Öl eingerieben. *Salbung* haben sie das genannt. Dann haben sie ein goldenes Pulver auf meine Haut gestreut. Verrieben mit dem widerlichen Fettfilm erweckt das Zeug jetzt den Eindruck, als wäre ich vergoldet. Während des ganzen Rituals haben sie unheimliche Verse gemurmelt, die meisten auf Latein, so dass ich nichts verstehen konnte. Doch manchmal konnte ich Worte wie *Satanas* und *Lucifer* aufschnappen, was meine Angst nur noch weiter geschürt hat.

Trotz des Gegengiftes bin ich immer noch sehr wacklig auf den Beinen und könnte allein vermutlich keine zwei Schritte gehen. Verzerrt klingende Musik ertönt aus dem Hintergrund und ein Raunen geht durch die Menge, als die Kuttenmänner mich durch den großen Saal schleifen. Sie haben mich ja auch prachtvoll hergerichtet: Mein Haar fällt mir offen auf den Rücken und ist mit einem Kranz aus weißen Lilien geschmückt. Mein Onkel persönlich hat sich um meine Brüste gekümmert. Er hatte eine kleine goldene Schale mit einer roten Flüssigkeit. Keine Ahnung, ob es Blut war, aber dem metallischen Geruch zufolge lag der Verdacht verdammt nah. Er hat seine Finger hineingetaucht und dann meine Nippel unsanft gezwirbelt, so dass sie von der Flüssigkeit und seiner groben Behandlung tiefrot eingefärbt wurden.

Ich spüre immer noch den abgrundtiefen Ekel darüber in mir. Die Hände meines eigenen Onkels auf meinem Körper ertragen zu müssen, ist für mich fast so schlimm wie die Gewissheit, dass ich heute Nacht sterben werde.

„Gilda!“, rufen einige der Kuttenträger aus der Menge. „Die schönste Jungfrau für unseren Herrn und Meister!“ Ich will schreien und strampeln, sie beschimpfen und mich wehren. Will ihnen aufs Brot schmieren, dass ihr Herr und Meister nicht besonders zufrieden sein wird. Denn auch wenn ich in meinem

Leben nur einmal Sex hatte, meine Jungfräulichkeit ist trotzdem dahin, ein für alle Mal!

Doch das schreckliche Gestell in meinem Mund, das mein Gesicht wahrscheinlich zu einer grotesken Fratze verzerrt, verhindert es. Noch dazu führt der Druck auf meinen Kiefer dazu, dass ich allmählich das Gefühl habe, er müsste zerspringen. Die Schmerzen sind noch unangenehmer als das ständige Sabbern, das mir dadurch schon fast egal geworden ist.

Sie haben mir ein langes weißes Gewand angezogen, dessen Stoff jedoch fast transparent ist, so dass meine blutroten Nippel durchscheinen, ebenso wie meine Scham und jede Form meines Körpers. Ich trete beim Gehen immer wieder auf den Saum und stolpere unbeholfen vorwärts, wo eine Bühne vor uns auftaucht. Mir stockt der Atem, als ich das riesige umgedrehte Kreuz sehe! Blutrote Symbole sind auf die Wände geschmiert, die im Schein der Fackeln und schwarzen Kerzen noch unheimlicher aussehen. Außerdem erkenne ich dort oben einen Tisch, auf dem irgendwelche Gerätschaften aufgebahrt sind. *Noch mehr Ritualwerkzeug*, schießt es mir durch den Kopf und meine Panik wird immer rasender. Überall am Körper bricht mir Schweiß aus, denn ich weiß nur zu gut, für wen diese Folterinstrumente bestimmt sind!

Mit dem Mut der Verzweiflung wehre ich mich mit aller Kraft dagegen, auf diese Bühne gebracht zu werden. Aber eine Wahl bleibt mir nicht. Die unbarmherzigen Hände meiner Begleiter ziehen mich mit sich und heben mich von unten zwei anderen Männern entgegen. An den Oberarmen gehalten werde ich von ihnen an den Rand der Bühne gehievt und dem Publikum wie eine Trophäe präsentiert. Applaus brandet auf und erneut ertönen Rufe wie „Gilda! Unsere Jungfrau!".

Speichel tropft aus meinem Mund. Tränen rinnen mir aus den Augen. Mein Blick rast wie getrieben über das Meer aus Totenkopfmasken und bleibt an zwei groß gewachsenen, breitschultrigen Männern hängen, die zusammen mit einigen anderen aus der Anzug-Fraktion rechts dicht vor der Bühne stehen und Champagnerkelche in den Händen halten. Einer von ihnen hat einen langen dunklen Vollbart, der unter der nur bis über die Nase reichenden Maske hervorschaut und mich für den Bruchteil einer Sekunde glauben lässt, es wäre River, der sich da unter die Zuschauer gemischt hat.

Doch er ist es nicht, niemals. Meinen Daddy würde ich unter Tausenden erkennen.

Nun tritt mein Onkel auf die Bühne. Ich kann es zwar nicht sehen, aber der noch frenetischer werdende Applaus kann nichts anderes bedeuten. Und tatsächlich erhebt sich nun seine Stimme, die genauso klingt, als würde er eine seiner Wahlkampfreden halten.

„Liebe Freunde, liebe Gäste", beginnt er. „Es ist unserer Gilde eine besondere Ehre hier im Norden so treue Verbündete zu haben! Don Romano und ich sind nicht nur seit Jahren überaus erfolgreiche Geschäftspartner, sondern teilen auch gewisse Vorlieben, bei denen wir uns aufs Köstlichste ergänzen. Unsere Welt ist ein dunkles Chaos, in dem nur siegen kann, wer auf die richtige Karte setzt. Nach außen mögen das Moral, die Verfassung oder der Glaube sein, doch wir alle wissen, dass in Wahrheit nur eins zählt: der eiserne Wille zur Macht und die Bereitschaft, dafür keinerlei Grenzen zu kennen! Deshalb, meine Herren, sind wir alle in diesem Raum erfolgreiche Männer!"

Jubel und Applaus unterbrechen seinen abartigen Vortrag. Mir wird immer schlechter. Mein Herz rast. Wie soll ich das alles nur durchstehen? Aus dem Augenwinkel sehe ich, wie sich der Mann neben dem Bärtigen vor der Bühne zu ihm beugt und ihm etwas zuflüstert. Dann scheinen sie mich beide intensiv anzustarren.

„Manche mögen nun Rituale, wie wir heute Nacht eins durchführen wollen, aus echtem und tiefem Glauben durchführen. Andere reizt das berauschende Spiel der Sinne, dem wir uns gemeinsam hingeben. Doch aus welchen Gründen auch immer, Sie alle werden mit mir übereinstimmen, dass keiner uns und unsere Methoden so treffend verkörpert wie der große Widersacher, Mephisto, Lucifer, der Antichrist oder wie auch immer Sie ihn nennen wollen. Ich und meine Gildebrüder feiern Ihm zu Ehren seit etlichen Jahren Feste wie dieses, und noch immer war der Opfertod einer echten Jungfrau uns die größte und reinste Freude!"

Applaus, inzwischen schon tosender. Wieder ziehen die beiden Männer meine Aufmerksamkeit auf sich, denn sie stecken erneut die Köpfe zusammen. Dann passiert etwas Seltsames: Während der Bärtige stehenbleibt und seinen Blick wieder auf die Bühne richtet, schiebt der andere – ein echtes Muskelpaket mit Tattoos auf Hals und Händen – sich durch die Menge in Richtung Ausgang davon. Keiner der Anwesenden kümmert sich darum, denn alle hängen wie gebannt an den Lippen meines Onkels.

Es ist Senator Robert Fitzpatrick Lindens größter Auftritt. Die Nacht, in dem er seine eigene Nichte ermorden lassen wird. Inzwischen habe ich aufgegeben. Jede Widerwehr in mir ist vergangen. Tränen rinnen stumm über meine Wangen. In Gedanken bin ich bei meinen toten Eltern. Bei Zoey, die mir eine so gute Freundin war. Und bei River. Immer wieder bei ihm.

„Dieses Mädchen ist heute Nacht unsere Gilda", triumphiert mein Onkel nun und deutet auf mich, woraufhin der Saal geradezu erbebt unter den vielen tiefen Männerstimmen, die nun alle „Gilda! Gilda!" skandieren. „Sie alle werden Gelegenheit haben, ihren wundervollen Körper zu benutzen, nachdem wir ihr den finalen Schnitt verpasst haben! Doch bis dahin ist es noch ein langer Weg für unsere Schöne! Denn gleich beginnen wir mit dem *Weg der Gilda* und sie alle werden mit mir übereinstimmen, dass sie sich die Erlösung danach redlich verdient haben wird!“

River

Eine Limousine nach der anderen kommt die Straße entlanggefahren, um sich in der Schlange vor dem Inferno einzureihen und ihre Insassen in beinahe akribisch getaktetem Abstand auf den Bürgersteig zu spucken. Alles Männer in dunklen Anzügen – hochrangige Politiker und Wirtschaftsbosse aus dem ganzen Land. Frauen sind keine dabei. Weder Gattinnen noch Escorts. Doch ich wette, dass Romano in irgendeinem Hinterkämmerchen Frischfleisch für die Aftershowparty parat hält, und bei der bloßen Vorstellung, dass Suzanna darunter sein könnte, zuckt mein Finger am Abzug. Ein wenig muss ich mich aber noch gedulden. Romano steht auf große Auftritte, weshalb er seinen Club heute als Letzter betreten wird. So ist zumindest sein Plan, den wir aus einem seiner Männer gequetscht haben, und den ich durchkreuzen werde. Dann werden wir Suzanna retten. Ein Kinderspiel in dem durch das Attentat entstandene Chaos. Sie werden uns nicht einmal bemerken.

Lächelnd bette ich meine Wange an die Auflage des Gewehrs und visiere probeweise den Kopf des Mannes an, der gerade aussteigt. Es ist Connor und kaum merklich schüttle ich den Kopf. Der Mann ist einfach unglaublich. Seine verdammte

Präsenz schwappt selbst bis auf das Dach des gegenüberliegenden Gebäudes, auf dem ich liege. Da schiebt sich etwas Schwarzes vor meinen Sucher – Jax. Einen Moment lang versperrt sein massiver Rücken mir die Sicht, justiere ich das Objektiv neu, und als ich wieder hindurchsehe … schaut er mich an. Der Wichser. Er kann mich nicht sehen, das ist klar, dennoch weiß er, dass ich hier bin. Und während er ganz professionell keine Miene verzieht, ich aber schwören könnte, einen amüsierten Ausdruck in seinen Augen auszumachen, bringt er mich tatsächlich zum Grinsen.

Ich sehe zu, wie die beiden im Innern des Clubs verschwinden, da steigen die Nächsten aus. Zwei Wagen noch, dann dürfte es soweit sein. Ich lockere meine Finger. Heiße das Kitzeln in meinem Nacken willkommen, die Vorfreude auf die Genugtuung, die es mir bereiten wird, wenn ich diesem Abschaum, diesem Dreckskerl endlich die Lichter ausknipsen darf. Ich werde meine Rache genießen. Den Moment, wenn meine Kugel sein Hirn zerfetzt und sein hässlicher Schädel auf dem schmutzigen Boden aufschlagen wird. *Für dich, Mamma!*

Doch als es endlich soweit ist, die Türen des letzten Autos sich endlich öffnen, ich ganz ruhig atme und der Abzug sich bereits in meine Haut drückt, erkenne ich plötzlich eine Glatze. Fuck! Das ist nicht Romano, sondern irgendein kleiner, fetter Kerl!

Die Hand an meinem Ohr will ich Jackson kontaktieren, klären, was los ist, da rauscht seine Stimme bereits durch den Sender.

„Abbruch, River! Ich wiederhole: Abbruch! Wir brauchen dich hier unten. Und bring die ganze Armee mit.“

„Den Laden stürmen? Jax, was …?“

„Suzanna, Bro. Die perversen Drecksschweine wollen sie opfern. Jetzt! Romano ist längst im Club, also schwing deinen

Arsch hier herunter! Wir werden versuchen, das Ganze so lange wie möglich hinauszuzögern. Over and out!"

Ein Klicken, dann bin ich wieder allein, die Verbindung getrennt.

Ich denke nicht, ich reagiere. Reiße das Gewehr vom Stativ und bin bereits am Treppenabgang, bis die Bedeutung von Jax' Worten endgültig in meinem Verstand ankommt.

Suzanna ist in Gefahr!

Meine Suzanna!

Das werde ich nicht zulassen!

Im Treppenhaus höre ich Schritte. Eilige Schritte und sie alle bewegen sich von mir weg, nach unten, was bedeutet, dass die Männer, die Connor im gesamten Gebäude postiert hat, bereits ihren Marschbefehl bekommen haben. Einer jedoch kommt mir auf halbem Weg entgegen – das Nilpferd, mit dem Jax am Abend unseres ersten Aufeinandertreffens im Restaurant meiner Mutter aufkreuzte. Mit hochrotem Kopf und nach Luft schnappend klammert sich Big Ed ans Geländer, bei meinem Anblick sichtlich erleichtert, dass ihm die restlichen Etagen bis hinauf aufs Dach erspart bleiben.

„Da bist du ja," keucht er. „Der Boss sagt …"

Weiter kommt er nicht, denn ich bin längst an ihm vorbei.

„Hey! Jetzt warte doch mal!"

Keine Zeit. Drei, vier Stufen auf einmal nehmend springe ich die Treppen mehr runter, als dass ich laufe, und bleibe auch nicht stehen, als es hinter mir poltert. Und wenn er die Scheißtreppe runterfällt, ich habe Wichtigeres zu tun.

„Kawa!" Sieh an, er hat sich also nicht das Genick gebrochen. „Du sollst uns anführen, verdammt!"

Ein Schlag hallt durch das Treppenhaus, als die Sohlen meiner Stiefel gleichzeitig und mit der vollen Wucht meines Gewichts auf den Betonboden treffen. Ich schaue hinauf. Drei

Etagen höher, wo Eds massiver Körper halb über das Geländer ragt.

„*Ich* soll ich euch anführen?“ Wessen Schnapsidee war das denn?

„So hat es der Boss gesagt, ja!“ Eifrig wenn auch ein wenig humpelnd stapft der Hüne die Stufen hinab. „Wir stürmen den Laden, aber unter deiner Regie, hat er gesagt.“

Ich schüttle den Kopf. Zeit! Das ist unnötige Zeit, die mir verloren geht! Andererseits … Unwillig presse ich meine Finger um den Handlauf des Geländers, muss mir aber eingestehen, dass Connor recht hat. Um das Inferno zu stürmen brauchen wir eine Armee, und die ist immer nur so gut wie der Mann, der sie befehligt.

„Dann beweg dich schneller!“, blaffe ich Ed an. Denn noch immer trennt uns fast ein ganzes Stockwerk und Geduld war noch nie meine Stärke.

Sie haben Suzanna.

Sie.

Haben.

Suzanna!

Suzanna

Der *Weg der Gilda* steht mir nun also bevor. Wie ich unschwer erahnen kann, ist es ein Weg voller Schmerzen, Leid und Demütigungen. Die Folterinstrumente, die auf der Bühne auf einem altarähnlichen Tisch bereit liegen, erinnern mich zwar ein wenig an das Spielzeug in Rivers Wohnung, aber trotz der Ähnlichkeit liegen Welten zwischen hier und dort. Denn River hätte mir nie wirklich wehgetan. Er hätte mich niemals verletzt, mich niemals gequält. Mein Daddy hat mich in jeder Sekunde unseres Beisammenseins beschützt, ganz egal, wie grob er dabei auch war. Und ich habe jeden einzelnen Atemzug in seinen Armen genossen.

Sie fesseln mich an das umgedrehte Kreuz, an dessen langer Seite oben an einem ins Holz gedrehten Haken Ledermanschetten befestigt sind. Hilflos stehe ich nun mit über dem Kopf erhobenen Händen vor den gierig starrenden Augen der Maskierten, die mich in diesem Moment an ein Rudel hungriger Wölfe erinnern. Ich will mich wehren, aber das Gift, das sie mir eingeflößt haben, verlangsamt jede meiner Bewegungen so stark, dass ich nicht den Hauch einer Chance habe.

Tränen rinnen mir aus den Augen. Ich habe solche Angst. Mein Kiefer schmerzt von dem schrecklichen Knebel inzwischen so sehr, dass mein ganzer Schädel auseinanderzubrechen droht. Eigentlich will ich nur noch, dass es vorbei ist. Doch so leicht wird es mir diese Meute dort unten nicht machen. Diese Männer dort wollen mich leiden sehen. Sie wollen mich langsam und qualvoll sterben sehen, um sich danach an meinem leblosen Körper zu vergehen. *O River*, denke ich verzweifelt. *Wo bist du in diesem Augenblick? Was wirst du tun, wenn du erfährst, was aus mir geworden ist?*

Einige Augenblicke versuche ich, mich nur auf die Erinnerung an ihn zu besinnen. Auf seine Augen, sein Gesicht, seine Hände. Seinen Duft. Seine Lippen, wie sie mich küssen. Meine Schultern schmerzen, weil sie mir meine Arme so brutal nach oben gerissen haben. Mein Kopf scheint jeden Moment zu explodieren, so stark ist der von dem Spreizknebel ausgehende Druck. Die Angst vor der bevorstehenden Pein lähmt meinen ganzen Körper, hinzu kommen die Übelkeit und der Schwindel der Drogen, die sie mir eingeflößt haben. Und dennoch schaffe ich es, das Geschehen um mich herum durch den Gedanken an River kurzzeitig komplett auszublenden.

Doch dann drängt die grausame Realität wieder in mein Bewusstsein, denn ein lauter Knall zerfetzt die Luft unmittelbar vor meinem Gesicht. Ich kann den schneidenden Zug des Leders spüren, das mich nur um ein Haar verfehlt hat. Entsetzt reiße ich die Augen auf.

„Hier spielt die Musik, *Gilda!*"

Mein Onkel steht am Rand der Bühne, in der Hand eine der schweren Lederpeitschen, wie man sie im Süden auf den Western Shows zu sehen kriegt. Eine Bullwhip. Das Blut gefriert mir in den Adern. Mit einem solchen Ding könnte er mir das Fleisch von den Knochen fetzen!

„Wir haben heute Abend einige hochrangige Gäste", wendet er sich nun jedoch wieder dem Publikum zu. „Sehr bedeutende Männer, mit denen wir enge Bündnisse zu schmieden hoffen, um uns bei unseren Interessen fortan gegenseitig unterstützen zu können. Einen unter ihnen möchte ich jedoch hervorheben, denn seine Anwesenheit ehrt uns besonders. An dieser Stelle möchte ich seinen Namen nicht nennen, denn schließlich tragen wir alle noch unsere Masken. Aber man nennt ihn auch den Paten von New York, das soll fürs Erste reichen. Kommen Sie bitte herauf, verehrter Freund!"

Applaus brandet auf und ich beobachte verstört, wie der bärtige Mann auf die Bühne tritt, der mich kurzzeitig an River erinnert hat. „Die *Gilda* auszupeitschen, wenn ihr jungfräulicher Körper noch gänzlich unversehrt ist, gilt als besondere Ehre", schleimt er den breitschultrigen Kerl im Anzug an. „Es ist der erste Schritt auf ihrem Weg zum Opfertod, auf dem sie durch Schmerzen und Qual echte Seelenreinigung erfährt! Und Sie, mein Bester, dürfen ihren Weg heute Nacht einleiten!"

Damit überreicht mein Onkel ihm die Peitsche. Mit angehaltenem Atem beobachte ich das Geschehen. Der Mann nimmt sie entgegen, ruhig und allem Anschein nach unbeeindruckt. „Danke, Senator", erwidert er trocken. Seine Stimme ist tief und respekteinflößend, so dass niemand es wagt, ihn darauf hinzuweisen, dass während der Zeremonie keine weltlichen Namen genannt werden dürfen. „Aber bitte verzichten Sie auf Kosenamen. So gut kennen wir uns nicht", fährt er fort und tritt dann unaufgefordert an den Rand der Bühne. Neben ihm wirkt mein Onkel klein und schmächtig.

„Verehrte Anwesende", beginnt der Mann nun an das Publikum gewendet. Offensichtlich war dieser Auftritt nicht geplant, denn mir fällt auf, dass einige der Kapuzenträger sich irritierte Blicke zuwerfen. Doch da die Autorität des Redners unangefochten zu sein scheint, lässt man ihn gewähren. „Man hat mich hierher eingeladen, in das Haus meiner Feinde, denn ohne meine Anwesenheit wäre dieses Treffen ohne Bedeutung gewesen", fährt er fort. „Sie alle wissen das, ebenso wie Sie alle wissen, warum man mich den Paten von New York nennt. Ich und meine Organisation stehen für etwas. Für Härte, Erbarmungslosigkeit und eiserne Regeln. Niemand in dieser Stadt kommt an mir vorbei. Auch die Familie Romano nicht, auch wenn sie das vielleicht gern würde. Keine Sorge", lacht er spöttisch, als einige der Kuttenmänner – vermutlich Mitglieder der Romanos – in Aufruhr geraten. „Für heute Nacht ruhen die Waffen. Vereinbarung ist Vereinbarung. Mein Wort gilt, ich bin ein Ehrenmann."

Nachdem sich der Tumult etwas gelegt und der *Pate von New York* einen kurzen Blick auf seine Armbanduhr geworfen hat, setzt er wieder an. Langsam bekomme ich das Gefühl, dass er den Moment der Auspeitschung … hinauszögern will?!

„Meine Organisation steht für bestimmte Werte, meine Herren. Ehre bedeutet uns viel, ebenso wie Tradition. Familie. Ich bin verheiratet. Die Ehe ist ein heiliger Bund und meine Frau bedeutet mir alles." Ein Raunen geht durch die Menge. *Was wird das hier?* Ich bin verwirrt. *Ist das jetzt eine Schwarze Messe oder eine Sonntagspredigt?!*

„Wissen Sie, was meine Frau mir heute Morgen beim Frühstück verraten hat?", fragt der Pate nun. Mein Onkel räuspert sich peinlich berührt. Offensichtlich passt dieser Auftritt nicht ganz in seine Planung dieses Events. Auch ich bin vor den Kopf gestoßen, allerdings auf eine positive Weise. Wenn ich nicht solche Angst vor meinem bevorstehenden Schicksal hätte, würde ich mich wahrscheinlich köstlich amüsieren. „Sie ist schwanger! Ich werde Vater, ist das nicht fantastisch?!"

Etwas widerwillig klatscht das Publikum, offensichtlich mehr an der Opferung der *Gilda* als an dem bevorstehenden Familienglück des wichtigsten Gangsters der Stadt interessiert. Wieder schaut der Pate unauffällig auf seine Uhr.

„Wissen Sie, ich respektiere die Vorlieben eines jeden Mannes", sagt er dann und klopft sich mit dem Griff der Peitsche an den Oberschenkel. „Ich selbst habe einen ausgesuchten Geschmack. Das hier jedoch … Ihre Vorliebe für Verkleidungen in allen Ehren, meine Herren, aber lila Mönchskutten?!“

Das eisige Schweigen in diesem Moment amüsiert mich, auch wenn ich keine Ahnung habe, in welche Richtung sich diese seltsame Ansprache gerade entwickelt. Da ist ein Geräusch zu hören, kaum wahrnehmbar für die meisten, aber weil alle meine Sinne bis zum Zerreißen gespannt sind, entgeht es mir nicht. Auch der Pate hat es bemerkt. Plötzlich wird seine Stimme eisig: „Ich bin Katholik, verehrte Anwesende, und es gibt gewisse Dinge, bei denen hört für mich der Spaß auf. Die Entweihung eines Kreuzes zum Beispiel. Oder die Opferung eines unschuldigen Mädchens!“

In den deutlich spürbaren Schrecken und die Empörung aller Anwesenden hinein fliegt plötzlich und mit einem lauten Knall die Tür auf. Männer stürmen den Raum. Mit vorgehaltenen Maschinengewehren. Und allen voran erkenne ich, mit wildem Blick und vor Wut geblähten Nüstern, … River! Daddy ist gekommen!

River

Den Satanistenkeller zu finden, war kein Problem. Als ich Suzy das erste Mal aus dem *Inferno* gerettet habe, bin ich auf diesen abgefuckten Ort gestoßen, ohne zu ahnen, was sich so kurze Zeit später hier abspielen würde. Wenn ich es geahnt hätte, dann hätte ich den Club schon in jener Nacht dem Erdboden gleichgemacht. Ich hätte ihn bis auf die Grundmauern niedergebrannt und das ganze Gesocks gleich mit. Denn wer meinem Mädchen auch nur ein Haar krümmt, stirbt.

Mein Mädchen? Ja, verdammt, das ist sie.

Sie ist es. Mein Mädchen. Die Frau, für die ich durch die Hölle gehen würde, um sie nie wieder zu verlieren. Das weiß ich spätestens, als ich sie auf dieser Bühne erblicke, wie ein hilfloses Lämmchen von blutrünstigen Wölfen umringt. Wie eine Trophäe haben diese Perversen sie dort oben zur Schau gestellt. Sie wollen ihr wehtun. Sie wollen sie umbringen.

Aber nicht, solange ich noch einen verdammten Atemzug tue!

Daddy ist da, Babygirl, keiner wird dir etwas tun!

Als unser Überfallkommando in den Raum gestürmt kommt, reißt einer der Typen in Suzannas unmittelbarer Nähe sich die Maske vom Gesicht. Es ist Connor. „Tötet die Wichser!", brüllt er. Und das ist das Signal, mit dem ein Gemetzel entfesselt wird, über das die New Yorker Presse am nächsten Tag einiges zu berichten haben wird.

Denn schon nach wenigen Sekunden gehen die Toten in die Dutzende. Wie Fliegen, die von einer Ladung Insektenspray weggehauen werden, fallen die verkleideten Gäste der Romanos in unserem Kugelhagel. Wir schieben uns wie ein Keil in die Menge und mähen jeden einzelnen von ihnen nieder, ohne uns darum zu kümmern, wer sich hinter den Masken verbirgt.

Der Totenkopf vor euren Gesichtern hat euer Schicksal besiegelt, denke ich grimmig. Es bereitet mir eine tiefe Genugtuung, ihre Körper zu Boden stürzen zu sehen. Ihre Schreie sind Musik in meinen Ohren. Voller Befriedigung atme ich die Panik ein, die sich mit unserem Auftauchen schlagartig ausgebreitet hat und sich mit dem Geruch des Todes vermischt. Blut, das Elixier, auf dem mein Schiff seit jeher am besten gefahren ist.

Doch anders als sonst ist der rote Fluss in Aufruhr. Er kocht und brodelt, seine Fluten sind aufgepeitscht, als würden sie durch heftige Stromschnellen fließen. Die meditative Ruhe, die ich sonst beim Töten verspüre, hat sich in schäumenden Zorn verwandelt. In eine Raserei, die alles und jeden unter sich begräbt.

Die meisten der Männer im Raum sind unbewaffnet.

Sie haben keine Chance. Wir lassen ihnen keine Chance. Sie haben keine Chance verdient.

Es ist eine Massenhinrichtung, ein Gemetzel, ein Blutbad. Und ich genieße es. Denn allein die Tatsache, dass diese Kerle Suzanna dabei zugesehen haben, wie sie dort oben auf der Bühne an das verfickte Kreuz gefesselt stehen musste, war ihr Todesurteil.

Jax ist dicht hinter mir. Normalerweise arbeite ich allein. Der tödliche Schatten auf den Dächern der Nacht. Und so weiter. Doch in diesem Moment ist auch das anders. Meinen Freund in meiner Nähe zu wissen.

Meinen Freund? Fuck, ja. Er war es von Anfang an, auch wenn ich es nicht wahrhaben wollte, ihn von mir gestoßen habe. Doch trotz alledem steht er zu mir, ohne Wenn und Aber. Ich kann mich auf ihn verlassen, bis in den Tod. Er ist mein Freund, ebenso wie der Kerl, der dort oben auf der Bühne den Anführer der Satanisten mit den bloßen Fäusten verdrischt, mein verdammter Cousin ist.

Von den Typen im Zuschauerraum ist schnell nicht mehr viel übrig. Doch nach dem ersten Schockmoment regt sich Widerstand. Einige der Romanos haben Knarren gezogen und sich hinter einem mit schwarzen Kerzen und Tierschädeln geschmückten Mauervorsprung vor der Bühne verschanzt. Hinter dieser Deckung hervor donnern nun Kugeln in unsere Richtung. Es geht so schnell, dass ich nur noch aufschreien kann. Ein brennender Schmerz am linken Oberarm dringt mir bis ins Mark.

„Fuck, Bro", höre ich die Stimme von Jax. „Komm hinter mich, du trägst keine Weste!"
Die Wunde blutet. Ich spüre, wie es warm meinen Arm hinunterläuft. So etwas ist mir lange nicht passiert. Zuletzt vor etlichen Jahren in Japan. Es sind nicht die schlimmsten Schmerzen, die ich in meinem Leben kennengelernt habe, aber besonders angenehm ist die Scheiße trotzdem nicht. *Den in der Höhe schwebenden Schmetterling trifft das plötzlich hereinbrechende Gewitter am schwersten*, denke ich bitter.

„Bist du okay, Mann?"

Jax hat sich vor mich geschoben und zwei von Connors Leuten decken uns ebenfalls. „Kein Problem", knurre ich. Mein Freund wendet sich kurz zu mir um. „Haltung, Soldat", grinst er und verpasst mir einen Klaps auf die Wange. Ich muss wohl etwas blass geworden sein. „Es ist nichts", presse ich grimmig zwischen den Zähnen hervor. „Nur ein Mückenstich!"

Viel Zeit für Gespräche haben wir nicht. Um genau zu sein für gar nichts! In wenigen Minuten dürfte es hier von Bullen nur so wimmeln, denn auch wenn dieser Keller schallisoliert ist, haben wir ja bereits vor dem Club nicht mit Munition gespart. Und es ist ebenfalls nicht ausgeschlossen, dass die Romanos noch mehr Leute in der Hinterhand haben, die uns gleich in den Arsch ficken wollen. Ich beiße also den Schmerz in meinem Arm weg.

„Wir müssen zur Bühne", brülle ich Jax über den Lärm hinweg zu.

„Aye, Sir", kommt es zurück

Die Wichser hinter der Mauer machen uns immer noch zu schaffen. Gegen die Maschinengewehre von Connors Truppe haben die Romanos zwar eigentlich keine Chance, doch ihre Deckung ist sicher und sie sind gute Schützen. Außerdem wissen sie natürlich, wohin sie zielen müssen, um uns trotz der Westen wehzutun. Einige unserer Männer gehen durch Kopfschüsse zu Boden. Wir kommen nur langsam voran. Mein Blick rast immer wieder zur Bühne. Ich kann die Panik in Suzannas Augen erkennen. Sie kann nicht schreien, weil diese Perversen ihr eine Maulsperre verpasst haben. Aber sie schreit innerlich, schreit mit jeder Faser ihres geschundenen Körpers. Sie schreit nach mir!

Ich muss zu ihr! Sofort!

Verbissen kämpfen wir uns in Richtung der Bühne vor. Leichen liegen übereinander auf dem Boden. Überall ist Blut. Die Luft wird immer noch von Schüssen zerfetzt. Ich mache mir Sorgen um Suzy, die in ihrer mit den Armen nach oben gereckten Haltung keinerlei Schutz hat. Doch mein Cousin passt auf sie auf. Connor, der wie alle anderen Gäste den Club nur unbewaffnet betreten durfte, hat sich inzwischen von irgendwoher eine Maschinenpistole besorgt und steht vor meiner Kleinen, um sie mit seinem Körper zu decken. *Unglaublich, dass er das für mich tut*, schießt es mir durch den Kopf. *Das werde ich ihm niemals vergessen!*

Mit seiner Waffe nimmt er nun die Kerle hinter der Mauer ins Visier. Die Bühne befindet sich hinter ihnen, von dieser Seite sind sie ungedeckt. Und da sie ausschließlich auf die von vorne kommenden Angreifer konzentriert sind, trifft Connor sie völlig unvorbereitet. Seine präzisen Schüsse lassen ihre Köpfe wie Melonen platzen.

Ein Aufatmen geht durch den Raum. Wir haben es geschafft. Doch als Connor gerade siegreich die Faust hochreißt, nehme ich aus dem Augenwinkel eine Bewegung wahr. Nico Romano!

Der Boss des feindlichen Clans liegt schwer verwundet zwischen seinen toten Gefolgsleuten. Die Maske ist ihm vom Gesicht gerutscht und offenbart bleich und angespannt den Todeskampf, in dem er sich schon befindet. Doch die letzten Minuten eines Mannes können ihn in manchen Fällen noch einmal zu außergewöhnlichen Kraftanstrengungen befähigen. Er hat den Finger schon am Abzug und zielt so präzise auf Connors Gesicht, dass er ihn wahrscheinlich ins rechte Auge treffen wird.

„Ich nehme dich mit mir ins Jenseits, O'Brien! Stirb, Don von New…", flüstert er hasserfüllt. Doch er kann seinen letzten Satz nicht mehr zu Ende bringen, denn meine Kugel durchschießt seine Stirn noch bevor er ihn und sein Werk vollenden kann.

Einige Sekunden lang starren Connor und ich uns an, dann bricht Jubel unter seinen Männern los. Jax klopft mir auf die Schulter, zum Glück auf die rechte. Und dann kann mich nichts mehr halten. In wenigen Sätzen bin ich auf der Bühne und stürze zu Suzanna. Tränen laufen ihr über die Wangen. Sie wimmert vor Schmerz, als ich ihr so vorsichtig wie möglich den Knebel herausnehme. Dann löse ich ihre Fesseln und fange sie auf, als sie taumelnd zu Boden sinkt.

„Babygirl, alles wird gut", flüstere ich und küsse ihr Gesicht. „Niemand wird dir jemals wieder etwas tun, das schwöre ich dir bei meinem Leben!" Weinend schlingt sie die Arme um meine Schultern und lässt sich widerstandslos von mir hochheben. Den Schmerz in meinem Arm und das Blut, das mir das Handgelenk hinunterläuft, ignoriere ich. Jetzt zählt nur noch eins: Wir müssen hier so schnell wie möglich verschwinden!

„Sichert die Ausgänge", bellt Connor schon seine Befehle, nicht ohne sich kurz zu versichern, dass mit Suzy soweit alles in Ordnung ist.

Sie ist nicht verletzt, soweit ich es auf den ersten Blick feststellen kann. Zumindest nicht äußerlich. Die seelischen Wunden, die man ihr zugefügt hat, werden lange brauchen, um zu heilen. Doch ich werde für sie da sein, sie beschützen und ihr helfen. Immer. „Ich lasse dich nie wieder allein, Peanut", verspreche ich ihr.

„River, deine Mom", schluchzt sie, doch ich bringe sie mit einem sanften „Schhh" zum Schweigen. „Ich bin froh, dass du sie noch kennenlernen durftest", bringe ich mit Mühe hervor, denn der Gedanke an meine Mutter schnürt auch mir die Kehle zu. Doch jetzt ist keine Zeit für große Gefühle.

„Nichts wie raus hier, *cugino*", sage ich zu Connor, in dessen Augen es bei meiner Anrede kurz aufleuchtet. „Einen Moment noch", hält er mich zurück und deutet auf den Mann, der reglos in einigen Metern Entfernung auf der Bühne liegt. „Ich habe da noch eine Kleinigkeit für euch."

Mit Suzy auf dem Arm trete ich an die Leiche heran. Connor hat ihn übel zugerichtet, doch als er ihn nun mit dem

Fuß anstößt, sehe ich, dass er noch lebt. Ächzend kommt er zu Bewusstsein und schlägt mit Mühe seine zugeschwollenen und von Blut unterlaufenen Augen auf.

„Das ist Senator Linden aus Louisiana", stellt Connor ihn mir vor. „Oder sollte ich sagen, dass *war* er? Der Kerl ist der Onkel deines Mädchens. Als er mir von Romano vorgestellt wurde, hat er sich damit gebrüstet, dass er heute Nacht seine eigene Nichte opfern will."

Der Hass, der in mir aufsteigt, übertrifft noch die Gefühle, die ich damals nach Kenzos Tod empfand. Sogar die ohnmächtige Wut nach dem Tod meiner Mutter bleibt dahinter zurück.

„Das *war* Senator Linden!", knurre ich und ziehe meine Waffe.

Panik tritt in die Augen des Mannes. Aus seinem Mundwinkel rinnt ein dünner Blutfaden. Er versucht zu sprechen, doch es gelingt ihm nicht. Ich ziele genau zwischen seine Augen.

„Nein, warte, Daddy!" Suzannas Hand legt sich auf meinen Arm.

Mit gerunzelter Stirn sehe ich sie an. Ihr Gesicht ist aufgewühlt. Will sie wirklich, dass ich diesen Verbrecher verschone? Sie wäre die Einzige, die mich um dieses Leben bitten könnte, doch ich würde es mein Leben lang bereuen, diese Missgeburt davonkommen lassen zu haben. Das weiß ich.

„Ich will es tun!"

Connor und ich wechseln einen Blick. Grinsen.

„That's my girl." Ich gebe ihr einen Kuss und setze sie vorsichtig ab.

Diese Wichser müssen sie unter Drogen gesetzt haben, denn sie kann kaum stehen, geschweige denn die Waffe halten. Behutsam stütze ich sie und führe ihr die Hand. „Ist es so richtig, Daddy?", fragt sie und zwinkert mir zu. „Du kleines Miststück", lache ich leise. „Ich liebe dich, weißt du das?!" Als wir uns küssen, räuspert Connor sich. „Ich will ja nicht unromantisch sein, River, aber wir sollten uns etwas beeilen“, drängt er. „Ich habe mit den Bullen zwar einen Deal gemacht, aber ewig werden die auch nicht warten können!“

Es fällt mir nicht leicht, mich von Suzannas Lippen zu lösen, aber natürlich hat der Don von New York recht. „Also los, knall ihn ab, Babygirl“, fordere ich sie auf.

„Suzy, mein Täubchen“, ächzt der Senator da und windet sich schwerfällig wie ein halb zertretener Wurm. „Du wirst doch … deinen eigenen Onkel nicht erschießen?!“

Die großen, haselnussbraunen Augen seiner Nichte verengen sich zu Schlitzen. „Nein, Onkel Robert, eigentlich sollte ich dich zu Tode quälen und dann deine Leiche schänden lassen“, flüstert sie hasserfüllt. „Aber du hast Glück, denn dafür bleibt uns leider keine Zeit!“

Damit drückt sie ab. Und trifft ihn ziemlich exakt zwischen die Beine. Das Mädchen hat Talent! Der Schmerz dringt Senator Linden tief aus der Kehle und verzerrt sein Gesicht fast bis zur Unkenntlichkeit. „Oopsi“, macht Suzy unbeeindruckt und schießt erneut. Dieses Mal trifft sie ihn in den Bauch.

„Schon wieder daneben!“ Sie zuckt mit den Schultern. „Na sowas.“

Connor und ich amüsieren uns prächtig, während sie noch insgesamt drei weitere Male verschiedene Körperteile ihres Onkels durchlöchert. Doch dann lässt sie sich mit meiner Hilfe dicht neben seinem Kopf nieder und schiebt ihm den Lauf der Waffe in den Mund. Er röchelt noch etwas und versucht mit letzter Kraft, seinem Tod irgendetwas entgegenzusetzen. Doch Connor tritt ihm auf den einen, ich auf den anderen Arm, wodurch er nun hilflos am Boden fixiert ist.

„Dein Tod wird meine Befreiung sein“, presst Suzanna hervor. „Dein Fluch ist jetzt gebrochen! Gute Nacht, Onkel Robert!“

Der Schuss hallt von den Wänden des inzwischen fast leeren Kellers. Nur Jax und zwei weitere Männer stehen noch an der Tür, um uns zu eskortieren. Senator Lindens Kopf rollt zur Seite, seine verdrehten Augen starren ins Leere. Er ist tot.

„Die Seele eines Verdammten wird niemals Frieden finden", sage ich.

Suzy beginnt wieder zu schluchzen. „Bring mich nach Hause, River", bittet sie. „Ich möchte nur noch nach Hause!"

Connor nickt mir zu. „Gehen wir. Mit diesem Pack sind wir ein für alle Mal fertig!"

Ich hebe mein Mädchen auf meine Arme und folge Connor und Jax durch den dunklen Tunnel, an dessen Ende wir diese Hölle nun für immer hinter uns lassen. *Heute habe ich meine Mutter und Suzanna ihren Onkel verloren,* denke ich dabei. *Wir haben beide keine Familie mehr. Und doch haben wir in derselben Nacht eine neue gefunden!* Denn nach dem Tod meiner Mutter ist Connor der letzte Rest Familie, der mir noch geblieben ist. Aber nicht nur er hat mir heute bewiesen, was ich nach Kenzos Tod nicht mehr für möglich gehalten hatte: Dass es echte Verbundenheit, Loyalität, Ehre und Vertrauen noch gibt!

Und plötzlich wird mir klar, wie dankbar ich dafür sein muss. Denn diese Jungs haben gerade ihr Leben für mich riskiert. Einfach so. Die ganze Aktion war anders geplant gewesen. Eigentlich war ich für einen Auftragsmord engagiert worden und Connor und Jax hätten die Nummer durchziehen können, ohne auf Suzannas Leben Rücksicht zu nehmen. Diese Männer haben so viele Menschen sterben sehen, dass es auf ein totes Mädchen mehr oder weniger nicht angekommen wäre. Suzy hätte ihnen egal sein können, ebenso wie ich. Sie hatten keinerlei Verpflichtungen mir gegenüber. Für sie hätte es nichts bedeutet. Aber für mich alles, und das wussten sie.

Bewegt und aufgewühlt beiße ich die Zähne zusammen, um nicht emotional zu werden. Dafür ist jetzt wirklich nicht der richtige Moment, denn schließlich müssen wir erstmal sicher hier verschwinden. *Haltung, Soldat,* wiederhole ich innerlich die Worte meines neu gewonnenen Bruders. Denn vielleicht ist genau das heute Nacht wieder aus mir geworden: ein Teamplayer. Der Einzelgänger liegt hinter mir.

Es gibt vieles, über das ich nachdenken muss. Vieles, über das ich mir klar werden muss. Ein Lebensabschnitt ist zu Ende gegangen. Der Fluss fließt weiter, vereint sich mit anderen und wird so zu einem mächtigen Strom. Ab heute trage ich die Verantwortung für eine andere Seele. Ich kann nicht mehr nur ein Schatten sein.

Suzanna ist jetzt in Sicherheit. Sie klammert sich an mich und weint still an meiner Brust, während ich sie zum zweiten Mal aus diesem verfluchten *Inferno* trage.

Suzanna

Es ist ein trüber Tag, als wir uns auf dem Friedhof in Brooklyn versammeln. Schwere Wolken hängen über New York und auch der Hudson scheint heute Trauer zu tragen, so düster und schwer fließt er dahin. Am Kopfende des offenen Grabes ist ein Meer aus Blumen aufgebahrt. Weiße Rosen und Lilien verströmen ihren intensiven Duft bis zu uns, die wir auf der anderen Seite stehen. Auf der Seite der Lebenden. Ja, ich lebe. *Wir* leben. Denn ab jetzt gibt es nur noch uns, das hat River mir geschworen, als er mich nach dem ganzen Horror ins Bett gebracht hat und ich in seinen Armen eingeschlafen bin. „Ab jetzt werde ich dich jede Nacht so halten, Peanut", hat er mir ins Ohr geflüstert. „Daddy bewacht deinen Schlaf!"

Es ist das größte Glück, das ich mir vorstellen kann. Trotz allem, was ich durchmachen musste, könnte ich gar nicht glücklicher sein. Doch an diesem Tag, an dem wir Mamma Lucia zu Grabe tragen, ist selbst das keine Hilfe. Denn sie ist tot und wird uns nie wieder anlächeln. Doch immerhin konnten wir es möglich machen, dass sie direkt neben ihrer großen Liebe beerdigt wird. Auf dem Kreuz neben ihrem steht, von den Jahren schon leicht verwittert, der Name *Noah Liam Foster*. Und auf Lucias Grabstein sind die Worte zu lesen: *Im Tode vereint.*

River ist blass heute. Seine Gesichtszüge sind starr, seine grünen Augen von Trauer verdunkelt. Seit wir auf dem Parkplatz am Eingang des Friedhofes vom Bike gestiegen sind, auf dessen Tank jetzt in Silber der Schriftzug *Kawasuzy* prangt, hat er meine Hand nicht mehr losgelassen. So angespannt habe ich ihn nicht einmal erlebt, als er mich vor fünf Tagen vor meinem Onkel gerettet hat. Aber ich verstehe ihn. Der Tod seiner Mutter hat auch mich schwer getroffen. Und dabei kannte ich sie gerade einmal eine halbe Stunde.

Es sind nicht allzu viele Menschen, die ihr die letzte Ehre erweisen, da River auf eine Bestattung im engsten Kreis bestanden hat. Nur Connor und seine Frau, sowie die ranghöchsten und wichtigsten seiner Männer. Jax und Zoey sind natürlich auch da. Bei ihnen sind wir in den letzten Tagen untergekommen. Rivers Wohnung wird bereits durch einen Makler zum Verkauf angeboten. Nachdem die Romanos seine Mutter dort umgebracht haben, ist es verständlich, dass er nicht wieder dorthin zurückkehren möchte. Auch ich könnte es nicht ertragen, immer wieder an die schrecklichen Erlebnisse erinnert zu werden.

Wahrscheinlich werden wir uns etwas in Manhattan suchen, um möglichst dicht bei Connor, Jax und ihren Mädels zu sein. Die vier sind jetzt unsere Familie, hat River gesagt. „Wir sind alle Gestrandete in dieser verfluchten Stadt, Babygirl", hat er gelächelt und mein Kinn liebkost. „Aber New York ist unser Schicksal, denn hier haben wir alle zueinander gefunden!" Ich bin natürlich einverstanden mit dieser Lösung, denn auch wenn River jetzt der wichtigste Mensch für mich ist, braucht schließlich jeder eine Familie. Und wenn man mit seiner natürlichen nicht so viel Glück hatte, muss man sich eben eine andere suchen.

„Asche zu Asche, Staub zu Staub", schließt der katholische Priester das letzte Gebet. „Möge sie in Frieden ruhen."

River schließt die Augen, senkt das Gesicht und bekreuzigt sich. Seine Hand umschließt meine so fest, dass es schmerzt. Dann treten wir als erste vor das Grab und werfen jeder eine Handvoll Erde und eine rote Rose hinunter in das tiefe Loch, auf dessen Grund ich in der Dunkelheit die Umrisse des edlen, mit Schnitzereien verzierten Sarges erkenne.

„*Ciao Mamma*", flüstert River mit rauer Stimme. „Wir werden uns wiedersehen, wo auch immer das sein mag. Und dann wirst du ihn mir vorstellen, meinen Vater."

Tränen laufen mir über die Wangen und ich schmiege mich an Rivers Arm. In den letzten Tagen haben wir viel darüber gesprochen, was seine Mutter ihm kurz vor ihrem Tod noch anvertraut hat. Mit Connors Hilfe, der Beziehungen zu sämtlichen Behörden der Stadt hat, konnten wir mehr über Rivers Vater herausfinden: Die große Liebe von Lucia Carrara war Polizist, ein Lieutenant, der einige Jahre älter war als sie. Er wollte sie von ihrer kriminellen Familie befreien, mit ihr fortgehen und irgendwo weit weg ein neues Leben mit ihr beginnen. An den vielen Auszeichnungen, die er bekommen hat, lässt sich erahnen, dass er in seinem Job ziemlich gut gewesen sein muss. Aber gegen ein Todesurteil der Mafia ist selbst der Beste machtlos. Als Lucias Brüder von der Beziehung ihrer Schwester Wind bekamen, machten sie kurzen Prozess mit Noah Foster. Er wurde von dreizehn Kugeln durchlöchert aus dem Hudson River gefischt.

Lucia war zu jenem Zeitpunkt bereits im dritten Monat schwanger. Aus den Unterlagen, die Connor besorgt hat, ging hervor, dass Noahs Versetzung nach Alaska bereits bewilligt worden war. Das Happy End der beiden stand so kurz bevor, doch das Schicksal meinte es nicht gut mit ihnen. In ihrem grenzenlosen Schmerz tötete Lucia ihre Brüder eigenhändig und floh daraufhin nach Italien, wo sie River zur Welt brachte und aufzog, ohne ihm jemals etwas über seinen Vater zu erzählen.

„Sie wollte mir den Konflikt ersparen", hat River zu mir gesagt. „Wenn ich gewusst hätte, dass mein Vater auf der anderen Seite stand, hätte ich nicht mehr gewusst, wohin ich gehöre. Und durch die Blutrache an ihrer eigenen Familie hatte sie die Entscheidung getroffen, die sie seitdem nicht mehr in Frage stellte."

Die Tragik dieser Geschichte lässt mich auch jetzt wieder laut aufschluchzen. Wie sehr hätte ich Mamma Lucia gewünscht, wenigstens das Glück ihres Sohnes miterleben zu dürfen! Doch nicht einmal das ist ihr vergönnt geblieben. Ihr war kein Happy End vorherbestimmt, weshalb auch unser eigenes immer von einem Schatten überragt werden wird. Doch wir beide sind die Dunkelheit gewöhnt und wissen nur zu gut, wie diese Welt wirklich ist. Und trotzdem leben wir. Lieben wir. Werden wir uns auch weiterhin gegenseitig retten.

River legt seinen Arm um meine Schulter, zieht mich an sich und gibt mir einen Kuss auf die Stirn. „Danke, Babygirl", flüstert er fast tonlos und führt mich langsam fort vom Grab, ohne sich noch einmal umzuschauen.

„Danke, wofür?", schniefe ich.

„Für alles", antwortet er, ohne mich anzusehen. „Dafür, dass es dich gibt."

Epilog

River

(ein Jahr später)

Ich habe mich erstaunlich schnell in der neuen Umgebung eingelebt. New York ist doch nicht so schlimm, wie ich immer gedacht habe, aber das liegt vermutlich daran, dass ich jetzt nicht mehr allein bin. Selbst der Wanderfalke dreht kleinere Kreise, wenn die Zeit zum Nestbau naht. Und auch ein Schatten nimmt Gestalt an, wenn die Sonne auf ihn scheint.

Letztlich haben wir uns für ein Apartment in der Upper West Side entschieden. So liegt zwar der Central Park zwischen uns und meinen Jungs, aber auf den Blick über den Hudson wollte ich nicht verzichten. Und da es mit dem Bike nur weniger als zehn Minuten zu Connor und Jax sind, habe ich nicht gezögert, den Kauf abzuschließen. Die Mädels hängen ohnehin die ganze Zeit zusammen. Oft treffen sie sich im Park, wo Grace die kleine Lucia spazieren schiebt. Sie und Connor haben ihre Tochter nach meiner Ma benannt. Dass ich ihr Taufpate bin, bindet mich nur noch enger an meinen Cousin, der inzwischen viel mehr als das für mich ist. Mein Freund, mein Bruder, mein Boss. Mein Pate.

Suzy und Zoey sind wieder unzertrennlich, was manchmal schon an Belästigung grenzt, so dass ich die rosa Nervensäge meistens kompromisslos vor die Tür setze, wenn ich nach der Arbeit nach Hause komme. Ja, ich habe den Pelz des einsamen Wolfes an den Nagel gehängt und mich dem Rudel angeschlossen. Inzwischen bin ich neben Jax einer von Connors engsten

Beratern. Und ein guter Sniper fehlte ihm ohnehin noch in seinen Reihen. Denn sein Imperium wächst, national wie international. Der Bastard strebt die verdammte Weltherrschaft an und Jax und ich sind fest entschlossen, ihm die Krone zu bringen.

„Wie sieht es denn hier wieder aus?!", brumme ich, als ich nach einem Meeting am frühen Abend nach Hause komme. Seit Connor Familienvater geworden ist, legt er seine Termine nur noch selten in die späten Stunden.

Unsere Wohnung ist groß, um nicht zu sagen riesig. Es ist mir ein Rätsel, wie man es schaffen kann, auf so viel Raum ständig ein solches Chaos anzurichten. Auf dem Fußboden liegen Klamotten, eine Yogamatte, diverse Schuhe, Taschen und alles mögliche andere Zeug, das genügend Platz in Suzannas begehbarem Kleiderschrank, in unserem Fitnessraum oder in einem der unzähligen Einbauschränke hätte. Besonders stören mich die vielen angebrochenen Snacks, halb gegessene Sandwiches, aufgeweichte Frühstücksflocken und aufgerissene Süßigkeitentüten, die sie überall verteilt. Meinen Sinn für Minimalismus und Ordnung teilt mein Mädchen definitiv nicht.

Eine wilde Katze kann man nicht zähmen, geht mir eine von Kenzos Lieblingsweisheiten durch den Kopf. „Und doch gebe ich den Versuch nicht auf, mein Freund", antworte ich ihm grimmig und greife nach einer Haarbürste, die völlig deplatziert auf der Anrichte neben der Tür anstatt in ihrem Körbchen im Bad liegt. Als ich an ihr rieche und mir der Duft von Suzannas Haar in die Nase steigt, kommt mir ein Geräusch über die Lippen, wie es ein Raubtier von sich geben würde, das seine Beute wittert.

„Es ist wohl mal wieder soweit, kleines Mädchen", presse ich hervor und spüre, wie mein Blut zu kochen beginnt. Sie treibt mich immer noch zur Weißglut, aber sie macht mich auch immer noch wahnsinnig. Ich begehre sie mehr denn je und es vergeht keine Nacht, in der ich sie mir nicht auf die eine oder andere Art gefügig mache. Aber jetzt braucht sie ganz eindeutig eine Tracht Prügel.

Nicht, dass es viel bringen würde. Aufräumen werde am Ende doch wieder ich. Allerdings muss Daddy von Zeit zu Zeit hart durchgreifen, damit das junge Fräulein daran erinnert wird, wer hier das Sagen hat. Ich freue mich schon darauf, sie die nächsten Tage beim Essen auf ihrem Stuhl herumrutschen zu sehen, weil sie nicht richtig sitzen kann.

Suzanna ist hinten auf dem Sofa, wo die Spielkonsolen stehen. Wie immer, falls sie nicht gerade Geld ausgibt oder schläft. Das sind vielleicht nicht gerade besonders sinnstiftende Tätigkeiten, aber mir soll es recht sein. Solange sie nicht wieder Drogen nimmt und halbnackt in irgendwelchen Clubs herumzappelt, bin ich vollauf zufrieden. Sie hat viel durchgemacht, deshalb hat sie es verdient, einfach mal auszuspannen, so sehe ich das. Wenn die Zeit reif ist, wird sie sich schon vernünftigere Hobbys suchen. Neulich hat sie gesagt, dass sie Schießen lernen und den Motorradführerschein machen möchte. Damit Daddy ihr das erlaubt, wird sie allerdings noch etwas Überzeugungsarbeit leisten müssen.

Langsam nähere ich mich der gemütlichen Sitzecke, von der aus man aus den großen Fenstern einen freien Blick auf den Hudson River hat. Über dem schwarzen Strom, dessen Anblick mich immer gleichermaßen melancholisch und glücklich macht, leuchten die unzähligen Lichter von New York. Die Geräusche, die aus den Boxen an meine Ohren dringen, sagen mir, dass sie mal wieder *Call of Duty* spielt. Braves Mädchen. Zumindest ein vernünftiges Spiel. Wahrscheinlich ist Pinky Pie bei ihr, aber das kümmert mich herzlich wenig. Ich lege Suzanna auch vor den Augen ihrer kleinen Freundin übers Knie. Vielleicht wird das Zoey vertreiben und ich muss sie nicht rausschmeißen.

Doch sie ist allein. Als ich mich mit vor der Brust verschränkten Armen vor ihr aufbaue, leuchten ihre Augen auf. Sie drückt auf Pause.

„Hi Daddy“, lächelt sie und beißt sich verführerisch auf die Unterlippe.

„Mach das aus“, knurre ich und fixiere sie mit meinem Blick. „Und dann steh auf, zieh dir die Hose runter und beug dich über die verdammte Lehne!“

Eine leichte Röte erscheint auf ihren Wangen, als sie die Bürste in meiner Hand registriert. Sie überlegt nur zwei Sekunden, dann springt sie auf und springt wie ein kleines Reh über die Lehne davon, anstatt sich wie ein braves Mädchen darüber zu beugen. Damit habe ich jedoch gerechnet. Suzanna mag es, wenn ich sie jage. Allerdings brauche ich dieses Mal ebenfalls nur zwei Sekunden, um sie wieder einzufangen.

Ich presse sie an mich, den Unterarm über ihrer Kehle, und bugsiere sie zurück zum Sofa. „Das hättest du lieber nicht tun sollen, Babygirl“, raune ich ihr ins Ohr, während ich ihr die Luftzufuhr abschneide. „Jetzt ist Daddy wirklich böse auf dich!“

Der Griff, mit dem ich sie über meinem Schoß fixiere, ist alles andere als sanft. Sie wehrt sich, obwohl sie nicht den Hauch einer Chance hat. Mit einem grimmigen Schnauben zerre ich ihr die Hotpants herunter und entblöße diesen Arsch, an den ich während des ganzen Meetings habe denken müssen. Suzanna windet sich und schreit, während meine Schläge ihre Haut immer röter und röter werden lassen. Ihr Pech, denn damit stachelt sie mich nur noch mehr an.

Als ich irgendwann aufhöre, hat sie aufgegeben und es nur noch wimmernd über sich ergehen lassen. Schwer atmend presst sie sich meiner Hand entgegen, als ich ihre erhitzte Haut berühre. Sie schluchzt leise, aber unter meiner Liebkosung beginnt sie, genießerisch zu schnurren. Ich weiß, wie feucht sie jetzt ist. Und ich kann es kaum erwarten, sie zu fesseln und in sie einzudringen, während ich ihr die Lippen wund küsse.

„Komm, Peanut, Daddy bringt dich ins Bett", brumme ich zärtlich, hebe sie hoch und trage sie in Richtung Schlafzimmer, während sie die Arme um meinen Hals schlingt und meinen Mund mit ihrem sucht. Wie es aussieht, werden wir jetzt erstmal beschäftigt sein.

Aufräumen kann ich auch später noch.

ENDE

#contimeetssturm

Mit diesem Band findet diese Reihe und somit auch #contimeetssturm erst einmal ein Ende. Die Dunkelheit und der pinke Glitzer lösen sich voneinander und kehren in ihre Welten zurück. Und doch, wie es eben so ist im Leben, werden die Spuren dieses Zusammentreffens uns auf unseren Wegen begleiten. In der Finsternis wird ein feines rosa Funkeln zurückbleiben, ebenso wie von Zeit zu Zeit ein Hauch von Dunkelheit die pinken Gefilde durchwehen wird.
Wir haben dieses Abenteuer sehr genossen und sind dankbar für die Begeisterung und Leidenschaft, mit der ihr uns begleitet habt!

Ob PINK oder DARK, stay true to yourselves.

Und wie immer findet ihr hier die Auflösung darüber, wer von uns welche Kapitel geschrieben hat.

Angelina: Prolog, 1,2, 3, 5, 6, 7, 10, 11, 12, 13, 14, 15, 16, 17, 18, 24, 25, 27, 28, 29, Epilog
Carolina: 4, 8, 9, 19, 20, 21, 22, 23, 26

Du hast Band 1 noch nicht gelesen?
Dann wird es aber Zeit!
Connor wartet nicht gern ...

Spiele nicht mit mir, kleine Blume.
Reize nie, was du nicht bändigen kannst.

Er ist 15 Jahre älter als sie.
New Yorks gefährlichster Mafiaboss.
Kalt, unnahbar und ein furchtbarer Macho.
Und sie ist gezwungen, ihn zu heiraten!

*Und wenn Du wissen willst,
wie River und Jax Best Bros wurden,
dann gönne Dir Band 2!*

**Ich passe auf dich auf, Prinzessin.
Und um dich zu retten, opfere ich mein Leben!**

Er ist ein Mafioso.
Er verliert niemals sein Herz.
Aber um sie zu beschützen,
würde er die Welt niederbrennen.

*Mehr über uns und unsere Bücher
erfährst du …*

Über unsere **Webseiten**:
www.carolinasturm.de
www.angelinaconti.com

Auf **Instagram**:
@carolinasturm_autorin
@angelina.conti.darkromance

Auf **TikTok:**
@carolinasturmautorin
@angelina.conti.author

Auf **Facebook**:
@carolinasturmautorin
@angelina.conti.darkromance